徐兆寿　林恒　—　主编

"视说新语"

——影视改编理论与实践

上海人民出版社

目 录

序 艺术的难度
——百年中国文学电影改编总论

徐兆寿　林　恒

　　苏格拉底说:"美,是难的!"① 他是在与一个叫希庇阿斯的人探讨什么是美时发出的这种感慨。当时,他向对方提出一个问题:"什么是美?"对方便说,比如一位漂亮的小姐、一匹漂亮的母马等。苏格拉底不客气地指出,你说的是美的事物,我现在问的是什么是美本身。于是,对方便回答不上来了。我们可以轻易地发现,当苏格拉底要抽象出一种叫美的东西时,这种东西是很难被表述的,它必须附着在具体的事物上才能显现出来。两千多年后,德国哲学家鲍姆加登在研究艺术哲学时,于1750年提出"美学"这一概念。他认为,相对于现实世界的美来说,艺术之美是值得去研究,并且可以总结出一些规律来的。这其实是从艺术的角度在回答苏格拉底关于美的问题。

　　1911年,当意大利电影先驱乔托·卡努杜在其《第七艺术宣言》论著中宣称"电影是一种艺术"时,电影便与美学开始联系在一起,成为同建筑、音乐、绘画、雕塑、文学和舞蹈并列的艺术门类,于是,关于电影的美学研究便成为对电影本质的探索。

　　作为一门综合艺术,电影自诞生之初便广泛向各艺术门类学习,

---

　　① 〔古希腊〕柏拉图:《文艺对话集》,朱光潜译,人民文学出版社1983年版,第272—273页。

包括从戏剧中寻找故事，从音乐中探索节奏，从绘画中借鉴构图，从雕塑中把握造型等。由于电影从建立起自身艺术形式开始，便成为一种叙事的艺术，因而在众多艺术门类当中，电影与文学的关系最为密切。文学不仅以其丰富的经验为电影叙事提供了多种可能，并且以其悠久的传统为电影的发展提供了丰盈的意义土壤。从电影艺术的研究来看，除了研究电影语言（摄影、音乐等）之外，关于意义和叙事艺术的探索基本上与文学一致。也正是因为如此，大多数电影都是从文学那里寻求人物形象、故事框架和意义世界，文学改编便是从文学向电影转换的一种方式，也是电影创作最重要的一种方式。因此，研究文学的电影改编即在研究电影艺术的本质属性。

根本上来讲，文学与电影是两种不同的艺术形式。文学是作家以文字语言为媒介对感知到的世界进行表情达意的一种艺术，电影则是以镜头语言为媒介，通过蒙太奇进行场景转换和故事呈现，具有强烈的模仿性和直观性，是一种倾向于空间的艺术。通俗地讲，就是把文学中所想象的世界转换为可视可感的"现实"，当然，此"现实"仍然是一种被艺术处理过的虚构的存在，从一定程度上来讲，它更接近于真实。因而文学构建的形象具有抽象性、模糊性和多样性，电影塑造的对象则具有确定性和唯一性。如果文学和电影所表达的内容都一样，那么，就可以把电影当成文学的可视化存在，就可以把过去的文学称为文字文学，而把电影称为视听文学。或者说，过去的文字语言文学被简称为文学，现在的电影就可以称为视听学，但这样命名显得异常宽泛，作为艺术的文学就会被淹没，所以，还是称视听文学较为确定。这样一种梳理更进一步告诉我们，电影是有传承性的，它上承其他六门艺术的不同形式，下启新的艺术样态，但就叙事艺术来讲，它传承了文学的伟大传统。当然，作为一种新的艺术形式，它的空间叙事特征和更为便捷的传播方式反过来又影响古老的文学艺术，从而形成相互影响的态势。

对于百年中国电影而言，文学改编不仅是电影创作题材的重要来源，同时也促成了中国电影发展以"影戏"传统为美学范式，以伦理教化为核心价值的民族特色。可以说中国文学改编电影史，就是一部中国电影史。重新梳理百年中国电影与文学的关系，可以从中探究到电影作为一种叙事艺术而存在的诸种状态，其中既有达到的美学高度，也有存在的美学困境，但正是这些存在令我们常常能返回艺术的家园，也能摆脱各种困境。研究这些问题，对今天的电影发展具有重要的美学价值和现实意义。

一、从"影戏"到小说改编：中国文学与电影改编的早期阶段

与人类历史上众多的文化传播一样，新的技术往往随着战争、商业和文化交流从一个地方传播到其他地方，作为新技术的电影也随着西方殖民者来到了近代中国。彼时，一方面是西方列强的半殖民侵略，将一部分文化带了进来，其中就有电影技术；另一方面则是中国强烈的求变行动，向西方学习，一开始是洋为中用，新的技术不断被引进，后来到五四新文化运动时则转变为引进新文化、新思想，但是，无论怎么讲，作为中国的电影还要讲"中国故事"，才会被中国人所接受和喜欢，而那时最方便最便利的故事便是仍然被大众喜欢的中国文学中的戏剧形式，所以，早期电影便与戏剧自然结缘。1905年，北京丰泰照相馆直接把戏曲片段《定军山》拍摄下来，放映给民众看，并没有什么内容上的创新，但是，它仍然令中国人感到无比新奇、兴奋，甚至惶恐。这就是中国第一部电影。

时至今日，仍然有三个问题值得重新探讨。一是新技术带来的新艺术。《定军山》是把过去实在的舞台搬上了银幕而虚拟化了，同时，也可以无限地复制，无须演员再一遍遍演了。如同网络催生了新媒体一样，当时的这一部电影直接催生了中国视听艺术的发展。从人类早期的口头传说到文字的诞生，人类文学艺术从神话传说过渡到文字语言艺术，而电影的出现，又使文字语言艺术发展为视听艺术。这是人类艺术史上质的飞跃。一百多年来，技术的不断完善使得这一艺术不断丰满。这是我们需要重新认识的。二是戏曲与电影的类似性。戏曲是把作为文学的剧本形式搬上了舞台，使文学真人化、视听化。它是电影的前奏。在这里，我们要探讨戏曲与电影的异同。从某种意义上讲，电影不过是把戏曲虚拟化、固化和复制了，可以在无数的地方上演，让更多的人可以观赏。其他的面大体都差不多。当然，后期的电影实景化了，这是很大的区别，但在本质上是一样的，不过是把舞台变得更为真实了。其最大的区别在于新技术的诞生。三是戏曲与文学的关系。在古代，凡是文字所表达者，皆在文学的范畴。但现代以降，大学制度自西方引入，文学便随着西方学制与哲学、历史等（后来还有新闻学、戏剧学等）并列。文学的口径越来越窄，但即使如此，在现在的学科划分中，戏曲所用的剧本仍然在文学范畴之内，这是毋庸置疑的。不同的时代导演和演员都可以更换，但剧本是不变的。剧本乃一剧之本，其思想和主要艺术手段都被保存于剧本之中。读者完全可以凭剧本虚构一个独立而自足的艺术空间。所以，戏曲仍然是文学的一个类型。现在，电影作为一种新技术催生的艺术，其剧本当然是文学，这也毋庸置疑。但是，今天我们没有人把电影仍然当成文学来看。这是什么原因呢？是因为人们轻视了作为剧本的文学，转而将视听技术和演绎剧本的演员视作重点，所以导演竟成了最重要的创作者。反过来讲，也正是因为电影与文学的短暂分离，使得电影重返新技术传播形式的创造、重返大众现场、重返民间立场、重返娱乐的世俗法门，而这些正是当下精英文学所没有和脱离的。

正是从这些问题出发，我们需要重返 20 世纪初的电影现场，去寻找文学与电影初次结缘的种种情景。当然，我们也应当去看看整个世界电影发展初期文学与电影的关系。此时，西方电影艺术家正在探索镜头语言和蒙太奇技术，纪录方式仍然是最初的形式，然后有了听觉语言和彩色语言，可以说，作为电影艺术的自身探索正在如火如荼地进行，叙事艺术方面还处于探索期。与此同时，随着两次世界大战，西方人的思想也在发生深刻的改变，尼采的"上帝死了"、弗洛伊德的精神分析学、萨特的存在主义，正在迅速地影响着艺术家的表达。这些艺术手段和思想也都随着新文化运动来到了中国，使得早期中国电影的发展也带有强烈的纪录特色。

总体来讲，早期中国电影发展分为两个阶段：第一阶段为 1913 年至 1931 年，辛亥革命之后，中国电影沿着模仿文明戏和改编鸳鸯蝴蝶派小说两条路径发展。这一阶段电影制作者对于影像的了解相对较浅，只把电影作为记录戏剧舞台的工具，采用单个固定镜头将表演过程拍摄下来，成为一种市民廉价的消遣方式和商家谋取利润的工具。第二阶段为 1932 年到 1949 年，受当时世界共产主义思潮、左翼文化运动、苏联革命电影创作的影响，1932 年至 1937 年之间，一大批具有阶级觉悟和民族意识的左翼作家加入电影创作的行列，以强烈的现实主义创作观念揭露尖锐的阶级矛盾，激发人们的爱国热情和反抗意识。抗日战争全面爆发之后，虽然中国电影事业遭受了沉重的打击，但文艺创作的现实主义批判力却得到了进一步深化。

如前所述，由于古典戏剧与电影在一定程度上具有相似性，所以中国电影创作自萌芽期开始，就与戏剧有着密不可分的关系。或者我们甚至可以这样说，电影是对戏剧的再传播。特别是在电影尚被定义为复制物质现实的"杂耍"时代，就更需要从传统艺术样式中去汲取营养。早期电影制作者将传统戏曲直接搬上银幕，不仅拓宽了戏剧艺术的传播渠道，同时也奠定了中国电影的"影戏"传统。1912年至1917年正是文明戏（早期话剧）兴起的全盛时期，以郑正秋、张石川拍摄的第一部故事片《难夫难妻》(1913)为代表，一批制作文明戏的演员以舞台表演的形式出演电影，并用摄像机完整地记录下来，形成了早期电影创作的第一个阶段。这一阶段电影主要模仿文明戏分段式的叙事结构，内容多以惩恶扬善、插科打诨的家庭戏为主，其中不乏对当时社会黑暗的映射和腐朽思想的嘲讽。张石川拍摄的《黑籍冤魂》(1916)最初源于彭养欧1904年创作的小说《黑籍魂》，讲述了一名富家少爷因为吸食鸦片最终家破人亡的故事。小说趋向于清末盛行的"社会谴责小说"，真实地反映了外国殖民侵略下人们悲惨的生活现实，具有一定的批判性和进步性。小说被改编成文明戏在上海出演引起热烈反响，制片公司将其制作成电影，进一步扩展了其中的爱国思想和反侵略意识，体现出积极的启蒙和教育意义。正如郑正秋主张的那样："戏剧应是改革社会、教化民众的工具。"①这一观点同时被带入电影改编，奠定了中国"戏影"观念的深刻内涵。然而，文明戏作为一种外来艺术形式，本身难以承继中华民族的优秀传统，加之1918年之后，文明戏不再严格遵照剧本演出，导致电影质量开始急剧下滑，电影与戏剧的关系也由此开始逐渐发生分化。或者也可以

---

① 钟大丰、舒晓鸣：《中国电影史》，中国广播电视出版社1995年版，第12页。

从电影的娱乐性、商业性来理解更为透彻。

早期中国电影以商业放映为开端，电影事业从无到有与当时的商业有着紧密的联系。20 世纪 20 年代正值民族工商业繁荣发展，社会"游资"相对较为充裕，资本家将目光投向电影业，开始在各地兴办电影制作公司，其中以"明星""联华""天一"三家最具代表性。"从 1921 年到 1931 年，中国各影片公司共拍摄约 650 部故事片，其中绝大多数都是由鸳鸯蝴蝶派文人参加制作，影片内容多为鸳鸯蝴蝶派文学的翻版。"① 多数描写才子佳人、男女情爱、风花雪月的爱情故事，例如徐枕亚的哀情小说《玉梨魂》(1924)，包天笑翻译的《苦儿流浪记》(1925)、《野之花》(1925)，张恨水的爱情小说《啼笑因缘》(1932) 等，都在流行杂志或时尚小报上打响名号后被迅速改编成电影。由于鸳鸯蝴蝶派文人具有丰富的小说和戏剧创作经验，同时又深谙文化市场和小市民心理，因而电影公司也会直接聘请他们作为编剧，直接参与电影的制作环节。例如包天笑加入明星电影公司后，先后创作的《可怜的闺女》(1925)、《好男儿》(1926)、《多情的女伶》(1926) 等电影剧本，都获得较好的经济收益，尤其是经包天笑翻译的日本畅销小说《野之花》改编而成的《空谷兰》(1925)，更是为明星电影公司创下了 13.2 万元的票房纪录。除了撰写剧本，他们还担任导演、表演等角色，不仅使中国电影和文学创作紧密地联系了起来，同时也形成了中国电影重视题材的现实性和情节的传奇性传统。在商业化浪潮与文学改编的推动下，这一阶段相继出现了古装、武侠、神怪三种热潮，可以说是早期中国电影类型化的开端。从这一路径来看，商业化和娱乐化对电影的发展有利有弊。一方面，正是商业

---

① 陈季华：《中国电影发展史》，中国电影出版社 1998 年版，第 85 页。

化和娱乐化的要求，电影在叙事方面迈开了步伐，使得小说的电影改编走向艺术化道路，这是利的方面；另一方面，商业的要求使得电影始终在大众化、娱乐化的低端行进，成为大众茶余饭后的娱乐内容，电影在艺术和思想方面的追求便也止步了，这是弊的一面。

　　然而，无论如何，社会仍然有它的进步追求，而这种追求也一定会寻找当时最有传播力的手段，这便是30年代进步电影的出现。在白色恐怖的笼罩之下，以鲁迅、沈端先（夏衍）、冯乃超为代表的文学家，于1930年发起了"中国左翼作家联盟"，积极引进和宣传无产阶级文学思想，强调文艺创作的批判性和真实性。与此同时，有声电影的出现和苏联电影经验的传入，使中国电影艺术的表现能力得到了大幅度的提升。"九一八"事件爆发以后，反日民族情绪空前高涨，中国共产党于1932年成立电影小组，在瞿秋白的带领下，一批左翼作家进入电影界，通过剧本创作和文学改编的方式直接改造电影，掀起了著名的"左翼电影运动"（1932—1937）。虽然这一阶段直接由文学改编的电影并不多，但左翼文学思潮当中的阶级性、批判性、斗争性和教化意义，为中国电影的文学改编奠定了重要的理论基础，尤其是1934年，苏联作家第一次代表大会正式确立的"社会主义现实主义"，更是为中国现实主义电影创作指明了方向。夏衍根据茅盾"农村三部曲"小说改编的《春蚕》（1933），影片与原著的精神风格高度契合，讲述30年代江浙一带的养蚕户，在资本主义和封建迷信的双重压迫下，好不容易获得丰收，却因为遇上战争而负债累累。勾勒出当时帝国主义的军事侵略和经济渗透给中国农耕经济秩序和民族工商业带来的毁灭性打击，以及中国农民备受压迫、日趋贫困的残酷现实。郑正秋根据自己的舞台剧《贵人与犯人》改编的《姊妹花》（1933），描述了一对自幼与父母分离的孪生姐妹，分别嫁给木匠和军阀后，两种截然不同的命运。影片保留了原作的故事情节和悲剧色彩，突出强调了阶级对立和贫富差距造成的痛苦人生，具有一定的社会批判性，虽然大团圆结局仍带有小市民幻想情绪，但其中不乏深刻的启蒙和教化意义。抗战时期中国电影事业遭受严重的打击，但左翼现实主义创作观和"忠于原著"的文学改编观，却逐渐成为中国电影艺术主流而延续至今。

这一时期文学的电影改编可总结为两个方面。一是关于电影的本质，其有教育、启蒙和改造社会的功能。关于这一点，在最近几十年的电影发展中似乎被淡忘了。人们认为电影就是商业的、娱乐的，电影不应当承担这两者之外的其他任务。不仅如此，当时的文学艺术家普遍认为，文学艺术就是用来娱情的，是小众的，不必承担社会大任。这是文学艺术逐渐脱离社会、大众和崇高意义的原因之一。二是电影是文学的再创造，但是文学的电影改编必须忠实于原著。这种观念产生于电影发展的初期，是文学家强烈干预社会、改造社会、救国救民时期对电影的认识。这种观念使得文学与电影高度合一，但在后来的讨论中则被分解为两种认识，一种是文学家自认为高于电影，一种则是电影人不满于电影成为文学的附庸，这是电影创作者不满于文学拘囿的原因。关于这些，在后面仍然有探讨，在此先不作判断。

二、从"忠于原著"到政治传声筒：新中国成立后三十年文学改编电影的歧路和启示

早在前一个时期，因为人们对电影的理解还是文学的图像解读，所以，这种现状也便形成了文学改编电影的早期理论。夏衍将其凝练为"忠于原著"的改编理论。他的这些理论弥漫于《杂谈改编》《漫

谈改编》《谈"林家铺子"的改编》以及《对改变问题答客问》等论著中。他在《杂谈改编》一文中曾提道:"从一种样式改编成为另一种艺术样式,所以就必须要在不伤害原作的主题思想和原有风格的原则之下,更多地动作形象——有时不得不加以扩大,通过稀释和填补,来使它成为主要通过形象的诉诸视觉、听觉的形式。"①

"十七年"时期,夏衍在《杂谈改编》中强调:改编名著必须"忠实于原著","不伤害原作的主题思想和原有风格"。60年代他又提出改编要取其精华去其糟粕。夏衍的改编理论对中国电影在文学改编创作实践方面具有深远的影响。

早在《在延安文艺座谈会上的讲话》时期,毛泽东就已经为社会主义文艺确立了明确的方向。新中国成立以后,这一方向便成为整个中国社会主义文艺的发展方向。文艺成为思想意识形态的一部分。在过去几千年的传统中国,文艺虽然也是意识形态的内容,但文艺创作是相对自由的,同时,文艺到底为什么人服务也没有明确的规定。文字狱的历史告诉我们,过去时代的文学创作也是有边界的,不能写什么是被明确规定了的。文以载道是传统文学的方向,但"道法自然",文学是在一定的边界下自然生成的,所以有帝王将相文学,有才子佳人文学,有山林文学,也有宗教文学。但《讲话》明确文艺要为工农兵服务,"为人民服务",将对象明确化了。这是几千年文艺之大变局。所以也就有了大量乡土题材和以农民为主角的文学。刘再复认为这是关于人的文学中的第三次解放。文学的重心一再地下移,终于到了地面上,到了地面上最底层的民众。从社会发展的角度来讲,这不

---

① 夏衍:《杂谈改编》,载夏衍:《电影论文集》,中国电影出版社 1979 年版,第 221 页。

能不说是文学的伟大变革。但是，农民是不是文明的代表？是不是社会道德的楷模？是不是所有的农民都可以树碑立传？农民生活是不是人类的生活向度？农民还要往哪里去？这些问题便成为这一时期文艺创作的难度，当然，它也是今天文艺创作的难度。

1948年中宣部在《关于电影工作的指示》中明确指出："阶级社会中的电影宣传，是一种阶级斗争的工具，而不是别的东西。"[1]1951年文化部在《加强党对于电影创作领导的决定》的报告中特别提出："电影是最有力和最能普及的宣传工具，同时又是一个复杂的生产企业。保证电影能及时生产而顺利完成政治宣传任务的决定关键，乃在于电影剧本创作的具体组织工作与思想指导。"[2] 很显然，电影在新中国成立前后的任务在于"宣传"，它是"一种阶级斗争的工具"，这就使得电影创作者自觉将个体艺术理想隐匿起来，从而服从时代政治和主流意识形态的需要。这是那时电影发展的大势环境。

从新中国成立到改革开放的30年间，文学在电影改编方面总体分为两个阶段：第一阶段为"十七年"时期，是电影对小说和舞台剧的改编。据统计，"'十七年'期间，除去戏剧片，故事片435部，其中改编剧本121部"[3]，多数迎合广大工农兵的审美趣味，改编者不求艺术有功，但求政治无过。第二阶段为"文革时期"，是电影对样板戏的改编，这一阶段中国电影事业遭到严重的打击并出现倒退，在"根本任务"和"三突出"原则的压抑下，电影创作在曲折中艰难徘徊。

---

① 胡菊彬：《新中国意识形态史（1949—1976）》，中国广播电视出版社1997年版，第4页。

② 吴迪：《中国电影研究资料：1949—1979》（上卷），文化艺术出版社2006年版，第81页。

③ 刘鑫：《十七年时期现代名著的电影改编问题》，首都师范大学硕士学位论文2008年。

"十七年"电影的文学改编主要围绕革命历史、政治斗争、现实生活三种题材，内容主要反映中国共产党艰辛的革命历程，歌颂革命英雄人物的丰功伟绩，或者人民群众在争取解放自由、提高政治权利和生活水平方面作出的卓越贡献。例如崔嵬和陈怀皑根据杨沫同名小说改编的《青春之歌》(1959)，将个人情爱与革命叙事相结合，反映出中国共产党的先进性；凌子风根据梁斌同名小说改编的《红旗谱》(1960)，在阶级斗争中塑造农民英雄形象，反映出革命道路的艰辛与伟大；凌子风根据曲波同名小说改编的《林海雪原》(1960)，在集体意志中书写英雄神话，谱写解放战争的传奇史诗；夏衍根据罗广斌、杨益言小说《红岩》改编的《在烈火中永生》(1965)，通过反映共产党人狱中顽强的斗争精神，达到对广大人民群众鼓舞和教化意义。可以说"十七年"的文学改编电影，基本是在一种宏观的历史视野下，书写波澜壮阔的革命斗争精神。改编方法以夏衍为中心，倡导文学改编应该"力求忠实于原著，即使是细节的增删、改作，也不应该越出以至损伤原作的主题思想和他们的独特风格"①，同时强调文学改编应当以历史唯物主义、阶级分析的方法使影片的思想性有所提高，并使观众更容易接受，使观众更能正确看到事物的本质，使改编后的作品更富有教育意义②。因而对于现代小说的改编大多配合当时多变的政治运动，一方面进行无产阶级思想教育，一方面表达艺术家自己的艺术理想。例如根据鲁迅同名小说改编的《祝福》(1956)，根据巴金小说改编的《秋》(1954)、《寒夜》(1955)，根据茅盾小说改编的《腐

---

① 夏衍：《杂谈改编》，载夏衍：《电影论文集》，中国电影出版社 1979 年版，第 221 页。
② 夏衍：《对改编问题答客问：在改编训练班的讲话》，载夏衍：《电影论文集》，中国电影出版社 1979 年版，第 251 页。

蚀》(1950)、《林家铺子》(1959) 等作品，基本原封不动地呈现出小说的原貌，使"十七年"成为中国电影史上文学与电影联系最为紧密的一个阶段。

"文化大革命"期间，中国文艺界遭受严重的打击，全国大多数剧团、电影厂被迫解散关闭。文艺创作伴随着政治神话的诞生，在"塑造无产阶级英雄形象"的"根本任务"误导下，除了以《红灯记》《沙家浜》《智取威虎山》《奇袭白虎团》《杜鹃山》《海港》《白毛女》《红色娘子军》为代表的"革命样板戏"，其他的艺术创作几乎完全处于停滞状态。1966—1970 年期间，除了中央电影制片厂制作的《新闻简报》，电影界竟没有拍摄出一部影片。直到 1970 年以后，为了扩大样板戏的影响力，一些电影厂才开始对其翻拍，这一阶段的文学改编遵照"三突出"原则，即"在所有人物中突出正面人物，在正面人物中突出英雄人物，在英雄人物中突出主要英雄人物"，将正面人物塑造成清一色的"高大全"的形象。之前那种对性格方面的描述则被扣上"人性论"的帽子，因而人物显得动作生硬，语言呆板，毫无个性可言。至于在影片的主题表达方面，这些由样板戏改编的电影以阶级斗争为纲领，为了表现"敌远我近、敌俯我仰、敌暗我明、敌冷我暖"，甚至不惜将反面人物妖魔化，从而突出无产阶级英雄典型，而原剧中真实的背景、曲折的情节、情趣化的细节则被忽略和削弱了。在极左思潮的影响下，电影彻底成为一种"口号式"的宣传工具，这种极端的美学观，不仅使中国电影发展产生了严重的倒退，同时也摧毁了"现实主义"创作观念，使阴谋电影逐渐成为控制舆论的工具。1976 年出现的一些现实农村题材的电影，映射"走资本主义的当权派"的现象十分严重。"文革"期间中国的文艺事业几乎完全停滞下来，可以说是文学与电影创作最为困难的岁月。

电影不仅是一门艺术，同时，其作为一种工业时代的产物，商业性与娱乐性也是其属性，但我们往往会犯走极端的错误，即当我们强调艺术性时往往会否定商业性和娱乐性，而当我们强调其商业性和娱乐性时往往又忽视艺术价值。新中国成立之初，电影作为革命事业的重要组成部分，在政府的强力监管和领导下，必以其天然的大众性体现出宣传教育意义。1956年"双百方针"的提出为"十七年"文学的电影改编提供了良好的政治氛围，为中国电影发展奠定了严肃、崇高的历史主题和文化基调。然而，由于人们当时缺乏对电影本体的认知，只将其作为"意识形态教化的工具"和"阶级斗争的武器"，从而忽略其本身具有的艺术价值和娱乐功能，同样违背了电影艺术的美学规律，导致电影逐渐沦为一种政治的传声筒，只能"戴着镣铐舞蹈"。

从历史的角度来看，这一时期文学的电影改编也给我们很多启示：一是夏衍的"忠实于原著"理论在当时对电影的发展显然是起着重要且巨大作用的，客观上也推动了电影的发展，使电影在叙事艺术上成为一门艺术。这种理论既尊重了文学，也尊重了电影，但是，对于部分电影工作者来讲，也在一定程度上束缚了创造力，于是便有了90年代以后的种种探索。事实上，这一时期的世界电影也在经历着同样的发展历程。在今天仍然流行的那些二战至20世纪80年代之前的经典电影，很多是在"忠实于原著"的理论下拍摄的。不仅原作是文学经典，以此改编的电影又以经典电影的面目传承至今。比如对莎士比亚作品的改编，再比如《乱世佳人》《傲慢与偏见》等。为什么非要忠实于原著呢？这可能是必须回答的一个问题。19世纪和20世纪是人类历史上文学传播力度最大的时期，尤其是印刷术发达的20世纪，可以说是文学的黄金岁月。在这个世纪里，虽然也产生了电影、电视等新的艺术手段，但是，人们往往把哲学家、诗人、作家当成生活的导师，很少有年轻人像今天一样把诗人、作家踩在脚下，而把电影导演、演员等的话当成座右铭的。那样的年代里，文学是神圣的，电影、电视只能作为它的再传播者而存在。但也正是因为那样的神圣存在，所以电影、演员们都把剧本看得很重，反复捉摸文学的思想性和艺术性后才进行表演，所以，那一时期的电影较好地传承了文学的艺术特征。相反，在不尊重文学和不太重视剧本创作的时期，电影往往重视的是商业价值和娱乐性，其艺术性和思想性就低，也很难产生流传后世的作品。关于这一点，后面还要论述，在此暂不展开。

二是戏剧与电影的因缘续结，再一次说明戏剧性是电影的特征之一。虽然"文革"时期的电影基本是样板戏的翻拍，是忠实的记录，基本上没有多少创新，但是，结合戏曲的特征和早期电影的影戏传统来看，电影在时间、人物形象的塑造，故事情节的处理等方面基本上与其有类似之处。电影不可能把一部长篇小说中的所有细节都表现出来，它只能选取其中某些情节，这与后来的电视剧就不同了。在这方面，电影的创作与戏剧就基本一致了。戏剧需要典型人物来反映思想，电影也一样；戏剧需要在一两个小时内完成，电影也一样；戏剧需要矛盾冲突来进行人物的塑造，电影也一样；好的戏剧里人物的对白非常经典，好的电影也一样。此外，后来样板戏的影视改编也进一步显示，戏剧里的人物形象、对话等都是非常经典的，这是一般的编剧很难达到的艺术水准。

三、从"忠于文学"迈向"忠于电影"：新时期以来文学改编电影转向

1978 年十一届三中全会召开，提出了"解放思想、实事求是、

团结一致向前看"的基本思想路线，历史浩劫带来的挫折与伤痛、现代化建设的阻碍与困难、中西方科技与文化的巨大落差，使"旧文化扬弃与新文化建设"成为这一时期的时代主旋律。1979年第四次全国文代会重申"双百方针"，指出"党对文艺工作的领导，不是发号施令，不是要求文学艺术从属于临时的、具体的、直接的政治任务，而是根据文学艺术的特征和发展规律，帮助文学工作者获得条件来不断繁荣文学艺术事业，提高文学艺术水平，创造无愧于我们伟大人民、伟大时代的优秀的文学艺术作品和表演艺术成果"①。文学界长期被禁锢的思想得以解放，文学创作重新回归现实与人性，开始反思历史带给人们的精神创伤，以及集体主义对个体成长产生的压迫。在"人本主义"和"现实主义"观念的影响下，文学界相继出现了反思文学和寻根文学。与此同时，电影业从恢复放映业入手，"十七年"时期的优秀电影得以解禁，长期被压抑的电影市场得以喘息。电影体制的不断改革和电影本体价值的重新讨论，促使艺术家从文学改编出发，不断探索电影的本体表达，形成了中国电影史上第二个文学改编电影的"黄金时期"。这一时期大致分为两个阶段：第一阶段为80年代经典文学和正在发展中的纯文学的电影改编，改编者在忠于原著的基础上有限度地加以创造。第二阶段为90年代通俗文学的电影改编，改编成为一种社会文化语境当中的再创作。文学与电影的关系逐渐朝多元化方向发展。

80年代的中国电影被称为"拄着文学拐杖"前进，无论在创作思潮还是叙事主题方面，电影始终紧随文学的步伐。这一阶段"文学

---

① 邓小平：《在中国文学艺术工作者第四次代表大会上的祝词》，载《邓小平文选》（二），人民出版社1994年版，第213页。

的霸权地位仍然得到大多数业内外人士的肯定"①。从 1981 年到 1999 年,历届"金鸡奖"获奖影片大多来自文学作品改编。例如谢晋根据鲁彦周同名小说拍摄的《天云山传奇》(1981),获第一届"金鸡奖"最佳故事片奖;张其、李亚林根据张弦同名小说拍摄的《被爱情遗忘的角落》(1981),获第二届"金鸡奖"最佳编剧奖;王启民、孙羽根据谌容同名小说拍摄的《人到中年》(1982),获第三届"金鸡奖"最佳故事片奖;陆小雅根据铁凝《没有衬衫的红纽扣》改编的《红衣少女》(1985),获得第五届"金鸡奖"最佳故事片奖;颜学恕根据贾平凹《鸡窝洼人家》改编的《野山》(1986),获第六届"金鸡奖"最佳故事片奖;谢晋根据古华同名小说改编的《芙蓉镇》(1987),获第七届"金鸡奖"最佳故事片奖;吴天明根据郑义同名小说拍摄的《老井》(1987),获得第八届"金鸡奖"最佳故事片奖。这些主要由伤痕文学改编而成的影片,虽然在改编策略上依旧"忠于原著",但是在题材选择上开始愈发关注普通人的情感和命运,在叙事方面有意地抛弃戏剧式结构,并与宏大叙事理性地保持一定距离。导演凌子风曾大胆地提出:"改编就是原著加我,别人怎么着跟我无关。"②从他新时期对《骆驼祥子》(1982)、《边城》(1984)、《春桃》(1988)等经典现代文学作品的改编中,可以明显看出导演根据自身的生活体验,不同程度弱化了原著中激烈的阶级冲突,并从人文关怀的角度对主人公加以适当的理解和美化,使影片整体呈现出一种细腻、温情的"陌生化"效果。80 年代文学与电影积极互动的关系,不仅使人们压抑、匮乏的精神生活得到了极大的满足,同时也为电影本体表达的不断探

---

① 李振渔:《论文学名著的电影改编》,《电影艺术》1983 年第 10 期。
② 左舒拉:《"真人"凌子风》,《当代电影》1990 年第 2 期。

索打下了坚实的基础。可以看出，此时的电影虽然也取得了很高的艺术成就，但都是在文学已经设定的范畴下小心地进行着，它自身作为一门独立的艺术的独立探索尚未开始。这似乎是预设的艺术向度，只是在等待一个机缘而已。

而这个机缘就在国门打开之时，西方的电影艺术之风吹入中国大地后，早已蛰伏的叛逆精神被吹醒了。事实上，在西方，也是到了20世纪中期，有关电影的独立探索才达到了高潮。巴赞等理论家的电影理论影响了很多电影艺术家，他们开始建立关于电影本身的理论，试图从影像的角度而非文学的角度来建立新的叙事伦理。当这些理论和其他文学艺术以及哲学思想一并涌入中国时，关于电影艺术的新的探索便开始了。80年代末90年代初，以张艺谋、陈凯歌为代表的"第五代"导演纷纷奉行欧洲的"作者论"，主张电影丢掉戏剧和文学的拐杖，寻找自身独特的艺术表达，逐渐从"忠于文学"迈向了"忠于电影"。然而，在对电影本体表达的探索过程中，"第五代"导演非但没有抛弃文学改编，反而显示出更强的依赖性。他们主要从新时期的文学作品中汲取故事和灵感，同时与作家之间建立紧密的互动关系，以电影独特的表达方式呈现文学小说的主题、情节和内涵，成为中国电影史上一段"文学与电影的联姻"。例如张艺谋根据莫言同名小说拍摄的《红高粱》（1987），讲述了30年代山东高密充满原始感的农村生活，以及后来抗日战争时期，主人公带领村民浴血奋战的悲壮故事。作为寻根文学改编电影的突出代表，小说的先锋性体现在反传统的意识流叙事和语象世界的构建，而电影的成功之处则在于张艺谋的场面调度和色彩运用，虽然电影和小说都反映了对人性和生命礼赞，但在形式表达层面上却大相径庭。陈凯歌根据李碧华同名小说拍摄的《霸王别姬》（1993），将人物命运与京剧文化结合起来，通过讲述两位京剧伶人的悲欢离合，重现了20世纪中国社会的变迁，由此阐发对历史伤痛和传统文化的深刻反思。比起小说而言，电影当中的时空跨度明显缩短了，人物之间的关系设置更加紧密，情节的铺设上更加具有冲突性，甚至两者最终的结局都大不相同，可以说是一种对原著小说的再创作。新时期文学与电影的彼此交融，不仅使中国电影在世界舞台上显示出独有的文化魅力，并且也使文学创作受到了极大鼓舞，很多本来"无人问津"的小说在改编成电影之后，一时间也变得"洛阳纸贵"。正因如此，电影的经济属性和文化价值开始受到人们的关注和重视。

20世纪90年代以后，市场经济的快速发展促使中国电影体制进入全面改革时期，广电总局接连发布《关于当前深化电影行业机制改革的若干意见》(1993)、《关于进一步深化行业机制改革的通知》(1994)、《关于改革故事影片设置管理工作的规定》(1995) 三份文件，将电影业正式从计划经济推向了市场经济。电影在与电视、好莱坞等娱乐业的竞争环境中，必须从受众的角度出发，对故事的趣味性、娱乐性和商业性加以考量。如此一来，"后新时期"电影的文学改编便由严肃文学转向了通俗文学，同时在文本的选择上更加倾向于都市题材。例如张艺谋根据述平的《晚报新闻》改编的《有话好好说》(1997)，通过讲述都市男女之间的奇异恋爱，反映现代都市生活的空虚与困惑；冯小刚根据王朔的《你不是一个俗人》改编的《甲方乙方》(1997)，通过讲述四个年轻人荒诞的创业经历，映射现代社会中情感的疏离和冷淡；杨亚洲根据刘恒的《贫嘴张大民的幸福生活》改编的《没事偷着乐》(1999)，通过塑造生活在底层的平民老百姓，展现中国人丰富的生活情感和哲理等，都使改编从过去精英知识分子主导的审美理想中解脱了出来，给予了当时市民阶层足够的精神支持。这些由通俗文学改编的娱乐电影与主旋律电影、艺术电影交相辉映，共同构成了 20 世纪末中国电影的繁荣发展的局面。

这一时期文学的电影改编对后来的电影人有三个方面的影响和启示：（一）文学与电影的关系到底是什么？从巴赞等的电影理论可以看出，西方理论家并非从叙事的角度即讲故事的基础上进行其艺术的建构，而是从影视语言（镜头、蒙太奇、色彩、声音等）出发试图建立新的艺术美学。这固然是成立的，如同研究文学就必须研究文字语言一样，也是从文字语言之上要进行建构，但是，我们非常清楚，文字语言只是修辞的内容，文学的意义空间和形象的建构虽然与修辞关系甚大，这一切都要有文字来进行诉说才能完成，但好的修辞不一定能建构起伟大的意义世界和形象来，这是一种综合能力的体现。电影也一样，电影有剧本，对剧本进行影视语言的修辞转换后才能变成电影，所以，讨论电影的影视语言是电影的基础，但是，它毕竟是要进行叙事的，而这种叙事的传统过去都保存在文学之中，而且已经成为人类的习惯。诗歌、散文、小说甚至新闻、传记都是文学的方式。诗歌的跳跃与蒙太奇其实是类似的。小桥、流水、人家，是三个自足的词和事物，古典诗词将这三个词联系在一起便产生了奇异的想象空间，这其实不正是蒙太奇吗？散文可以不讲故事，只讲一些景物，这不正是先锋电影的方式吗？新闻和传记在记录人类的现实，不正是纪录电影的方式吗？不错，电影会改变我们的思维，但我们不能说发明了电影，那些电影的方式才被一点点发明出来，相反，它们大多早已存在于人们的思维中，只是人们慢慢地用镜头实现了而已。因此，讨论电影语言的修辞不能成为电影的全部，就好像讨论文字语言的修辞不能成为文学一样。它只是形式的美学。这里有继承的关系。而关于内容的继承就更需要从文学那里汲取了。

（二）何谓忠于电影？从百年发展的历史上看，电影艺术家在尽可能地摆脱文学的束缚，从而为电影建立自己的美学范畴。所谓忠于电影指的是电影作为一门独立的艺术，要与文学（包括戏剧）分离，独立上路。从上面的分析我们可以看出，与文学分离也就是要与人类叙事的大传统进行分离。那么，如何进行呢？从 90 年代以来的电影发展来看有两种，一种是不从文学改编，直接进行剧本创作，但这难道就是与文学分离吗？难道剧本不是文学吗？二是从已有的小说中选取一部分进行改编，或者只取其形象，进行二度创作，关于这一点可从后来的 IP 改编中体会到，也就是不必要忠于原著。这使得 90 年代中期开始，尤其是市场经济慢慢作用于电影市场后，导演开始轻视起文学来。

（三）什么样的文学更符合电影改编？这其实是"忠于电影"之后的思维方式，也是市场经济时代商业和娱乐的思维方式。关于这一点，在后面将讨论得更多一些，在此暂不展开。

四、远离文学与自由加工：新世纪文学改编电影的问题与忧虑

2001 年底，中国正式加入世界贸易组织，标志着中国电影对外开放进入了崭新的产业阶段。2002 年，广电总局出台了《关于加快电影产业发展的若干意见》，为电影发展提供了有力的政策支持。电影在与电视、网络、手机等传媒行业市场竞争中，走向了更为复杂、多元的国际传播语境。在完全以市场和产业主导的创作环境中，文学与电影的创作出现了诸多问题和矛盾，一方面电影为了迎合大众口味，开始追求视觉奇观、叙事规模和明星效应，远离文学性，从而忽视了传统"文以载道"和"教化民众"的审美理想，导致国产大片至

今难逃"叫座不叫好"的尴尬处境。另一方面，网络写作的兴起直接降低了文学的准入门槛，通俗文学逐渐成为一种"文化快餐"，而纯文学由于其本身的思想性、先锋性、严肃性，逐渐受到了市场的排斥。影像的传播话语权逐渐高于文学，作家为挣"快钱"纷纷"触电"当编剧，或直接进行电影化写作的现象蔚然成风。正如朱国华所言："在这场美学革命中，电影以其必然性对于艺术的规则进行了重新的定义，在资本经济的协同作用下，作为艺术领域的后来居上者，它迫使文学走向边缘。在此语境压力下，文学家能够选择的策略是或者俯首称臣，沦为电影文学脚本的文字师，或者以电影的叙事逻辑为模仿对象，企图接受电影的招安，或者从种种语言或叙事企图中冲出重围，却不幸跌入无人喝彩的寂寞沙场。"① 这一时期的文学改编在多元芜杂的商业环境中主要分为两类，一是经典文学改编的商业电影，二是网络文学改编娱乐电影。

事实上，此时的文学本身就面临诸多困境，一是网络写作的影响，使得传统的严肃文学面临挑战；二是新媒体传播的大众化对严肃文学的挑战；三是影视的强势发展使文学在社会上的地位逐渐式微；四是文学界对文学功能的定位逐渐从中心话语转向小众、边缘。凡此种种，使得文学本身也面临着受众小、影响力渐弱的局面。同时，电影的发展却引来了它前所未有的好时光，一是市场的强力加入使中国走向世界电影大国；二是电影在商业化、娱乐化、产业化发展的同时，在技术和电影语言的修辞方面得以极大的提升；三是影视创作专业成为高校在 20 世纪以来的新型专业，培养了大批专门的人才；四是影视学科在高校蓬勃发展，自身的学科范式和电影美学理论正在建

---

① 　朱国华：《电影：文学的终结者?》，《文学评论》2003 年第 2 期。

成；五是网络与新媒体的发展为电影的发展带来了更为便利的条件；六是视听传播的逐渐普及与习惯的养成使得视听传播比文字传播更为有效，从而使得电影在人类生活中的位置越来越重，其在精神生活中的中心位置正在形成，等等，可以看出电影的发展与文学恰恰形成鲜明的对比。在这种背景下，我们来考察近20年文学的电影改编便会更为清晰。

以张艺谋集结众多国际电影工作者和华语电影明星拍摄的《英雄》（2002）为起点，中国电影正式开启了商业大片时代。电影创作在资本和票房的裹挟之中，难以保持其艺术上的独立性，文学改编也从"忠于原著"走向了"自由加工"。庄子曾言，"道术将为天下裂"（《庄子·天下》），指的是学说纷起的诸子时代，每个人都从自己的需要出发而对"古之道术"进行新的解读，道也将向不同的方向偏移。当文学的精神被电影"放弃"之后，此种"道术"也将裂为种种。一种为商业之术。例如张艺谋根据曹禺的戏剧《雷雨》改编的《满城尽带黄金甲》，将原著中描述的20世纪20年代封建资产阶级家庭背景，直接改成了五代十国年间的帝王家庭，只保留了基本的人物性格和故事情节，完全不加修饰地给人物套上了古装动作片的商业外壳。虽然影片在大场面的拍摄和色彩运用上极具视觉震撼力，但人物关系的构建却在脱离时代语境的状况之下显得十分牵强，同时原著中对封建资产阶级思想的讽刺和批判态度也被彻底消解了，因而导致影片的艺术性大打折扣。与此相似的还有冯小刚根据莎士比亚戏剧《哈姆雷特》改编的《夜宴》（2006），虽然导演有意把西方人文主义精神转化为爱与欲望的表达，但影片在本土化的文学改编上却做得远远不够，影片在人物的塑造方面难以摆脱原著情节的束缚，明星像是穿着中国宫廷戏服上演一出西方话剧，中西方之间的文化差异使得影片多少显得有点不伦不类。另一种则为娱乐之术。陈凯歌根据元杂曲《程婴救孤》改编的《赵氏孤儿》（2010），虽然取材于中国古典四大悲剧之一，但是导演并没有遵循原著所宣扬的传统"忠义"观，而是从小人物的内心情感出发，重新书写现代主义人文关怀，可以说是以古代故事架构来宣扬当代价值观。这种具有前瞻性的改编观念虽然值得鼓励，但就当时正处于发展期的中国商业电影而言，自由式的文学改编仍难以被大众接受，加上影片对人物情绪的弱化处理明显存在诸多逻辑上的瑕疵，故而导致了观众对影片的种种诟病。可以看到，虽然新世纪以来文学改编电影在题材的选择上更加宽泛，在表达的形式上更加自由，但导演在面对观众多变的审美取向、中西方文化的差异、艺术与商业的矛盾时，通常呈现出难以取舍的复杂局面，成为新世纪文学改编的重要难题之一。

　　张艺谋曾坦言道："现在我也清楚，中国文学的现状不像十年前，你很难看到一部小说那么完整和那么具有震撼力。现在文学不景气，你不可能看到像《红高粱》《妻妾成群》那样在思想和意义上都完整的小说，我们只改动40%。很多人都这样问我为什么不自己写剧本，我觉得人是有自知之明的，我属于借题发挥的类型，我不善于白手起家，也不擅长想象。"[1] 新世纪以来严肃文学创作的不断边缘化，间接导致了商业电影改编的艺术性缺失，同时也是当下中国电影"剧本荒"的关键成因。而网络文学的庞大的读者群体、廉价的传播方式、丰富的影像渠道，恰好为迷茫的中国电影打开了创作的方便之门。2010年以后，网络小说改编逐渐从电视剧走向了电影银幕，例如张艺谋根据艾米同名小说改编的《山楂树之恋》（2010），徐静蕾根据李

---

① 彭吉象：《影视美学》，北京大学出版社2016年版，第359页。

可同名小说改编的《杜拉拉升职记》(2010)，滕华涛根据鲍鲸鲸同名小说改编的《失恋33天》(2011)，陈凯歌根据文雨的《请你原谅我》改编的《搜索》(2012)，苏有朋根据饶雪漫同名小说改编的《左耳》(2014) 等，由于十分契合当下大众的审美趣味和文化心理，都获得了不错的票房成绩。虽然网络小说改编在短时间内为电影产业发展注入了新鲜血液，但其在初期发展阶段仍带有严重的盲目性。网络文学巨大的市场空间和经济效益，促使大批电影公司开始竞相抢购网络IP，并将其内容进行简单压缩之后直接搬上银幕，使改编后的影片不仅在题材、叙事和表达上毫无新意，并且使电影创作完全丧失了应有的艺术价值观。反观网络小说创作在影视和资本的刺激之下，为了进一步夺人眼球，不惜将大量奇幻、暴力、色情元素融入叙事神话，导致其在无序的市场竞争中开始过度纵欲，对现实的架空和情绪的宣泄，使网络小说与传统文学精神渐行渐远。文影之间不仅没有形成良好的互动关系，彼此之间的恶性循环反而加剧了，同时也间接缩短了网络小说改编电影发展的寿命。

过分的商业化追求和娱乐化倾向不仅消解了传统中国由文学教育所建构的意义世界，同时也影响着人们的日常生活，将日常生活的意义也消解了。这是网络语言和影视的娱乐性所带来的结果，一开始人们只是觉得新奇、好玩，但后来就被慢慢改变了。微博、微信和抖音等新媒体的到来，使日常开始娱乐化、消费化。技术在方便人类生活的同时，也打破了一些意义和伦理的界线，对人类生活开始发生负面的影响。此时我们会发现，严肃的文学仍然在保卫人类精神的严肃性，在反思以上这些人类经验的负面清单，但是，因为商业和娱乐的裹挟，大多数电影还在追求过分的商业化和娱乐化，无法为人类的精神生活带来正面的健康的营养，而源头之一，就在于放弃了文学的崇高追求，放弃了严肃的文学性。

所以，不难看出，新世纪以来电影的文学性缺失是当下文学改编电影的关键问题所在。同时，由于电影的理论批评还在初建阶段，所以，电影也缺乏基本的精神护驾。于是，在这个以"娱乐"为主导的商业时代中，电影以其视觉修辞所带来的明显的感官优势迅速凌驾于文学之上。当代小说创作为了尽可能迎合影视改编的需要，逐渐开始以剧本化方式进行创作，同时小说家也会经常作为编剧直接参与改编电影的行列当中。像刘震云的《温故一九四二》《我不是潘金莲》、严歌苓的《归来》《芳华》等小说作品，在叙事结构、人物塑造、动作描写、语言表达方面均具有强烈的电影化特征，这些作品也均被改编成电影在院线上映。原著小说作者直接介入改编工作，一方面增强了电影的艺术内涵和精神高度，但另一方面也使文学创作的独立性受到诸多阻碍，"文学评论家和他们在戏剧界的同行们一样，多年来一直为电影对小说的这种影响感到悲哀"①。严歌苓曾表示，长期从事编剧工作对小说有伤害。莫言也曾经说："我忘记了一个作家最重要的是要在小说中表现自己的个性。这个性包括自己的语言个性，包括通过小说中的人物，表现自己的喜怒哀乐，包括丰富的、超常的、独特的对外界事物的感受。"②许多作家在提笔书写之前，就已经开始充分考虑到小说改编成电影的可能性，便不得不在创作过程中充分考虑读者的接受能力，以及拍摄成电影的现实性"资源"。如此一来，作家的想象能力和表达能力便被限制了。因而，要解决当下文学改编电影问

① ［美］爱德华·茂莱：《电影化的想象——作家和电影》，邵牧君译，中国电影出版社1989年版，第4页。
② 王国平：《作家，是否适合编剧这项"帽子"》，《光明日报》2011年12月22日。

题，既不能单方面从文学或电影的角度出发，也不能一味强调文学与电影的从属关系，关键是应当思考如何在资本与市场的合谋之中，重新树立中国影视文学创作的传统和精神。

在这一阶段中，文学与电影的关系比起任何一个时代都要差，但它恰恰从反面证明了文学与电影的关系是密切的，或者说电影从剧本的层面就是保持了文学与电影相互依存的关系。这一阶段文学的电影改编方面的问题和启示有以下几点：一是在"忠于电影"的背景下，电影所改编的文学便有所选择，不是过去认为的文学经典就一定能够改编为电影经典，而是从画面的角度出发来看，哪些文学适合改编为电影，哪些又不适合改编。主语变成了电影，电影不再是宾语。然而这种改变并非人们认为的是要创造伟大的艺术，而是被商业和娱乐所左右。一旦文学的严肃性和崇高性丧失，电影若是追求画面的形式主义之美尚可理解，但往往此时导演心中所想的是他所拍摄的电影有没有人愿意看，能不能在商业上获得，至少要保住投资者的利益。这就导致电影首先是为了商业而存在。很多剧作家都不大愿意终身成为剧作家，而愿意成为作家，因为在当今的电影市场中，剧作家不是单独进行创作，而是要听从投资人、导演甚至演员的意见，最后呈现的剧本往往是种种妥协之后的产物。这种合作的模式往往产生大众化的勾兑品，很难产生莎士比亚式的伟大剧作。最重要的是要保证商业的利益，这便无形中使艺术性让步于商业性和娱乐性。也就是说，当我们说"忠于电影"的时候，其实很多时候是忠于商业了。这是歧路。

二是我们仍然可以从纯艺术的角度去进行实践，什么样的文学作品才适合改编为电影。这仍然是站在电影作为一门独立的艺术的角度来提出的问题。巴赞讨论了这一问题。很多先锋派电影创作者也实践过这个问题。但是，他们往往被大众的思维限制住了。因为在电影创作者那里，他们很少有作家那样说为了自己或少数人进行创作的理念，他们是为大众进行创作。不错，电影从一开始就在大众的狂欢声中站起身来，又在娱乐大众的过程中确立自己在时代中的弄潮儿形象和地位的，但是，导演们很少考虑过一些问题：电影可不可以成为一个时代核心精神的体现者？电影是否具有过去文学所拥有的"文以载道"的功能？电影可不可以站在人类艺术的中心广场上进行演说、鼓动，进而改造人心和社会？今天很多导演是不考虑这一问题的。这使得电影在抽象表达方面未建寸功，于是也便形成了抽象思想无法用影像表达的观念。事实如此吗？当我们在观念那些历史纪录片时，思想意识形态的内容贯彻始终。影像无处不在。从某种意义上来讲，凡心相都成转变为影像，那么，有什么不可表达吗？当文学上说一个漂亮的女人时，这是抽象的，那么，文学一定会用很多笔墨来形容这个女人的漂亮，电影也一样，对一种抽象的内容可以从其他的视角转化为影像。这个探索在 20 世纪上半叶的西方电影中有所探索，但后来在好莱坞的商业影响下终止了，中国的电影在 80 年代以来有过一些探索，但到影视开始重视收视率和商业价值时便终止了，可见，电影艺术在自身美学的探索方面还远没有开始。

三是网络文学的娱乐化、大众化、商业化一定是电影改编的方向吗？近 20 年是中国电影迅猛发展的 20 年，正是因为商业化和娱乐化的影响，中国才会有大量资本进入电影市场，中国电影的创作力才蓬勃发展，成为世界第二大生产国，但是，我们未曾想过，为什么我们不能成为电影强国？因为我们不能创造出伟大的电影，而伟大的电影是什么？是艺术力巨大，同时又暗藏着无穷的商业价值的电影。但它首先是艺术力。网络文学的改编以及经典文学的 IP 改编都是在娱乐化、大众化、商业化方面走向成功的事例，这是需要严肃文学和严肃电影的创作者们要借鉴的，但是，这并非指娱乐化、大众化和商业化就是电影的终极目标，它们只是必须考虑的因素，但艺术力才是最重要的。那么，电影的艺术力在哪里？从根本上讲，仍然在剧本那里，也就是说在文学那里，因为在那里有基本的电影形象、思想高度和面向经典的情节、语言。

五、重建文学与电影的联姻关系：解决当下中国文学电影改编的问题对策

纵观百年中国文学与电影的发展关系，电影从早期作为复制戏剧舞台的"杂耍"，到新中国成立后作为意识形态的"工具"，再到改革开放后与文学的"联姻"，乃至现在成为一种兼具商业与艺术的文化"产品"，人们对电影本体的认识在实践和探索中不断深化。电影学者贝拉·巴拉兹曾预言："随着电影的出现，一种新的视觉文学将取代印刷文化。"[①] 科技的发展造就了多元化的信息载体，为视听艺术的发展提供了有利的温床。中国电影经过百年的发展历程，不但形成了本体表现风格和叙事方式，并且俨然成为当下的主流传播媒介之一，而拥有千年传统的文学创作，却不得已经历一个由"语言转向"到"图像转向"的艰难时期。传播学者麦克卢汉认为，旧的媒介不会消失，它往往会成为新媒介的内容加以呈现。因而文学改编电影不仅是中国电影的独有特色，同时也符合艺术发展的客观规律。看似是电影掌握了时代的"话语权"而文学不断受到"边缘化"，但其实两者的命运早已紧密地结合在了一起。文学的式微将会导致电影落入庸俗和形式

---

① ［匈］巴拉兹：《电影美学》，何力译，中国电影出版社 1987 年版，第 20 页。

化，而文学如果不能积极地融入影像市场，则会"曲高和寡"逐渐被时代抛弃，因而文学与电影必须是在互相融合、不断渗透的基础上才能不断向前发展。

首先，电影必须向文学学习独立的创作精神。虽然电影具有社会和经济的双重属性，但其毕竟是相对自足的艺术系统。如果一味地屈从于资本和市场，完全依照观众的口味和取向进行流水线生产，必然会导致电影完全成为一种赚取票房的工具，不仅抹杀了电影导演的个人思想和创作热情，电影也难以成为一种受人尊重的艺术，这与"文革"时期电影的政治传声筒在本质上是一致的，是艺术本体丧失的表现。虽然中国文学与电影的发展在每个历史阶段都不可避免地受到政治、经济、文化、战争的左右，但即便是在最困难的时期，艺术家们都从未放弃自身的艺术使命。正如鲁迅先生在面对愚昧、落后的封建旧社会时，能够毅然"弃医从文"，自觉将自身的生命体验同整个中华民族的命运联系起来，用尖锐的笔触猛烈警醒麻木的国人。这种"横眉冷对千夫指，俯首甘为孺子牛"的文人风骨和文学精神，在实现当下中华民族伟大复兴的"中国梦"上，依然值得继承和赞颂。改革开放以来，相对自由、宽松的政治环境为中国电影提供了良好的创作氛围，"第五代"导演通过文学改编的方式自觉成为国家理想的叙述者，"第六代"导演通过个人的经历对转型时期的中国现状进行批判和反思，都将个人理想与社会发展紧密地结合在了一起，得到了世界范围内的广泛认可。然而进入新世纪以后，电影创作的精英意识和文学精神却在商业资本的裹挟之中不断地消失了，作家和导演在理想和现实的两难处境中沦为金钱的奴隶，那些看似受到青睐和吹捧的畅销小说和娱乐电影，不过是工业时代制造的"文化快餐"，始终难以成为经典的艺术品。因而艺术家若想创作出伟大的电影，就必须自觉肩负起新时代赋予的使命，以自由、独立的精神进行影像的实践和探索，才能在满足人们日益增长的精神需求中，不断延长导演艺术创作的生命力，实现电影应有的社会价值。退一步讲，文学有着几千年的伟大传统，从口头传说的声音文学到文字表达的文字文学，有效地传承了人类的基本精神和价值传统，这成为人类赖以存在的内在驱动力。人类正是拥有这样的内在精神，才成为人类，也才以此而延续生命。这种基本精神就是人类的正面精神和正面价值，是友爱、牺牲、荣誉、平等、正义、崇高、自由、公正、包容、节制、中庸等，凡是与这种精神相违背的，则是人类精神的敌人，比如过度追求利益、欲望化、专制、自私、冷酷、狭隘、过分的娱乐化等。这既是人类生活的全部精神价值，也是艺术所表达的全部内容。现在，当文学逐渐因为各种原因式微，而电影因为各种原因渐渐踏上传播的核心舞台时，电影就要自觉地传承文学的这些精神价值。电影单纯地探索影像的形式美是远远不够的，还要探索如何表达伟大的人类精神，这才是终极关怀。

其次，电影应当重新回到现实主义的创作语境。在电影大量面向宫廷、玄幻、鬼怪以及虚构历史的创作倾向时，电影便不再关注现实生活，成为凌空蹈虚的娱乐品，电影便脱离了时代，脱离了生活，也脱离了艺术的美学轨道。这一现实强烈要求电影创作者回到现实，甚至回到现实主义的创作原则，重新关注现实，关照人心世相，为大众点亮心灯。2018 年上映的《我不是药神》就是因为在浊流翻滚的娱乐片中，立足于现实主义创作原则，对当下医疗问题等进行深入反思，体现出强烈的人文关怀和社会价值，因而获得了业界与观众的一致好评。由此可见，现实主义不是艺术电影的代名词，它并不排斥电影的商业性，相反还会提升商业电影的艺术价值，因而今天电影创作重回"现实主义"则显得尤为重要。

最后，我们还应当重构电影的"教化"理念。美国著名影评人罗杰·伊伯特曾说过："一切优秀的艺术都在阐释比它所承认的更深刻的道理。"① 无论是早期中国电影的"影戏观"，还是"十七年"电影"教化"观，抑或改革开放以来电影的"改编观"，文学与电影的创作始终没有放弃对批判和教育的追求。文学改编电影从郑正秋的"改革社会、教化民众"，到夏衍的"忠于原著、启智育人"，再到"第五代"导演"倡导人文主义，重建民族精神"，中国电影发展所有的突出成就，始终离不开"教化"一词。五四时期的文学是一种启蒙和教育，而后逐渐发展为对人性的构建和挖掘，但在今天以娱乐和消费的商品时代中，我们不再谈及"教育"这一话题，影视更是在缺失"文学性"的状况下成为一种大众娱乐的工具。然而，当下每个人都在接触影视，无时无刻不在接受着它的教育。那么它就应当，也必须回到文史哲的大传统中去才能够有意义、有价值，才会被人尊重和认可。在以视听为主的时代中，文学是小众的、怀旧的，而影视则是大众的、狂欢的。但没有几千年的文学传统，我们又能传播些什么呢？那就是一场精神的灾难，一种文化的断流。所以当代影视的发展要重视文化与教育，将影视研究纳入民族文化建设作为一个重要的研究方向。如此，文学与电影才能不断满足新时代中国文化发展的诉求，承担起涤荡人类灵魂，传承世间文明的历史重任。

当然，这是难的。

---

① [美] 罗杰·伊伯特：《伟大的电影》，殷宴、周博群译，广西师范大学出版社 2012 年版，第 473 页。

上编　中国文学改编影视史论研究

第一章　早期中国文学改编理论拓荒与国家理想

　　早期中国电影的发展遵循着两种并行不悖的发展轨迹，其一是以文学、戏曲等艺术形式为参照进行改编，并由此延伸出中国电影区别于其他国家的"影戏"观念；其二是在"影戏"观念的基础上萌生了以表达家国理想为主的民族主义创作观。"影戏观"的出现和民族主义的艺术创作倾向共同构成了中国电影理论的早期形态，本文就早期中国电影理论生成的环境、代表论著以及思想理念，结合史料，意图对现代中国电影理论的生成路径进行一番梳理。

　　近代以来，凡是诞生民族主义意识的国家，包括中国在内，都是在封建社会向资本主义社会过渡的过程中，或者叫"近代化"的过程中，诞生了这种以阶级社会的工业化和城镇化为前提的思想产物。而在以中国为代表的众多第三世界国家中，工业化和城镇化的源动力，是以因西方商业文明入侵而不断加深的民族危机与社会危机为历史背景的。可以说，近代以来中国社会的发展历程就是对一系列民族自决、自立、自强问题不断解决的过程。因此，与西方文明为扩张而喊出所谓获取"生存空间"，实质则是对全球殖民利益的分赃的扩张式民族主义不同，近代以来中国政治生活的"民族化"没有为扩张而侵略别国的"原罪"，中国"民族主义"意识的萌发，事实上是农耕文明在海洋文明侵袭下"自救"的产物。中国与西方的"民族主义"，在立场上有着本质的不同。

第一节 "文""影"共生：早期中国电影的创作土壤

中国社会自近代以来被西方文明试图用种种手段强行拉入资本主义下的全球工业大循环链条中，西方试图通过对全球工业分工的细化，而将中国变成其原料产地与消费市场，最终沦为西方主导的资本主义体系的附庸。而中国的"近代化"与"现代化"进程，则是不断去突破这种附庸地位，对中国社会殖民化悲剧的不断抗争。毫不夸张地说，整个中国近现代历史中的政治生活与文化创新的核心议题，就是如何将民族主义的立场基因融入国家发展的血液，文艺创作当以何种形式去表述民族主义的立场，是中国电影、文学等众多文艺形态根植于反殖民历史土壤而不断进化发展的首要问题。

首先应当明确的是，对中国早期电影理论的梳理，是无法避开文学理论对早期中国电影史的渗透的，这是由早期电影行业从业人员的精英化特征所决定的，精英化的从业人员从小接受体系化的文学教育，成年后不少人走上了文学创作道路，电影流行起来后又因种种原因进入电影行业，在自觉与不自觉的过程中将文学的创作手法带入电影创作，使电影发展样貌具备了许多文学特征，可以说文学理论在中国早期电影发展中扮演着支柱性的重要角色。电影创作活动在向文学汲取养分的过程中，极为重视文学的创作形式，这种形式主要体现于对文学理论的借鉴。

与俄国及西方等具有抽象美学与哲学逻辑的艺术研究传统不同，中国人对电影艺术的理解充满了实用主义色彩，电影艺术于 20 世纪初期中国特殊的、一切艺术形式均具有明确实用目的的文化背景下发展，使得早期中国电影理论形成了一种不带有任何定义诠释的、去抽象化、去思辨化的独特形式，呈现出一种将电影实践技巧与电影批评相结合的实用主义理论特征。

以中国文史传统的立场而言，中国电影理论的发展呈现出这种特征是不奇怪的，中国文史传统注重伦理道德的传承，一切事物应当合乎礼法，礼法规范是中国社会伦理道德的一整套方法论，这套方法论存在于中国传统社会的方方面面，文学艺术也因此产生了"文以载道"的实用主义思想，这种理性的务实思维从古代一直传承至今，成为中国早期电影理论呈现样貌区别于他国的根本原因。早期中国电影在理论上相当重视电影的社会功能研究，这里所指的社会功能将电影和具体的、真实的社会现实相联结，与历史的发展进程相联结，以此为文艺根本目的。一言以蔽之，早期中国的电影理论，是一种关于电影与中国社会、电影与时代发展、电影与中国的政治、经济、文化等一系列社会关系的复杂研究。

早期中国电影理论的先行者普遍注重电影创作过程而非创作形式，对剧作创作水平的研究多过对镜头运用水平的研究。对剧作水平的重视是中国电影发展的基石，几乎所有中国电影的创作都是以"剧本"为先行概念而继续推进的，这是因为中国电影自1905年《定军山》始，其发展就是基于"影戏"这一核心概念的，"影戏"的概念强调中国电影的戏剧属性凌驾于其他之上，在电影的呈现方式上，"戏"始终是叙事主体，而"影"则是完成叙事的手段。

注重叙事的特征让中国电影在剧本创作阶段就选择了文学作为自己的天然盟友，可以说中国电影对于文学施加的影响并不排斥，文学对电影的渗透亦是循序渐进的，中国早期影视和文学的关系主要在思想、形式的互相影响上，而并不聚焦于对文学作品的直接改编，20世纪20年代的中国电影从总体上来看，改编文本充分体现了注重电影社会功能，重在叙述故事，与文学、戏剧联系紧密等特点。

第二节　理论拓荒：从《从影戏学》到《影戏剧本作法》

1924 年，短篇小说家与剧作家徐卓呆基于自己的小说创作与剧作经历，结合电影在当时中国的发展特征，在上海出版了他的电影理论著作《影戏学》。① 该书一共九章，主要基于电影创作中所体现出的戏剧特性与编剧方法论，阐述电影在创作实践中所呈现的各项形式特征及其艺术呈现，徐卓呆对电影艺术初步解析，将影戏创作的过程分为了影戏的基础构成元素、剧作的分类与各项门类的形式、剧本创作者与影戏导演之间的创意衔接、戏剧编剧方法以及原著改编方法、影戏的场面结构与调度、不同场景下摄影的场地要求与道具的配合、摄影技法与胶片剪辑和洗印技术等主要内容。②

从徐卓呆对影戏创作过程的分解中不难看出，早期中国电影人对电影本体特征的认识在很大程度上是从戏剧创作的经验中延伸过来的，以戏剧观念出发去指导电影的实际创作，说明早期中国电影人依然对电影的艺术呈现缺乏全面的认识，但这并不妨碍徐卓呆的《影戏学》在中国电影理论史上具有极重要的开创性作用，自《影戏学》始，中国电影正式开始了区别于域外电影发展的、具备本土化特色的理论建设历程，虽然在实际应用上《影戏学》很难真正指导作为独立艺术门类的电影的创作，但后世电影研究者应当认识到该著作作为中国电影理论开山之作的历史地位。③

1926 年，在上海长城制造画片公司任职导演和编剧主任的侯曜，在上海泰东书局出版了他撰写的电影理论专著《影戏剧本作法》，该

---

① 李斌：《徐卓呆与早期中国电影》，《苏州科技大学学报（社会科学版）》2017 年第 12 期。
② 徐卓呆：《影戏学》，东方出版社 2018 年版，第 1 页。
③ 吴迎君：《重勘〈影戏学〉的知识理路》，《电影艺术》2015 年第 3 期。

书与徐卓呆的《影戏学》在出版时间上相隔不到两年，因此侯曜与徐卓呆二人几乎在同一时间奠定了自身中国电影理论拓荒者的地位。从理论构成层面上看，侯曜的《影戏剧本作法》较徐卓呆《影戏学》更为深刻，侯曜在他的著作中不仅将影戏的剧作方法细分为戏剧本常用的名词、影戏材料的收集和选择、剧情的结构、影戏作品的命名原则、旁白说明与剧中人物的对话方式、故事的制取景、事件穿插等多个环节，更从电影的深层表达入手，在书中引入了对电影应当展现的社会价值责任和对观众人生观的影响的深刻认识，甚至还涉及了剧作者和影戏创作者个人的修养问题。①

　　整部《影戏剧本作法》基于两个方面阐述了侯曜在中国电影理论建设的观点：首先将电影剧作方式条理化、系统化地呈现出来，以文字的形式将电影剧作的经验转化成创作方式的方法论；其次是首次正式地讨论了电影作为一种艺术形式在社会文化中所具备的普遍性指导作用和意义，这种讨论在20世纪初的中国电影界是极有意义的。它首次从理论的向度上承认了中国电影的社会性特征，中国电影具有反映并指导社会现实的功能，因此证明了中国电影具有社会学意义上的深层扩展空间，同时也树立了中国电影研究的严肃性和理论性。在《影戏剧本作法》中，侯曜在第一章开篇便探讨了"戏剧与人生"这一电影创作的本质问题，侯曜将电影剧作与人生的关系表述为四个观点：其一是戏剧应表现作者的人格和表现作者所处之时代中的现象和问题，即"戏剧是表现人生的"；其二是戏剧能够反映人生的优点与缺点，戏剧对人生合理与不合理行为的反映可以使观众得到一种极强烈的刺激，从而引起一种内息觉悟的反应，电影创作者应当承认戏剧

---

　　① 侯曜：《影戏剧本作法》，东方出版社2018年版，第1页。

具有移风易俗的能力，因为"戏剧是批评人生的"；其三是戏剧能够将民众所蕴蓄于心而不敢说、不能说、不忍说的忧愁与痛苦，尽量地宣泄出来，能够洗涤民众心中的牢骚抑郁、新仇旧恨，因此"戏剧是调和人生的"；其四是将戏剧作为人生的指导者，通过戏剧这种寓教于乐的方式，在不知不觉中使人养成高尚的理想与乐观的态度，让观赏者形成诚实、勇敢、博爱、互助的精神，把人的价值行为引领至弘扬真、善、美的道路上，所以"戏剧是美化人生的"[1]。

在对电影剧作与人生关系之间的理解基础上，侯曜进一步提出了电影所具备的四种社会价值。在他看来，电影（影戏）作为戏剧的一种分支形式，具备戏剧所能够体现的一切价值，电影（影戏）不但具有戏剧中表现、批评、调和、美化人生的四种功能，而且较之于其他戏剧种类，电影（影戏）的社会价值可以体现得更为深刻与清晰，在《影戏剧本做法》第一章第二节中侯曜对此作了初步的梳理。

首先，较之于其他艺术形式，电影的表现手法更为逼真形象，"其他的戏剧是以舞台为舞台，而影剧则以宇宙为舞台。它表现自然界的真美，非其他戏剧所能望其项背"。针对20世纪初期人们对无声电影有色无声、无法与舞台艺术相提并论的批评，侯曜将这一观点反驳为"一种不彻底的批评"。他认为即使是无声电影，那些投射在电影银幕上基于故事情节的文字说明，也和舞台艺术中演员讲出的台词具有一样的功效，甚至相较于舞台演员的台词，电影银幕上的文字表述或许更为清晰简洁。侯曜并未从认知的角度详细论证这一观点，但他从观众对于文、言的理解角度中形成了一种感性的结论："在语言

---

① 丁亚平主编：《百年中国电影理论文选（增订版）》，中国文联出版社2016年版，第62页。

不统一的中国，文字的说明和嘴里的说话，功用差不多。"

其次，侯曜注意到了电影作为一种艺术形式相对舞台艺术而言成本较低的经济特征，他将电影的创作成本分解为时间成本、人力成本、场地与设备成本以及取材成本四种类型，并对这四种成本的特征结合早期电影创作方式进行了论证。侯曜认为："影戏是戏剧中最经济的一种，它能在一二小时的短时间内，把一件复杂的事实，完全演出，这就是时间的经济（时间成本）。影片制好之后，演员则一劳永逸，不必时时重新表演，这就是人力的经济（人力成本）。影戏中的陈设布景，多半是取天然景或建筑物，不必特别费力设备，这就是设备的经济（场地及设备成本）。戏中的事实，样样都可在银幕上演出，这就是剧情的经济（取材成本）。"

再次，侯曜看到了电影的同步放映、联合放映的工业化大规模经营模式，因此从电影制成品的可复制特征入手，首先在中国提出了"影戏是平民的娱乐品"这一论断，他认为电影较之于其他艺术特征，其具有独特的普遍性与永久性特点，"影戏可由底片印出许多套影片，各地可以同时开映。又因影戏场的设备比较简单，但凡有电力的地方无处不可作影戏场；因为普遍的缘故，价目也比较低廉一点。大多数的人，都有享受这种娱乐的机会。影戏不但具有普遍性，而且具有永久性。有价值的影片，可存留至百数十年，不同时代的人，也能欣赏享受过去的名伶的艺术及作者伟大的思想和巧妙的剧情"。

最后，侯曜深刻认识到了电影作为教育手段的扩展功能，并认可电影在教育方面具有极强的可操作性，同时还具有对儿童启蒙教育的作用，侯曜认为："影戏不但是一种极好的娱乐品，而且是教育上最好的工具。它不但可以作社会教育之用，对于学校教育，也有极大的帮助。各种科学皆可以利用电影来教授，银幕的功用，比黑板的还要大，它能迎合儿童的兴趣，激起儿童的想象，扩充儿童的经验。在专门学校里，往往有用电影来辅助教授的，可见电影与教育有极密切的关系，它对于教育上的贡献，非常之大。"①

与西方艺术界对电影的普遍态度相同，早期中国文艺界也在争论电影是否具有作为"严肃艺术"的价值，这种争论的论调也与西方类似，否定电影艺术特征的观点基本上立足于电影的大众化特征，认为电影与普通民众相靠太近，过于趋向平民化，普遍性和可复制性太强，因此不具备严肃艺术的独特性，只能被看做一种普通的社会娱乐形式；另一种观点则极强调电影作为一种新兴表达手段的时代进步性与综合表现特征，认为电影是一种进步的艺术形态，是一种"综合的艺术、进步的艺术"，侯曜结合了两种观点，从艺术的创造动力上，深刻认识到了电影的艺术性特征。

在 1926 年大中华百合公司《透明的上海》特刊上，侯曜发表了《什么是有艺术价值的影片》一文，以列夫·托尔斯泰的文学创作经验为例，阐述了电影艺术价值的边界问题。艺术作为一项伟大的事业，不完全是供人娱乐和消遣的消费产品，艺术作为人类生活经验的凝练，能够"把人类的理性意识转移为感情……真正的艺术借科学做助理，以宗教为指导"，好的艺术作品可以抵消社会带来的焦虑，将"爱"的感情变为寻常的情感，使人类重新找回自我的天性，艺术的任务则是引导人生追求幸福、追求真理，并将这种追求由理性的范畴转移至情感的范畴。基于托尔斯泰的经验，侯曜认为，电影艺术价值的体现在它能够传达创作者的感情，若这种情感能够结合有益的人生

---

① 丁亚平主编：《百年中国电影理论文选（增订版）》，中国文联出版社 2016 年版，第 64 页。

经验，则电影就理应被当作一门严肃艺术而被文艺界正确对待。侯曜指出："凡能传达一种感情与他人，而这种感情是能令人生幸福为互相连合的，就是有艺术价值的作品。根据这个大前提就可以得一个结论，凡是一部影片能将编剧者的感情传达与观众，而编剧者的感情是能将人生幸福有相互连合的就是有艺术价值，否则就没有艺术的价值。"①

从徐卓呆到侯曜，二人对早期电影的理论拓荒足以证明中国电影人对电影理论建设的重视，徐卓呆的《影戏学》成书于 1924 年，侯曜的《影戏剧本作法》成书于 1926 年，这是中国电影对电影这门艺术出现后 30 年间的总体创作方式的凝练和总结，足可见中国电影人理论意识的萌发之早。

第三节　家国理想：早期影人的创作观念

早期中国电影界在理论拓荒方面主要根植于对戏剧和文学艺术创作特性的继承，但是这不妨碍中国电影在理论探索中，已经产生了一种电影作为独立艺术门类的懵懂认识。除徐卓呆和侯曜对中国电影的呈现特征做了系统阐述之外，相当一部分文艺界人士也看到了电影的艺术特征，并提出了关于中国电影理论建设的自有观点。

1922 年 5 月，导演郑正秋在《影戏杂志》第一卷第三期发表了《明星公司发行月刊的必要》一文，提出创办电影刊物与理论读物对于中国电影建设具有极为重要的支持作用。郑正秋在文中批评了电影创作者对于理论建设的忽视，认为在当时环境下多数电影与戏剧从

---

① 丁亚平主编：《百年中国电影理论文选（增订版）》，中国文联出版社
　　2016 年版，第 61 页。

业者甚至无法回答"戏是什么"这一涉及戏剧本质的问题，在实际创作中很难体现对创作目标的清醒认识，因此"自然难得常常有好戏出现，自然不能替中国艺术界争一些光彩了"。①

郑正秋反对中国的电影理论建设落后于欧美，他尖锐地指出："中国人若要让欧美人单独挑这副（电影理论）担子，只怕（中国电影界）有点儿惭愧吧？我们既是人类当中的一个人，我们就不能吃饱了饭不做事；我们既看到中国影戏非做不可，我们所以创办这个明星公司来实行创作。"从这种不甘落于人后的呼吁中能够看到，郑正秋在中国电影建设的必要性上很早就体现出一种强烈的民族主义情感以及国际竞争意识，他指出西方国家在电影中已开始对自有文化的渗透和对他国感观的歪曲②，"各国都非常之注意，越是惹人注意，越是免不了被人牵入影戏里面去，外国人表现中国人，不是污蔑的，就是隔膜的。据我个人的意思，虽然不必定要表现中国人只有好没有坏的，去给外国人看；然而替中国人多添一种公共娱乐的东西，也是很要紧的事哩！"③在电影理论建设上，郑正秋认为有依靠于电影公司发行月刊来进行电影普及和电影研究的必要，他指出，电影月刊的出现不仅能引起观众对于电影研究的兴趣，也是为业界创作提供一种顾问式的指导，"使得批评影戏的，多一种发言的机关；使得研究影戏的，多一种参考的资料"，而电影理论刊物最根本的创办目的，是要培养中国观众分辨高价值电影与低价值电影的艺术鉴赏能力，以达到开启民智的效果。

1927年第十三期《银星》杂志上刊登了郁达夫的《如何的救度

---

①③　郑正秋：《明星公司发行月刊的必要》，《影戏杂志》1922年第3期。
②　游晓光、姚远：《论1920年代明星公司实践与五四话语的关联——兼谈其改良主义》，《电影艺术》2017年第6期。

中国的电影》一文，这篇文章是郁达夫意识到了中国电影在创作过程中有被"欧美话语"同化的危险，为了使中国电影创作摆脱同质化的境地而发出的呼吁。同郑正秋相似，郁达夫对中国电影发展路径的呼吁也展现出了鲜明的民族主义爱国特征。在文中，郁达夫梳理总结了近20条美国电影的创作场景，并尖锐指出这些模式化、公式化的场景正在模糊电影艺术通俗化特征和刻板表达之间的界限。郁达夫指出电影的通俗化表达正是电影艺术的最大特征，他并不反对电影的通俗化表达，而刻板化表达则是应当被明确反对的，对创作场景模式化的刻板追求是一种病态的创作方法，模式化的创作近乎抄袭。郁达夫在文中指出："外国人老说中国人是最善抄袭，我觉得中国人的抄袭还不是高明的。抄袭的妙手，在抄袭其神，而不是抄袭其形。现在我们中国的电影，事事都在模仿外国、抄袭外国，结果弄得连几个死的定则都抄起来了，这哪里还可以讲得上创造、讲得上艺术呢?"[1] 郁达夫认为中国电影的创作应当借鉴国外的先进理念，而不是对创作场景一味模仿，在符合创作的科学规律上去进行艺术叙事的原创，基于原创而表达艺术精神。在对电影创作的要求上，郁达夫明确提出"要求中国式的电影，而非美国式的电影。极力摆脱模仿外国式的地方，才有真正的中国电影出现"，同时，"要求新的不同的电影，只把几个人面换一换的电影，我们不大愿意去看。我们所要求的，就是死规则的打破"。[2] 这两点要求可以总结为是对中国电影发展模式的概括——既要体现民族特色，也要体现创意特征，在电影创作过程中，中国电影应当形成一种多样化的表达姿态。

20世纪一二十年代的中国文艺界人士对电影理论发展的理解，

---

①② 郁达夫:《如何的救度中国的电影》,《银星》1922 年第 13 期。

已经体现出非常强烈的民族主义意识，他们认为电影不仅具有艺术表达的功用，更重要的是电影是一种弘扬民族主义的绝佳艺术工具。1924年，明星影片股份有限公司创始元老、发行部主任周剑云，联合明星公司摄影部主任、电影《玉梨魂》导演汪煦昌，合伙创办了上海昌明电影函授学校，并自编了《昌明电影函授学校讲义》，在讲义中，周剑云与汪煦昌将《影戏概论》作为一门独立课程进行讲解。《影戏概论》全文分十章，共两万余字，其中关于"影戏之使命"一节占据了相当大的篇幅，周、汪二人对于电影是否应当指导民族主义的弘扬，在文中给予了明确的答复，二人认为电影虽然具有平民娱乐的功能，但这并非电影的根本目的，在近现代民族国家观念尚未消亡之前，电影将长期肩负宣扬一国民族主义的使命，文中提及六种宣扬民族主义的方式，"①赞美一国悠久的历史；②表扬一国优美的文化；③代表一国伟大的民性；④宣扬一国高尚的风俗；⑤发展一国雄厚的实业；⑥介绍一国精良的工艺"。周剑云与汪煦昌从电影宣传的角度，一针见血地指出了当时欧美电影宣传对于中国民众的欺骗性质，并用浅显易懂的话语道出了欧美电影在对有色人种持双重标准下的宣传动机：

> 我们中国人多数惧外、媚外的心理，总以为欧美各国的人民，都是高不可攀、绝无瑕疵的，其实哪里有这么一回事……我国多数无知的人，所以崇拜他们的缘故，多半是影戏宣传之力。试看欧美运来的影片，从前确也不免有暴露弱点的地方，后来经他们的政府严密审查，从事修剪，遂无一处肯把自己的短处显出来了。影戏中所有的坏人，不是墨西哥人，便是黑人和中国人，因此造成西洋人鄙视中国人的心理。其实我们中国人良好的也不

少，何至野蛮、腐败、卑鄙、龌龊，像他们那样有意侮辱的扮演呢？日本人觉悟到这一点，竭力把他们的长处，摄成影片，运到欧美去映演，西洋人越发觉得日本人和中国人虽同为东亚民族，而程度之相差，竟有天壤之分……这是我们刺激最深的教训，我们如果不识羞耻为何物，不想雪耻则已，否则，请莫忘记影戏宣传之能力！请认清影戏所付之使命！①

从周剑云、汪煦昌对于电影宣传功效的认识，不难看出早期中国影人是将电影的摄制活动置于一种极具家国情怀的民族主义高度，而去认识电影、创作电影，并以此为目的和理想，去极力培养电影从业者的民族主义意识。②

电影社会价值的体现是早期中国电影拓荒者们关注电影理论建设的重要一环，他们普遍看重中国电影理论建设中的价值体现问题，认为电影作为一种综合艺术的前提下，其艺术价值是毋庸置疑的，而电影在放映活动中所产生的大规模社会影响，或者其社会价值的体现，是相较于电影艺术价值而更具根本性的问题。

1926年商务印书馆活动影戏部编剧孙师毅在当年第二期《国光》杂志上撰写《影剧之艺术价值与社会价值》一文，以探讨如何清醒面对中国电影所具有的艺术价值和社会价值这一严肃问题。孙师毅借用侯曜转述托尔斯泰关于艺术功能的观点，认为电影艺术价值的体现在其蕴含了创作者与观赏者共同投入的情感，电影借助综合艺术手段去诉说一个故事，因此"它成了国际的、无文法的一种语言，它较任何

---

① 丁亚平主编：《百年中国电影理论文选（增订版）》，中国文联出版社2016年版，第23页。
② 李道新：《中国电影：历史撰述的开端》，《当代电影》2008年第13期。

艺术，都来得普遍"，孙师毅认为电影作为一种综合艺术，甚至利用了多种科学手段，因此"它占艺术上最后而且最高的位置"。[①] 与其他艺术门类相比较，电影的出现时间最晚，而在构成上电影的组成元素则最为复杂，因此无法否认电影属于一种"结晶艺术"的重要地位。

在电影的社会价值问题上，孙师毅承认电影的社会宣传作用，这种社会宣传作用可以是建设性的，也可能带有相当强烈的破坏性。孙师毅以第一次世界大战中美国利用电影手段进行征兵宣传，以及侦探片对社会治安的影响为例，"当欧战期间，美国人参与兵役者，旦夕间有百万之众，日人讶而问其所以召集之道，对曰，赖于影剧而已。自侦探长片放映而后，盗窃偷窃之数，遂与此等影剧之流行而同增，且其所用之方术，即本之于影剧上传来之方法"。[②] 孙师毅敏锐地指出，电影中的人物衣着、城镇形象，以及剧中人物的性格行为，都源于社会现实，电影作为一种普遍性的艺术手段，已经逐渐成为社会娱乐的主要部分，电影的宣传功用带来的社会效果之大，在于电影欣赏完全摒弃了地区、阶级、年龄甚至性别的差异边界，因此对电影的社会价值，必然会被大多数研究者予以特别的重视与研究，而电影社会价值的具体体现，也将是伴随中国电影理论发展的一个极为重要的长期议题。

1928 年剧作家田汉的观影笔记《银色的梦》，由上海良友图书印刷公司出版。笔记中对于电影创作的观点受到了相当深刻的文学创作方式影响，田汉极为认同日本文学家谷崎润一郎在《艺术一家言》当

---

① 陈墨：《孙师毅生平大事年表》，《当代电影》2008 年第 10 期。
② 孙师毅：《影剧之艺术价值与社会价值》，《国光》1926 年第 2 期。

中对于电影是"人类用机械造出来的梦"的观点。田汉将电影与舞台艺术的关系比喻为语言和文字，或者原稿与印刷品之间的关系。这种比喻是对电影可复制特征的一种形象描述，田汉指出舞台剧是以有限的观众为观赏对象，观众对于舞台剧的审美体验在时间上是极为有限的；而电影的特点则是"观客一方可以廉价地简便地坐观各国优伶之演剧。在优伶一方，以世界的观众为对象，不必像绘画文学一样经过复制与翻译的间接手段，直接发表自己的艺术，且可以永传于后世"。① 对于电影创作过程中应当如何取材的问题，田汉从俄国形式主义文论角度出发，认为电影创作和文学创作类似，创作的目的都应当是真实社会现状的反映，因此田汉呼吁电影创作应当如托尔斯泰一般放弃自己的阶级特权"到民间去"，理论与实际相结合地去研究普通平民的生活。田汉在《银色的梦》中坚信那些坚持取材于真实生活的"意志坚定者"，最终能达到电影的目的地，奏响用电影实现自我价值的"凯歌"，而贪图享乐、在创作中脱离实际的电影创作者们，"司爱情与幸福之女神，不能不变更她的赏予"。这种对电影创作应当深入实际的深刻认识，构成了田汉创作历程中的一种特殊的现实意义。

结语

早期中国电影理论的发展，在当时中国文艺界人士的一系列探索活动中，是具有明显的"拓荒"性质的，相较于其他主要地区的电影理论，中国文艺界在 20 世纪初期对电影的认识少于美学与哲学思辨，而长于对剧作水平和社会价值的探讨。在电影理论建设中观影

① 丁亚平主编:《百年中国电影理论文选〔增订版〕》，中国文联出版社 2016 年版，第 84 页。

"去欧洲中心主义"的探讨深刻蕴含着电影对于民族主义政治立场的弘扬。[1] 与此同时，用电影技术手段进行民智启蒙的教育观点，也反映出了一种鲜明的实用主义立场。在理论构成上，中国文艺界受到了来自欧美与俄国社会思想、文化流派的一些影响，并对它们进行了一些本土化的修正和优化，中国文艺界对电影的认识与俄国形式主义文艺理论对艺术的指导可谓是殊途同归。总之，早期电影发展，中外对于电影艺术的主流认识无一不是和社会现实相共鸣，与时代主题相关联，无论是传统文艺理论家，还是新兴文艺理论的拥护者，抑或文学家、剧作家、电影理论学者，其对于电影这种艺术形式的认识，既暗含了对旧式文艺理论无法指导电影实践的批判与嘲讽，更是对后世电影对社会现实的反映，提出一种符合自己价值观的政治抱负。这种政治抱负无疑可以看作自近代电影诞生至今，进步知识分子群体心目中主要国家理想的体现。

（张哲玮）

---

[1] 刘琨、孙晓天：《明星消费、民族想象、现代启蒙——关于〈影戏杂志〉的三点研究》，《当代电影》2013年第13期。

第二章　抗战及战后粤语电影改编活动研究

　　电影、话剧、歌剧作为新兴的视听媒介，有别于以文字为主的文学形式，它需要在固定的空间如剧场、影院、戏院或银幕前向观众展示，具有特定的烘托气氛与渲染环境之效果。在波澜壮阔的民族战争中，既有蔡楚生、司徒慧敏、夏衍等电影人在香港组织属性各不相同的话剧团体、电影公司、文艺报刊进行剧本创作、电影拍摄、电影评论，也有东江流动歌剧团、虹虹剧团的工作者们进行抗战歌曲、舞剧的巡回演出。各类文艺团体借助以上这些语言和动作表现更为直观的艺术形式将香港与内地同样抵抗侵略的爱国人士紧密地联系起来，从而进行抗战宣传、策应香港战事、领导香港抗战，进一步争取民主爱国人士、砥砺群众并鼓舞战士的抗敌士气，由此迎来了战时香港文艺运动的黄金发展时期。

　　战争期间，在通讯与传播媒介发达的香港，中国共产党选择借助各类文艺团体以电影、戏剧、歌咏等诸多艺术形式，将具有无产阶级革命思想的文学作品传播给香港民众，用民族（国家）主义的宣传话语唤醒民众，营造舆论环境，使无产阶级文艺成为香港战争时期文艺宣传话语的重要组成部分，从而在香港建立了民族的、科学的、大众的具有延安文学属性的价值体系。

第一节　电影制作公司：大观电影公司概述

　　抗日战争全面爆发后，上海的左翼文艺工作者奔赴延安，包括袁牧之、吴印咸等人，他们用镜头记录中国共产党和当地的群众艰苦奋斗的生活和战争场景。这些左翼电影人将电影作为抗战文艺宣传的工具，在记录地域文化、构建电影理论体系的同时，也承担着向其他地区电影人交流互动、开展电影批评的工作。1938 年 5 月底，毛泽东在《论持久战》中讲到动员民众抗日的问题，就是要"靠口说，靠传单布告，靠报纸书册，靠戏剧电影，靠学校，民众团体，靠干部人员"。① 随后，延安、香港等地的电影人迅速行动起来，如周恩来安排袁牧之尽快到香港，购买建立八路军总政治部电影团急需的各类电影器材。

战时的香港电影环境大体呈现影片类型单一、票价不菲、拍摄手法单一的特点。由《大众周报》可知，"本港尚无一具有规模之电影戏院，即美制之影画片，亦恶劣不堪，电影戏之予吾华人以认识者，仅在街头一角之临时电影院里，所谓街头之临时电影戏院，为一种临时以铁架木板与帆布帐搭成之者，由一二洋人雇中国小童为之服务，每至一繁盛街头即将之架搭起来悬丁方四尺之白布在内，叠二黑皮箱对之，此二黑皮箱一为装置放映机者，一为放置画片者，布置之后，则使小童摇铃于帐外以招引顾客，每个一套，收买当时之港仙一枚"。② 随着大量资金的注入和影视工厂的建立，进步的香港电影人逐渐认识到资本短小等客观因素不能阻碍本土电影的发展。"要创造一种'中国型'的电影。然而，在目前为止，还没有创出一种'型'来。'中国型'的电影在《木兰从军》里差不多有了 20% 的成就。今后的香港电影应该配合客观的形势和时代的需要。"③

---

① 毛泽东：《论持久战》，载《毛泽东选集》(第 2 卷)，人民出版社 1991 年版，第 481 页。
② 清流：《电影院沧桑录》，《大众周报》1944 年 7 月 29 日。
③ 万苍：《今后之电影》，《香港日报·剧艺》1944 年 3 月 11 日。

1937 年底，上海电影人蔡楚生、谭友六、司徒慧敏到达香港后，他们发现粤语电影拥有得天独厚的制作条件，加之本地进步电影人认识到，"当有着我们的抗战、动员民众、教育民众、向民众宣传抗战的任务由电影来担当时，它比诗、小说、歌咏更有说服力"。[①] 蔡楚生等人当即决定同新时代公司的电影人合作，筹划拍摄抗战题材的粤语片。司徒慧敏、蔡楚生拍了《白云故乡》，在南洋各地极受欢迎，大观电影公司支持拍电影，且为进步人士预备某些好的片子。[②] 中共香港市委领导以及罗志雄、周钢鸣等人在大观电影公司立即成立了两个党支部，由八路军办事处连贯领导，于伶负责，组成了以夏衍、司徒慧敏、叶以群、蔡楚生、周钢鸣为委员的大观电影公司剧本审查委员会。[③] 他们先是制作了一部粤语故事片《孤岛天堂》，接着拍摄粤语抗战影片《血溅宝山城》，这部由香港的电影工作者集体编导的影片，其收入所得用于支援抗战。至 1941 年"香港拍摄的爱国故事片、新闻纪录片和动画片共 98 部"[④]，较有代表性的是粤语片《最后关头》、司徒慧敏导演的《游击进行曲》、汤晓丹编导的《小广东》、蔡楚生编导《前程万里》等。

1941 年夏衍经过香港时与老朋友司徒慧敏遇见，两人早在上海便已相熟。久别重逢的两人相谈甚欢，司徒慧敏央求夏衍在短时间

---

① 徐迟：《电影之否定与肯定》，《大公报·文艺》1940 年 8 月 10 日。

② 南方局党史研究资料征集小组编：《周恩来关于香港文艺运动情况向中央宣传部和文委的报告》，载《中国共产党南方局党史材料——文化工作》，重庆出版社 1990 年版，第 16 页。

③ 该片由蔡楚生、司徒慧敏编剧，司徒慧敏导演，李清主演，根据抗战初期一支抗日军队姚子青营死守宝山城的真人真事改编。

④ 余慕云：《香港电影的爱国主义传统——战前香港爱国电影的初步研究》，载第十九届香港国际电影节特刊《早期香港中国影像》，香港市政局 1995 年版，第 54 页。

里能够写出一个反映战争的剧本来，哪怕是故事梗概也行。夏衍回应："却情不过，再则对久违了的剧本创作跃跃欲试，便答应了下来。"① 战争时期的电影剧本应当如何创作？《华商报》1941 年的文章《更真挚、更诚实》指出："难道我们就不能写与抗战有关而同时不公式的作品了吗？欺骗与作假，是绝不能博得观众感动的。"② 《华南时报》的主笔李志文也提出："如果承认电影之制作是一种艺术之创作的话，现在我们不能不要重新去估价现有中国电影之存在的价值，对中国电影前途之悲观为什么在电影制作上有意的与战争现实脱节？为什么有意的降低其艺术水平，我们究竟要使电影应该对观众发生怎样的效果？我想，现在该是我们重新觉悟的时候了。我们要彻底摆脱中国电影五四时期恋爱问题解答作风之尾巴，要广泛展开现实主义之利用。"③ 究竟如何"摆脱肤浅雷同、枯竭勉强定型、无味，便成了戏剧与电影写作的公式，就拿日寇、汉奸、志士这三个类型来写，何尝不可以写出好的剧本来？问题依旧是对于日寇汉奸、志士乃至他们所处生活环境的描写与表现的是否真实。写的真实，是这么回事，观众便觉得真像而忘其为公式"。④ 创作人物是否需要现实的生活是夏衍一直思考的，带着这个萦绕在脑海中的问题，他回到了桂林。不久，夏衍递给司徒慧敏一个名为《大地交响曲》的文学剧本（拍摄时改名为《白云故乡》）。大致讲述广州大轰炸时，在战争动荡的岁月两个青年白侃如和林怀冰分别与陈芬相识并相爱，他们参加抗日，白侃如知

---

① 司徒慧敏：《风雨同舟六十年——学习夏衍同志的创作道路》，中国电影出版社 1989 年版，第 284 页。

② 《更真挚、更诚实》，《华商报·舞台与银幕》1941 年 8 月。

③④ 卢玮銮、郑树森主编：《中国电影之出路》，载《沦陷时期香港文学资料选（一九四一至一九四五年）》，香港天地图书有限公司 2017 年版，第 281 页。

趣地退出这场三人情感纠葛。林怀冰被一日本女特务诱惑无意中泄露
了军火仓库的情报，造成了部队的损失。醒悟后的他冒着生命危险潜
入日军阵地炸毁敌人军火库，最后望着国旗倒在血泊中。夏衍借《白
云故乡》批判了抗战爆发以来小资产阶层的消极抵抗思想，重点突出
了知识分子青年在战争中迅速成长蜕变，描绘了抗战初期华南地区的
现实状况，再现了香港各界爱国人士自发组织救国运动的场景。《白
云故乡》作为抗战期间香港进步电影人拍摄的影片，有香港小贩义卖
的情节、惨烈的战争场景以及触目惊心的街头实况。影片在香港放映
时，"连映 18 天，票房收入创彼时香港电影的最高纪录，广州各大学
校长及文化教育界撰文公开推荐该片"。①

第二节　夏衍的抗战粤语电影评论

　　除了创作剧本，夏衍用"子布"这个笔名在《华商报》上发表影
评。他对粤语电影《小老虎》《流亡之歌》《民族的吼声》等影片给予
相当的肯定，并组织在香港的蔡楚生、司徒慧敏等电影人开设专栏，
就香港目前阶段的电影现状进行讨论，探讨它们不受欢迎的原因，着
重抨击 1939 年以后香港电影界泛滥起来的逆流。夏衍认为："香港永
华影业出品的《清宫秘史》《国魂》《大凉山恩仇记》和大光明影业出
品的《野火春风》，具有一定的'在地化'意识，乃至倡言'应该重
视'和'协助'香港所处粤语系的广大人民的粤语电影发展。"② 进而
提出"香港电影应走出一条服务于抗战的途径"。③ 在他看来，"目前

---

① 余慕云：《香港电影史话（第 3 卷）》，香港次文化堂 1998 年版，第 9 页。
② 梓甫、逸君、萧然等：《粤语片的存在和发展》，《华侨日报》1948 年第
　　10 期。
③ 夏衍：《夏衍全集·电影评论卷（上）》，浙江文艺出版社 2005 年版，
　　第 200—266 页。

的香港，平平直直制作一些对世道人心无害有益的东西，与其调子放高而不能畅所欲言不如调子放低而做一点启蒙的教育工作。我相信这之间可写的题材还多，运用之妙，在乎一心。在小说诗歌方面提倡方言文学，影片方面却看不起粤语片，这是讲不通的。问题在于粤语片从业人员的努力，粤语片还是有前途的"。①

　　作为电影批评的实践者，夏衍还以梓甫的名义组织在香港的左翼文艺工作者：瞿白音（慕云）、叶以群（逸君）、周钢鸣（达之）、韩北屏（逶君）、孟超（萧然、潇然）、洪遒（蔚夫）等人联合署名"七人影评"，撰写了大量电影评论类文章，逐一登载在《华商报》的副刊《舞台与银幕》上。他们通过大量的影评或者时评敦促战时进步的香港电影工作者发挥有效的宣传作用。如借影片《再生缘》思考类似的题材如何处理人与社会的关系。② 又以历史题材为蓝本写成的电影剧本必须遵从现实，强调真实性。"必须注意以下两个问题：第一，历史的真实性。所谓真实性，不是容易把握的。艺术不能只根据断烂朝报的'历史'，而无旁征博引。对汗牛充栋的史籍，应知所发掘，知所批判。第二，必须把握当时现实的要求。不是为历史而历史，而应该为以历史事件当作对现实的教训而写作。即使作者已经忠实于历史的真实性，如果那题材和主题不合于当前现实的需要，那么这种作品在客观上常常会对社会起不了作用，甚或起反作用阻碍社会的进

　　① 《和政治分不开》，《文汇报（香港版）》1948 年 9 月 27 日。1948 年 9
　　　 月，香港《文汇报》组织了三次以"国产影片的道路"为题的座谈会。
　　　 9 月 27 日，该报刊登了第三次座谈会的发言记录及夏衍的这篇书面发言
　　　 （收入香港人间书屋 1949 年出版《蜗楼随笔》），与《美国影片与苏联影
　　　 片的差别》合为一篇，标题为《两个座谈会的书面回答》。
　　② 子步：《舞台与银幕》，《华商报（香港版）》1941 年 4 月 9 日。

步。"① 再有，夏衍在观看了《一江春水向东流》后向导演、演员和全体工作人员表示赞扬："要是中国更多一点自由，要是有更好一点设备，我们相信你们的成就必然会十倍百倍于今天，但也就因为你们能在这样的束缚之下产生出这样伟大的作品，我们就更想念起你们的劳苦，更感觉到这部影片的成功。"② 特别是抗战结束后，夏衍在中国电影的艺术创造上强调了战斗的现实主义，"在社会生活中，只要我们的电影工作者肯面向着现实前进！以电影为人类社会服务，以电影服务于民族解放的斗争！"③ 以及电影作为一种工业化的产物，夏衍认为它在经济层面讲是一种近代化的企业，国产电影当前遭遇的困难，也正就是中国文化事业和中国工商业正遭遇的困难。中国民族文化和民族工业当前有两个死敌，其一是帝国主义侵略，其二是法西斯政治和豪门独占资本的垄断。把这转移到电影事业上来看，前者是美国电影的侵略，后者是独裁政府的文化统治和挂了公司名义的国营、党营电影的独占。④ 最后提倡用地方语言制作电影，鼓励粤语片拍摄和制作。讽刺了美国"通过送来子弹、军火，每个头脑清醒的人都可以直觉地感到，这些东西要在我们祖国的大地上杀伤千万人的生命。但，对于美国大量输入的另一种杀人不见血的东西——作为'艺术'的电影，人们的感应就迟了，这里面有的是'风情浪漫，香艳，肉感，滑，恋

---

① 梓甫、逸君、萧然等"七人影评"，《华商报（香港版）》1948 年 9 月 12 日。
② 《新民晚报》1956 年 10 月 4 日。李村在文中提道："记得十年前，当它上映后所曾招致的可贵的回声；其中有一封来自香港的信，更是使人难忘。在最近的一次电影招待会上向观众谈到了这一封信，这是夏衍同志和一些文艺界的朋友们，当时在香港看过电影后联名写给导演、演员和全体工作人员的。"
③④ 周达：《苏联电影给我们的影响——纪念苏联电影廿四周年》，《华商报（香港版）》1941 年 11 月 8 日。

爱，热情，冒险，90% 以上的美国影片是鸦片，对中国人民的精神领域进行着麻醉、腐蚀、僵化，乃至致命的作用'"，① 进一步劝诫人们摒弃这种美帝国主义送来的精神鸦片，应当吸取"'那些和人民的需要紧密配合，反映他们现实生活的片子，才是人民所需要的，才能生存与发展。运用地方语制作的艺术品就有存在的必要，电影没有例外。粤语片的存在，不仅是必要而且是应该。我们应该重视它、协助它，使它提高和发展"。② 除了评论正在发行放映的粤语电影，夏衍坚持在《一周影评》放映的电影中选评三五部写影评，每篇字数不超过七八百字，以上这些电影，夏衍全都是自掏腰包观看。"这些影评文章大都经他亲笔修改"③，"或文稿发排前，这位电影老内行以报刊主笔的身份校改过"。④

第三节　战时延安文艺作品在香港的改编——以《小二黑结婚》《白毛女》《黄河大合唱》公演为例

一、南方学院改编赵树理的作品

赵树理在"读了《在延安文艺座谈会上的讲话》后明确了直接为

---

① 《片与面包之分——为〈丰功伟绩〉公演而作》发表于 1946 年，收入香港人间书屋 1949 年出版的《蜗楼随笔》。《丰功伟绩》原名《誓言》，由苏联第比利斯电影制片厂 1946 年拍摄。普·巴甫连柯、米·齐阿乌列里编剧，米·齐阿乌列里导演，柯斯玛托夫摄影，斯哥依阿饮多娃、尼·巴柳夫、德巴甫洛夫主演。

② 梓甫、逸君、萧然等：《粤语片的存在和发展》，《华侨日报》1948 年第 10 期。

③ 程季华：《前言》，载《夏衍电影文集》（第 1 卷），中国电影出版社 2000 年版，第 290 页。

④ 于伶：《欢笑与沉思》，人民日报出版社 1988 年版，第 107 页。

工农兵服务，在普及基础上追求一些提高。内容上增加了针对群众思想进行教育的比重；形式、结构、语言文学上保持力求群众便于接受的民间风格"。① 作为《在延安文艺座谈会上的讲话》提出的"工农兵文艺写作方向""文学民族化"的具体实践，他尝试着将传统小说的结构方式、表现手法、叙述形式、有选择地进行改造，创作了一系列类似评书体的小说。

作为延安时期"新农民文学"的代表作品，赵树理的小说《小二黑结婚》，它的意义在于表现新的社会时代下产生了新的人物，他们可以婚姻自主，以人品道德标准选择婚姻对象，真正做自己的主人：

> 一为婚姻自主，二为当事人选择婚姻对象的标准不是美貌多金而是为人正直。这是新中国新社会新人物出场。如果观众还是不太认清这一件小事在中国历史上的伟大意义，那么，给他们指出这一点是应该的，让大家看明白，新中国的社会已经产生了新人物，他们是中国的主人公。②

南方学院是由爱国民主人士陈君葆、马鉴、叶启芳、林焕平、章乃器等人在 1948 年初创办的，1955 年被港英政府取消注册。与达德学院不同的是，这是一所业余性的职业学院，面向在职的上进青年。校址设在港岛湾仔，林焕平任院长。邓初民、欧阳予倩、龚梅彬、林林、瞿白音、狄超白、周钢鸣等都在该院任教；郭沫若、茅盾、侯外庐、杨东莼等人则通过学术讲演和做报告的形式与学生互动交流。南方学

---

① 赵树理：《回忆历史　认识自己（摘录）》，载《赵树理文集》(第 4 卷)，人民文学出版社 2005 年版，第 345 页。
② 茅盾：《新会的新人物》，《华商报（香港）》1948 年 11 月 4 日。

院的师生开展多项文艺活动，如用粤语公演（改编自赵树理同名小说的话剧）《小二黑结婚》，到南丫岛考古，以及出版《南方文丛》。这些文艺活动丰富了学生的业余生活，使得他们的文艺水平和阅读能力得到一定的提高和锻炼。话剧《小二黑结婚》在红孩儿剧场、孔圣堂公演，郭沫若为该剧写了《小二黑结婚演出手册》："我们希望南方无数的周小芹与小二黑都凭集体的力量，获得人身自由。"[①] 话剧在香港大受欢迎，电影界人士趁势紧锣密鼓地筹拍电影，由香港导演顾而已执导，他托欧阳予倩联系作家商讨改编之事，赵树理欣然同意。由香港影星顾也鲁饰小二黑，郑敏饰二诸葛，景路饰三仙姑，陈娟娟饰小芹，演员阵容之强大在当时的香港绝无仅有。香港大光明影业公司负责拍摄。

二、民间剧团公演《白毛女》

抗战胜利后，借助香港的文化氛围，中国共产党将体现文艺与群众关系主题的文艺作品《白毛女》搬上舞台，以此为契机向华南地区与西方世界传播了 1942 年以后延安地区的重要文艺思想和政策理念，展示了延安文艺的核心主题和重要理论，并以此为方式塑造了延安文艺座谈会召开后的"延安形象"，也为延安文艺精神在战后香港的推广和普及争取了更多的舆论空间和民众认同。

1948 年，在香港文艺界，中国共产党辖属的三个民间剧团建国史剧艺社、新音乐社、中原剧艺社先后联合公演《白毛女》，共计六幕二十场，时间分别为 5 月 29 日，6 月 5 日、12 日、19 日，每日下午 1 时开始，演出地点在九龙普庆戏院，票价依次为二元四、一元

---

① 艾以：《郭沫若与香港》，《郭沫若学刊》1998 年第 1 期。

七、一元二、七毛。①

《白毛女》在香港上演，邵荃麟认为反映工农大众的艺术首次出现在市民阶层的大剧场里，代表着工农大众艺术的胜利：

> ……在低廉的票价下，把劳苦大众带到大剧场里来了，这次向观众献出的，不是市民阶级的艺术而是人民大众自己的高级艺术了。工农大众的革命艺术首次出现在资本主义都市的大剧场里，这是工农大众艺术的胜利。②

茅盾认为《白毛女》表现遭受压榨和奴役的农民大翻身的作品，侧面表现出封建剥削阶级的反动、毫无人性及其蹂躏人民的嘴脸：

> 《白毛女》是歌颂了农民大翻身的中国第一部歌剧。这是从一个十七岁的佃农女儿身世，表现出广大的佃农阶层的冤仇，及其最后的翻身。这是从一个地主的淫威，表现了封建剥削阶级的反动，无人性，及其蹂躏人民……的滔天罪恶。③

郭沫若认同《白毛女》是反映一个时代的故事，封建的旧社会把人变成鬼，新社会又将鬼变成了人，最后解救出了喜儿：

---

① 冯清贵：《1948 年歌剧〈白毛女〉香港公演考论》，《戏剧文学》2019 年第 2 期。
② 荃麟：《〈白毛女〉演出的意义》，载广东话剧研究会《犁痕》编委会编：《犁痕——中原剧艺社的战斗历程》，1993 年，第 84 页。
③ 茅盾：《赞颂〈白毛女〉》，载广东话剧研究会《犁痕》编委会编：《犁痕——中原剧艺社的战斗历程》，1993 年，第 81 页。

已经有一万万六千万位喜儿是从封建性的"把人变成鬼"的悲剧中解放了。……中国的封建悲剧串演了二千多年，随着这《白毛女》的演出，的确也快临到它最后的闭幕，"鬼变成人"了。①

《白毛女》在香港连续上演后，引起的反应是热烈、持久的：有观众说看了《白毛女》流泪三次。第一次是杨白劳自杀之前，安静地脱下了破棉袄，妥帖地盖在由于疲劳而熟睡着的喜儿身上。第二次是喜儿从后门逃走，二婶把自己仅有的银子交给了她，喜儿与二婶抱头痛哭。第三次是公审黄世仁时，喜儿哽咽着唱有仇有冤说不完至情绪到顶点大哭的那场。也有的观众说："我用最快速手法擦干了眼泪时，眼光搜寻一下周围，发现好多男女观众也一样贴着手巾。"② 还有观众说："看了《白毛女》，有好几次都忍不住涌出了眼泪。然而看完之后，心里却很喜欢，因为看到一个像白毛女这样活在社会最底层，又受着这样压迫的人没有死去，而是在新时代中获得新生了，这给我一个兴奋的圆满的感觉。"有的观众认为，"没有解放军与人民政府的出现，白毛女终于不能重见天日的，因此当台上鼓声响起了时，解放军快要出现时，我自己又一次忍不住涌出了泪水"。③Bali 用题为《〈白毛女〉——中国戏剧的新方法》(*The White Haired Woman—A New Approach to Chinese Drama*) 报道了《白毛女》在香港的演出，指出该剧的吸引力在于"只有代表普通人生活、情感和行为的戏剧才能传

① 郭沫若：《悲剧的解放——为〈白毛女〉演出而作》,《华商报（香港）》1948 年 5 月 23 日。
② 百乘：《台下散记》,《正报（香港）》1948 年 6 月 20 日。
③ 何之：《兴奋看喜儿》,《正报（香港）》1948 年 6 月 19 日。

"视说新语"：
影视改编理论与实践

达真情实感"。① 《正报》登载的一则短评较全面地总结了香港民众对歌剧《白毛女》上演后的评价：观众对《白毛女》的主题审美认知，尽管有所差别，但总体趋向是一致的，即从喜儿的受难与新生的故事中，体会到即将诞生的新社会的美好。对于人物形象塑造方面：李露玲扮演的喜儿、方荧扮演的杨白劳、蒋锐扮演的穆仁智是最成功的，区长与黄世仁的演出最为失败。区长与农会主席是人民的代表，但脱离了群众，"为人民服务的全人绝不能中山装笔挺，皮鞋光亮"地出场。②

《白毛女》演出后香港文化界从不同层面展开讨论，有的是主题和表现方式的，如马思聪（Ma Sitson）认为歌剧《白毛女》之所以能够吸引观众，除了艺术手法外，主要在于该剧对封建压迫控诉的主题表现。③ 郭沫若从民族文学对现代戏剧创作的影响角度分析《白毛女》成功的原因是对中国民族艺术元素的吸收。喜儿以其血肉之躯承载了中国妇女甚至中国人民的苦难，她的翻身也象征着"大规模的悲剧解放时代"到来。④ 欧阳予倩认为《白毛女》是一部既富有戏剧性，也富有政治性的作品。因为它将"民间传说和现实生活巧妙地联系起来"，"有力地暴露着豪绅地主的残虐"。⑤ 茅盾从作品的主题谈"《白毛女》从一个十七岁佃农女儿的身世表现出广大的佃农阶层的冤仇及最后的翻身。地主的淫威表现了封建剥削阶级的反动、无人性及其蹂

---

① Bali：*The White Haired Woman—A New Approach to Chinese Drama*，《中国文摘》1948 年第 5 期。
② 王岌可：《一个观众的观后感》，《正报（香港）》1948 年 6 月 20 日。
③ 马思聪（Ma Sitson）：*A Modern Chinese Opera—"The White-Haired Woman"*，《中国文摘》1947 年第 6 期。
④ *Kuo Mo-jo. History，a Mirror*，《中国文摘》1948 年第 4 卷第 1 期。
⑤ 欧阳予倩：《祝〈白毛女〉上演成功》，载广东话剧研究会《犁痕》编委会编：《犁痕——中原剧艺社的战斗历程》，1993 年，第 83 页。

蹭人民……的滔天罪恶"，①并坚信今天更为壮大的人民力量一定能把民族的解放战争进行到最后的胜利。

由此引发的中国新歌剧发展方向的讨论：如邵荃麟在《艺术的民族化与现代化的关系——关于〈白毛女〉的音乐论争的一点意见》指出："应当高度赞扬各民族艺术的特性，从人民、从生活中创造和丰富各民族自己的艺术形式，与无产阶级的美学观念世界性一致。"歌剧《白毛女》在香港演出获得成功"是大众化的理论工作在实践中推进了一步，是从实践出发而提高理论研讨"。具体引发"用中国乐器还是西洋乐器为主的讨论问题；在唱法上是中国民族性的'土唱法'还是'西洋唱法'；这些根本上是艺术的民族化与现代化的关系"。如何处理这两者的关系？就是"在科学与进步的原理法则下，在不脱离民族音乐的基础下，整理和发展人民中间原来落后的音乐形式，使它趋向于现代音乐水平。接着是发展适应人民生活与文化水准的形式，反之，丰富了艺术的内容反应和创造"②以及《白毛女》对现代剧在创作、主题表达方面产生的影响。如 Bali 认为歌剧《白毛女》在香港演出之所以大受欢迎，是民族文学对现代剧创作的影响，在于只有代表普通人生活、情感和行为的戏剧才能传达人物内心的真情实感。③马思聪认为《白毛女》之所以能够大获成功，除了创作的艺术手法外，主要还是该剧对封建压迫控诉的这一主题深获得大家的认

---

① 茅盾：《赞颂〈白毛女〉》，载广东话剧研究会《犁痕》编委会员编：《犁痕——中原剧艺社的战斗历程》，1993 年，第 81 页。
② 邵荃麟：《艺术的民族化与现代化的关系——关于〈白毛女〉的音乐论争的一点意见》，《群众（香港版）》1948 年 7 月 22 日。
③ Bali：*The White Haired Woman—A New Approach to Chinese Drama*，《中国文摘》1948 年第 4 卷第 5 期。

同。① 欧阳予倩等剧作家则从《白毛女》在香港的成功上演，判断今后中国戏剧的发展，当是"人民的呼声"肯定了《白毛女》在音乐和表演形式上的"革命意义"。郭沫若观看《白毛女》后指出，喜儿以其血肉之躯承载了中国妇女甚至中国人民的苦难，她的翻身也象征着"大规模的悲剧解放时代"到来。"要从这动人的故事中看出时代的象征"，"要从这动人的旋律中听取革命的步伐"。与此同时茅盾热情地赞颂《白毛女》的现实意义在于这是中国式的歌剧。"赞颂《白毛女》实际是在呼唤和讴歌一个新时代的到来"，"《白毛女》是中国第一部歌剧"，"它比中国旧戏更有资格承受这名称——中国式的歌剧"。因为有叙事的深刻意义，有形式的开创之功，"赞颂"也就不是虚妄之辞了。在香港关于歌剧《白毛女》的评述和讨论，实际是这种戏剧样式对今后戏剧的发展方向进行了分析和论证。

冯乃超提出歌剧《白毛女》在香港上演获得成功，是因为其真实性打动了本地观众：

> ……这部具有强烈北方色彩的新型歌剧能在这座兼具南方与殖民商业的属地意外获得各界好评，打破地方戏受到流行地区的限制，这应当是人民大众地方新歌剧的又一次胜利的收获。用落后的神怪故事揭开地主社会借以维持存在的神怪思想，暴露愚昧与黑暗的实质，反而加强了作品中指导人民生活的积极作用，这个实有其人其事而非剧作家虚构的作品，有着比精心结构的作品

---

① 马思聪（Ma Sitson）：*A Modern Chinese Opera—"The White-Haired Woman"*，《中国文摘》1947 年第 2 卷第 6 期。

所没有达到的真实性……①

　　冯乃超继而从创造性、原创性分析《白毛女》这部作品：从形式上看"它是形式的革新者，有别于改良评剧、地方戏或者模仿的西洋歌剧，先是吸收了话剧的特点以对白为主，从旧歌剧过渡到话剧，在旧歌剧的躯壳下新歌剧装载现实的内容"；从创造性说"综合旧歌剧、北方乡土戏、话剧、音乐、舞蹈等的知识与经验导演和受过专业训练的舞台工作者"；从草创性看"符合人民大众艺术生活的要求，从民间艺术的基础把人民的艺术提高起来，从文化贵族的立场看在草创状态中看这部新形式的作品"。②

　　周而复谈《白毛女》在非解放区的演出，意味着对非解放区的艺术发展上将有重大的影响。过去有少数人以为解放区的文艺作品，在农村受欢迎，到城市来未必；在政治上是好的，在艺术成就上未必好；通过《白毛女》的出版和上演，回答了这个问题，扫除了这些怀疑。《白毛女》这戏，不仅是反映出农民的遭难和解放，更重要的是指示出解放的道路。中国人民由自己的斗争经验所认识的真理：在无产阶级和它的政治代表中国共产党的领导之下"这就保证了反动派的旧中国不能不灭亡，人民的新中国不能不胜利。"也就是说，"黄世仁式的旧中国一定灭亡，喜儿式的新中国一定胜利。这不是预言，这是事实，在中国三分之一的土地上已经实现了"。③

①②　冯乃超：《从〈白毛女〉演出看中国新歌剧的方向》，载《大众文艺丛刊（第三辑）》，大众文艺丛刊社 1948 年版，第 44—48 页。
③　周而复：《谈〈白毛女〉的剧本及演出》，载《周而复文集》(第 18 卷)，文化艺术出版社 2004 年版，第 338—345 页。

"视说新语"：
影视改编理论与实践

三、虹虹歌咏团演出《黄河大合唱》

1939 年 1 月，光未然抵达延安后，面对奔腾咆哮而过的黄河，即兴创作了朗诵诗《黄河吟》，并在联欢会上动情地朗诵了此作。冼星海听后非常兴奋，表示要为演剧队创作《黄河大合唱》；同年 3 月，在延安一座简陋的土窑里，冼星海抱病连续写作六天，于 3 月 31 日完成了《黄河大合唱》的作曲，以中华民族的发源地黄河为背景，热情地讴歌了中华儿女不屈不挠，保卫祖国的必胜信念。

冼星海回国痛感民族危亡的深重，深知民众的痛苦。在民族危亡的严重关头，他站在民族斗争的前面。他确信中国共产党才是中华民族的中流砥柱，他加入了中国共产党。为了民族解放，"为抗战发出怒吼"，他纵笔谱写歌曲。1939 年他去看望病床上的青年诗人光未然，听其朗诵《黄河吟》听其讲述黄河呼啸奔腾的壮丽景象遂荡起共鸣，乐思如潮。创作一星期，半月之内又完成了该作品八个乐章及伴奏音乐的全部乐谱。写就了这一时代的中华民族的音乐史诗。

《黄河大合唱》这部作品以黄河为背景，由七种不同演唱形式的歌曲构成，热情歌颂了中华民族悠久的历史，控诉侵略者的残暴，并展现了中国人民与日本侵略者奋勇斗争的英勇场面，勾画出了中国人民保卫祖国、顽强抗击侵略者的壮丽画卷。

《黄河大合唱》写成于抗日战争时期，1938 年秋冬，词作者光未然随抗日部队行军至大西北的黄河岸边。中国雄奇的山川，战士们英勇的身姿激发了作者的创作灵感，时代的呼唤促使他怀着高涨的爱国热情谱写了一篇大型朗诵诗《黄河吟》，冼星海将其改编成《黄河大合唱》。作品由八个乐章组成，它以丰富的艺术形象，壮阔的历史场景和磅礴的气势，表现出黄河儿女的英雄气概。

《黄河大合唱》创作于中国抗日战争时期的 1939 年春天，同年 4

月 13 日首演于延安陕北公学礼堂（由邬祈零指导）立即引起巨大反响，随即很快唱响全国，成为抗日歌曲的"主旋律"和时代的最强音。其在艺术上有着很高的音乐成就与独创性。这部作品以抗日战争为背景，以黄河为中华民族精神的象征，庄严地讴歌了中华民族的坚贞不屈、顽强抗争的英雄气概。歌词写出了中华民族的气魄，音乐表现了浓郁的生活气息和民族风格，其高度的思想性、象征性、艺术性为中国大型声乐创作提供了光辉的典范。作品表现了在抗日战争年代里，中国人民的苦难与顽强斗争，也表现了我们民族的伟大精神和不可战胜的力量。它以我们民族的发源地——黄河为背景，展示了黄河岸边曾经发生过的事情，以启迪人民来保卫黄河、保卫华北、保卫全中国。作品气势宏伟磅礴，音调清新、朴实优美，具有鲜明的民族风格，强烈反映了时代精神。

1941 年 3 月，虹虹歌咏团在香港孔圣堂礼堂演出《黄河大合唱》，这是该剧首次在当地公开演出。相较于两年前《黄河大合唱》在延安演出，虹虹歌咏团不过是成立了仅仅两年的业余歌咏团，并且主要成员还是中学生，只有少数的职业作家。对此，剧团成员产生了疑虑：

> 我们这个小小的业余剧团居然要在被称之为"文化沙漠"的香港，首次演出。在有些人看来，简直难以令人置信，但我们确确实实演出了，而且取得了很大的成功！①

演出《黄河大合唱》的主要原因是：

① 广东青运史研究委员会研究室编：《青春进行曲：回忆香港虹虹歌咏团》，广东人民出版社 1988 年版，第 39 页。

震惊中外的皖南事变发生后，虹虹歌剧团坚持通过多种形式的歌咏演出活动，对国民党顽固派进行了揭露和批判，出于坚持抗战、坚持团结、坚持进步的原则立场上，虹虹歌剧团为支援抗战前线将士寒衣募集资金，决定演出《黄河大合唱》。作出这个决定，是很不容易的。理事会需要考虑和安排的事纷繁复杂，存在大量的困难。既然为募集寒衣而演出，就得发动组织售票。而更重要的是必须保证演出质量，争取最佳演出效果。①

《黄河大合唱》一共八个乐章，分别是男高音独唱、女高音独唱、配乐朗诵、轮唱、对唱、多声部混声合唱。歌咏团只有一个舞台，几盏手工操作的照明灯，没有乐队以及扩音器喇叭，只有唯一一架租来的钢琴。除了器乐和场地的问题，还有最难的解决的一大难题是面对几十个没有经过正规声乐训练的中学生，怎样组织训练？如何才能保证稳定的演唱水平？随着排练的紧张进行，与之而来一大堆琐碎的事务性问题；如刻印歌本，联系演出场地，和香港政府打交道，制作布景，配制灯光，以及道具的装卸、运输等。

结语

中国共产党之所以选择文化环境较内地更为轻松的香港，其原因有以下几点：其一从战争的发展态势看，香港的抗战文化事业有了长足的发展；其二是随着欧洲战场的发展，英日矛盾不可调和，英国对

---

① 广东青运史研究委员会研究室编：《青春进行曲：回忆香港虹虹歌咏团》，广东人民出版社 1988 年版，第 40 页。

日本的态度逐渐由中立、妥协转向强硬；其三是经济实力而言，香港成为战争初期连接东南亚贸易往来、文化活动、交通运输的中转站，同时也是向西方国家和海外华侨宣传共产党抗战文艺政策争取更多国际舆论支持的窗口。同时，内地接受新民主主义革命的香港青年李林风、杜埃、陈灵谷、黄谷柳等人陆续返港，为初期战时的香港带去内地革命气息。短时间内使一个原本沉寂的香港文坛陡然呈现繁荣的景象，因而，香港成为战争中继延安、上海、重庆、桂林后中国共产党文艺团体活动的文化阵地。它即共产党在华南地区开展文艺活动的重要文化阵地，也是连接内陆，以及南洋诸多国家地区的纽带，更是打破国民党的军事封锁、对西方欧洲国家宣传抗战、争取国际援助方面起了任何一个内地城市无法替代的作用。

鉴于香港相对自由的环境，战争期间，香港文艺界涌现出一大批成因、属性、派别各不相同的文艺团体，这些文艺团体在中国共产党的有效组织和领导下，通过上演话剧、戏剧，创作歌剧、舞剧；拍摄电影等异彩纷呈的艺术作品达到抗战宣传、策应战事、争取民主爱国人士的目的。

（吴婧雯）

第三章 "十七年"戏曲电影化改编的互文性探究

电影在传入中国之初便与传统戏曲艺术结下不解之缘。作为舶来品的电影和扎根于本土文化的戏曲都具有高度的包容性,在"十七年"期间,更是涌现出一批戏曲电影化改编作品。高小健指出中国民族电影形成民族风格的美学源头乃是戏曲①,可见戏曲对于我国民族电影创作具有深远影响。戏曲电影作为我国特有的电影类型,立足于我国深厚的戏曲文化土壤,取材自优秀戏曲作品。"十七年"是戏曲电影的成熟时期。在这一阶段,大量的戏曲作品作了电影化改编,搬上银幕后获得无数好评。电影与戏曲两种艺术的融合之路不断向前探索。纵览我国"十七年"时期的电影创作,改编类电影的创作可以说是其中的重头戏,其中戏曲作品的电影化改编更可谓是浓墨重彩的一笔。这一时期的戏曲电影化改编作品既是我国电影史上的璀璨明珠,同时也是可资当下与未来创作者们借鉴学习之明镜。随着数字化技术的发展,戏曲电影也将迎来更宽广的创作之路。

第一节 "十七年"戏曲电影化改编作品概述

在电影传入中国之初,戏曲便与电影进行了融合。我国第一部电影《定军山》便选取自经典传统京剧剧目,由有着"须生泰斗"之称的戏曲表演名家谭鑫培主演,拍摄了"请缨""舞刀""交锋"等场面,

---

① 高小健:《试论戏曲电影的类型特征》,《电影新作》2005 年第 3 期。

如今虽已没有了原始影片拷贝以供观摩研究，但该片在我国电影史上的意义不可谓不重大。

在我国戏曲电影发展的初期阶段，囿于戏曲拍摄的创作观念，电影更多被视作一种记录、传播戏曲的工具。这一时期人们对于电影镜头语言缺乏认知，电影表现手段较为单一，其自身的艺术特性尚未显现，更遑论与戏曲相结合的作品的艺术价值。直到三四十年代，费穆导演在《斩经堂》与我国第一部彩色影片《生死恨》两部戏曲电影中初步开始了对于戏曲与电影两种艺术形式融合创新的艺术探索之路。《斩经堂》采用了内外景相结合的拍摄方式，《生死恨》中也出现了对于传统戏曲舞台布景的突破。① 京剧表演大师梅兰芳在真实的织布机前完成表演，为此重新编排的舞蹈动作与整体表演也较为贴合，可谓是一次有益的尝试。

新中国成立后，毛主席为戏曲艺术题词"百花齐放、推陈出新"，随后文化部于 1952 年在北京举办了第一届全国戏曲观摩演出大会，大会共有来自全国 37 个剧团的 1600 余名演员参加。大会上，一批优秀的戏曲作品得到了高度的肯定。"十七年"期间创作出的戏曲电影大多改编自这些受到肯定的优秀戏曲。可以说大会的成功举办为本阶段戏曲电影的发展与成熟打下了一定的基础。

"十七年"期间共生产戏曲电影 122 部。其中，舞台艺术纪录片 20 部左右，其他均为戏曲艺术片。② 这一阶段被称为戏曲电影创作的高潮阶段，戏曲电影在这一时期得到了迅速的发展，进而逐步形成了特色鲜明的类型片。"20 世纪五六十年代，中国戏曲电影最重要的艺

---

① 赵景勃：《求索中的戏曲电影》，《中国京剧》2023 年第 4 期。
② 燕俊：《从舞台到银幕——"十七年"戏曲艺术片对三大矛盾的处理》，《北京电影学院学报》2002 年第 4 期。

术成就，是戏曲电影类型的成熟和戏曲电影美学原则的建立。"① 这一时期创作的戏曲电影所取得的艺术成就闻名中外，一方面得益于戏曲艺术在我国发展历史悠久，具有深厚的文化根基，其表演形式与剧本已然经过了数代人的修改与完善。作品本身便深受广大群众的喜爱。因而将这一艺术搬上电影银幕自然也会引得观众热捧；另一方面则是这一时期的戏曲电影创作手段相比于传统戏曲舞台表演已有了明显的差异，戏曲电影显现出了其作为电影的艺术特性，从而也吸引到大批观众。

"十七年"期间戏曲电影化改编呈现出了百花齐放、百家争鸣的创作趋势。在戏曲电影创作中，各类地方戏曲得到了广泛的改编与传播，如黄梅戏《天仙配》、越剧《梁山伯与祝英台》《红楼梦》、绍剧《孙悟空三打白骨精》、评剧《小姑贤》《秦香莲》等都被改编为戏曲电影，受到广大观众的喜爱。其中改编自黄梅戏的电影《天仙配》受到一众好评，"自 8 月 25 日首轮放映起，先后在 20 家影院共计放映多达 1000 多场，观众数量达到了 155 万人次"。② 该片在香港放映时也创下票房纪录，所取得的成功也促使邵氏电影公司接连制作了大批黄梅调电影，形成一时风潮。可见戏曲电影在当时具有相当数量的受众。

从题材选择上来看，"十七年"期间所选取的改编为电影的戏曲作品，也大多符合新中国成立以来的进步思想。桑弧导演拍摄的彩色戏曲片《梁山伯与祝英台》源于越剧舞台版，由袁雪芬、范瑞娟主演，该片也是新中国成立后的第一部戏曲影片。祝英台为去书院读书

---

① 陈少舟：《中国戏曲电影的黄金时代》，《电影艺术》2005 年第 6 期。
② 高小健：《中国戏曲电影史》，文化艺术出版社 2005 年版，第 176 页。

女扮男装，而后反抗与马文才的包办婚姻，为追求爱情最终与梁山伯化蝶相依，既表现二人间可歌可泣的爱情故事，更是歌颂了在封建社会勇于反抗的斗争精神。被奉为经典的1962版《红楼梦》以宝黛的爱情悲剧为主线，表现封建社会的压抑与破败，结尾处宝玉弃玉出走，表现出其反抗与斗争精神，同样深受观众喜爱。崔嵬导演的戏曲电影《杨门女将》获得了第一届大众电影百花奖最佳戏曲片奖。该片改编自同名京剧，讲述了在边关绝谷中，杨家四代人智勇双全、保卫家国的壮举，突出表现巾帼不让须眉的思想。这些作品的共通之处是突出反抗封建势力压迫，追求自由平等的思想。

在《天仙配》中，七位仙女从天宫望向人间时，唱出以下的唱词：

渔家住在水中央，两岸芦花似围墙，撑开船儿撒下网，一网鱼虾一网粮。

手拿开山斧一张，肩驮扁担上山岗，砍担柴儿长街卖，买柴买米度时光。

庄稼之人不得闲，面朝黄土背朝天，但愿五谷收成好，家家户户庆丰年。

读书之人坐寒窗，勤学苦思日夜忙，要把那天文地理都通晓，男儿志气在四方。

从中表现出对于辛勤劳动者的颂扬。这些表现进步思想的作品既取得了一定的艺术成就，同时也在广大观众中受到好评。

陈独秀在《论戏曲》中说："优伶者，实普天下人之大教师也。"①

---

① 陈独秀：《论戏曲》，《安徽俗话报》1904年第11期。

一言便明确地揭示出了戏曲的教育功能。取其精华、去其糟粕，"十七年"时期所拍摄的这些戏曲电影既传承了悠久的中华文化，同时也显现出与新时代共进的发展态势，符合当时艺术创作为人民服务的创作宗旨，也是通过创作这些大众喜闻乐见的作品，实现以文化人。时值新中国成立，一切都处在新的发展阶段，人民奋斗的热情高涨。在这一时期，体现反抗封建势力思想的作品自然也成为表现的重点。

"十七年"期间，戏曲界与电影界共召开了三次戏曲电影座谈会，为当时的戏曲电影创作提供了理论指导，基本上完成了新中国戏曲电影美学建构。[①] 分析梳理"十七年"戏曲电影作品，从中把握其整体创作特点，对当下戏曲电影的创作多有助益。

第二节　戏曲电影化改编作品与原文本互文性探究

戏曲与电影都是综合性极强的艺术种类。戏曲集文学、舞蹈、音乐等多种艺术种类于一体。电影也有同样的特点。两者都在与其他艺术的碰撞中体现出包容与综合性，其他艺术的精华，归为己用。

以程式化表演为核心的戏曲更为注重写意，无论是舞台布景还是动作表演，戏曲都是对现实生活的高度凝练，通过一桌二椅便可幻化出大千世界，演员绕台走步完成场景转换。上至天宫，下至黄泉殿，山川湖海皆可在演员的表演之下，一一浮现于观众脑海之中。戏曲在表演上的一个重要的特点便是运用虚拟的、程式化的表演来表现景与物，景与物附着于演员。[②] 而电影则更偏重于写实性。当这两种具有

---

① 李有军：《"十七年"戏曲电影理论思辨与观念演进——以 1956、1959、1962 年戏曲电影座谈会为中心》，《戏曲艺术》2021 年第 3 期。
② 蓝凡：《邵氏黄梅调电影艺术论——兼论戏曲电影的类型基础》，《浙江艺术职业学院学报》2006 年第 2 期。

高度综合性的艺术发生碰撞与融合时，便自然表现出相似又互斥的特点。因而戏曲电影化改编的创作过程既保留了戏曲艺术的一些特色，同时也进行了符合电影艺术创作需求的改编。

早期拍摄的戏曲片更多是作为戏曲表演的影像记录，电影被视作传播戏曲的一种技术手段，戏曲占据主导地位。在梅兰芳主演的京剧电影《春香闹学》中出现了花园实景，相较于早期的舞台纪录片，该片已经作出了戏曲电影创作的初步探索，但这种探索还是稍显稚嫩。到了"十七年"时期，电影这一新兴艺术传入中国已经历了相对长期且成熟的发展，表现手段得到了极大的丰富，对于戏曲的电影化改编也更具电影艺术特性。此时的戏曲电影往往对戏曲原文本做了更多的改动。对比电影与戏曲文本，可以发现二者所具有的互文性关系。

互文性，也称为"文本间性"，这一概念由后结构主义学者茱莉亚·克利斯蒂娃（Julia Kristeva）提出，主要指不同形式的作品之间所具有的共同性与差异性。即"任何一个文本都可以与其他文本发生联系，文本之间相互关联、参照、渗透，并形成一个开放的网络结构"。[1] 许多传统戏曲取材于传说故事，并对这些故事及其中人物做出符合戏曲文本的改编，最终形成了与原文本既相似又有所区别的戏曲作品。而戏曲作品的电影化改编同样体现了这种互文性关系。在互文关系中，共同性即为共存关系，差异性则是派生关系。戏曲电影高度依赖戏曲的故事内核与外在形式，因而"一般而言，戏曲艺术片的文本与舞台演出剧目的互文性，以共存关系为主，以派生关系为辅"。[2]

---

[1] 转引自何东煜：《重读"孤岛电影"木兰从军：一种互文性视角》，《民族艺林》2022年第2期。

[2] 吕茹：《互文性、三角对话、融合性：新时代中国戏曲电影的发展及困境——以第三届中国戏曲电影展为主》，《文化艺术研究》2021年第6期。

从舞台纪录片到戏曲艺术片，戏曲与电影的融合逐渐脱离简单的技术复现而转向了艺术融合层面。在"十七年"时期，戏曲电影化改编作品基本保留戏曲本身的主题思想与人物设定，开始对戏曲本身做出了较多更适合电影形式的改动，体现出了戏曲电影与戏曲间的派生关系。具体可从人物塑造与形式风格两方面进行探析：

一、人物塑造方面的派生关系

　　戏曲表演中，根据所表演的人物的性别、年龄等差异，演员可划分为生、旦、净、末、五大行当，这五大行当还可继续细分，如旦角有青衣、花旦、刀马旦、老旦等类别。而动作上则有云步、摇步、蹀步等。由于受到舞台场地及道具的限制，戏曲动作表演都是从生活中高度提炼而成的，具有很强的程式化特点。从行当的划分到表演的程式，都是基于对生活的细微观察之后进行的艺术加工。一哭一笑皆有规范，演员的表演也是基于这些程式化动作进行的，通过这些规范化的表演实现人物形象的塑造。且戏曲观众与演员之间距离较远，演员只能通过较大幅度的程式动作来表现人物的情绪。而在电影中，由于特写、近景等镜头的使用，演员细微的表情与动作都会被放大至观众跟前，同时在电影拍摄过程中，演员处于真实场景内，无须做出具有象征性的程式动作，因而其整体表演风格更倾向于自然化。在戏曲电影化改编的过程中，必然需要表演者在两种表演方式间找到平衡点，既保留戏曲的特色，也适应电影的表现方式。在《梁山伯与祝英台》中，"十八相送"一场戏运用电影手段，将祝英台女儿身的形象倒映在湖水中，通过表现其幻觉画面，突出祝英台内心中的情愫。"化蝶"一场戏通过衔接真实的蝴蝶飞天画面，更为直接地表现出梁祝二人化蝶相伴的情节。这种真实化的影像相比戏曲舞台表演中通过演员舞蹈来表现情感的方式更为直观，也更易于观众理解。

从文本来看，戏曲高度依赖于念白与唱词，无论是人物出场时的"自报家门""定场诗"还是对于环境的描写，都在演员的唱与念中传达给观众。情节推动也较多地依赖于演员唱白。而电影更加注重镜头画面与剪辑上的蒙太奇手法的运用。并且电影的叙事节奏更快，因而对于情节的提炼要求也较高。许多戏曲唱词与念白因不适用于电影的叙事节奏而被删减。在面对这种情况时，许多导演大胆取舍，并取得了一定的效果。在《梁山伯与祝英台》中，导演便将文本的长度与结构及部分唱词念白做出修改调整，使得唱词与画面相适配，叙事结构也与电影相适应。由陶金编导创作的昆曲戏曲片《十五贯》也是"十七年"期间的一部佳作。不同于戏曲原作几十场戏的长篇幅，戏曲影片同样对内容有所凝练，使得影片时长符合电影长度，同时也将其中的人物性格刻画得更为鲜明。

从段落结构来看，戏曲舞台上，一场戏内部的时空是高度统一的。而蒙太奇作为电影修辞手法，可以通过分切镜头画面从而完成时空的转换，且不会使观众产生情节中断的感觉。显然，传统戏曲表演中如"走边"等重要的场面调度程式已然不适合在电影银幕上呈现。因而戏曲电影化改编须突破原有戏曲幕与场的区分以保证情节叙事的流畅连贯。于1962年创作而成的越剧戏曲电影《红楼梦》可谓是戏曲与电影融合的经典之作。该片由岑范执导，徐玉兰、王文娟主演。在该片中，电影技法与传统戏曲水乳交融，徐进在编写本片时，将重心放在了贾宝玉与林黛玉的爱情悲剧上，双线并进，将黛玉焚稿与金玉良缘做交替剪辑，在悲与喜的强烈对比之下，贾宝玉与林黛玉间的爱情悲剧显得更加凄美动人。

二、形式风格方面的派生关系

从舞台布置来看，戏曲与其电影化改编作品间最为显著的区别便是表演空间的转变。戏曲表演均局限在戏台之上。戏台的自身的空间样式是固定的，正面朝向观众，舞台两侧留有供演员上下场的通道，戏台后方便是后台区域，演员在后台进行换装与候场等活动。因而戏曲表演过程中，演员出场与退场的路线也都是固定的。戏台之上则根据情节需要放置桌椅等。戏台之上的桌椅成为一种象征性物品。通过不同的摆放方式，桌与椅的组合也会代表不同的空间。演员依托于这些摆放好的桌椅，通过程式化表演为观众构建出身处的环境。戏曲的这种环境构建方式一方面依托于演员的表演，另一方面则需要观众充分发挥自身的想象力，从而产生体验感。

而在电影中，空间场景是直接呈现给观众的。从《火车进站》时的外景拍摄到梅里爱在《月球旅行记》中的搭建摄影棚进行拍摄，电影不断地寻找空间、纪录空间并再现空间，演员在表演时便处在布置好的真实场景中，通过逼真写实的场景带领观众沉浸于电影世界。观众不必凭靠想象力便可以直观地观察到角色所处的空间环境。《天仙配》在开场时便直接通过镜头画面呈现出云雾缭绕的天宫仙境，摄影视点的变化以及主观镜头使得观众迅速了解到人物所处的环境背景。但该片仍保留了戏曲舞台的表演方式，如天宫的场景布置也与戏曲的四方舞台相似，同时演员的表演方面也有较重的戏曲舞台表演痕迹。对情节的推动还是依赖于唱词念白而非镜头画面语言。尽管《天仙配》有其不足，但结合当时戏曲电影的发展情况来看，该片整体上已具备相当的艺术价值。《梁山伯与祝英台》一片中的场景切换已经体现出了不同于早期舞台纪录式影片的特征。场景的布置上也相对贴近生活的原貌。原版戏曲的英台别家一场戏中，场景的表现主要通过一桌二椅及演员程式化的表演来刻画，但在电影之中，"英台别家"一场戏采取了实景拍摄，同时通过场景的切换及人物的调度真实地表现出了祝英台离家的过程。戏曲舞台移步换景的表演方式在电影化改编中由镜头的切换来完成。相较于戏曲舞台，电影的场景转换更加简洁明了。由此观之，电影化改编实现了对于戏曲舞台时间与空间限制的突破。

从观看视点来看，电影与戏曲在观看时最大的差别便是戏曲由人眼直接观赏，而电影则经过了镜头镜框的取景，最终呈现在观众面前的画面是经过导演设计而成的。在戏曲表演过程中，演员们的活动区域仅在戏台之上。观众坐在台下的固定位置，所能看到的角度是单一的，同时也只能以旁观者的视角观看。电影提前摄制后于银幕之上放映，观众同样坐在固定座位，从单一角度看向幕布。但由于电影拍摄过程中机位的灵活多变，使得呈现在银幕上的画面本身就是具有多种视角的。观众在观看电影时，常常可以代入角色视角，仿佛与角色融为一体，透过角色的眼睛去观察事物。这种独特的体验是观赏戏曲时无法得到的。如《天仙配》中，七仙女们从天宫看向人间时衔接了人间场景的俯拍镜头，这一主观视点镜头将七仙女们眼中所见的人间转移至观众眼中，使观众产生身临其境之感。

总的来说，戏曲与电影两种艺术毕竟有着不同的表现形式，其文本结构也相应具有各自的结构特征，在两者融合的过程之中既应当充分尊重戏曲艺术本体特性，同时也要适当地做出符合电影艺术规律的调整。戏曲与电影两种艺术是融合而非一方吞并另一方，找到平衡点实现二者共生互赢才是戏曲电影化改编创作的正确方式。两者的转化与融合不可流于形式，通过电影画面的表意功能替代戏曲的程式化表演，促使两者须在深度的碰撞中更好地融合，方可擦出别样的火花。

第三节　数字技术下新改编作品发展新策略

改革开放后，我国不断加强对于优秀传统非遗戏曲保护与传承的力度，推出许多戏曲电影工程。"京剧电影工程"自 2011 年启动以来，历时 12 年，共计拍摄了 21 部戏曲电影作品，如《四郎探母》《群英会·借东风》《文姬归汉》等。[①] 其中由滕俊杰执导，尚长荣和史依弘主演的戏曲电影《霸王别姬》作为首批试点剧目，运用了 3D 技术进行创作，拓宽了其叙事空间，增强了戏曲表演的空间纵深感，带给观众别样的体验。这些戏曲电影的拍摄播映一方面保护并传承了京剧剧目与艺术，另一方面也扩大了京剧艺术的传播力与影响力。2022 年，在金鸡百花电影节"福影·泰宁之夜"上，八闽戏曲电影工程正式启动。许多极具特色的地方戏都将推出戏曲电影，如福建省著名的高甲戏、莆仙戏、提线木偶剧等。戏曲电影的创作既是对戏曲的保护与发扬，同时也是对电影内容的丰富与创新。数字化技术的出现与发展无疑为戏曲的电影化改编创作提供了新思路。

一、虚与实的美学融合

巴赞与克拉考尔所代表的纪实美学流派注重电影的纪实性。基于电影影像的真实，进而对布景空间等的真实性也提出了要求。巴赞提出"长镜头"理论，强调时空的完整性与真实性。这与蒙太奇学派对镜头的切割重组理念相冲突，蒙太奇通过重组真实镜头，再造出一个虚构的时空。在电影的发展过程中，真实与虚构这两种美学流派不断碰撞并相互促进。到了新时代，数字技术运用于影视制

---

① 苗春：《"京剧电影工程"硕果累累》，《人民日报（海外版）》2023 年 5 月 12 日。

作中发展催生出了虚拟美学。虚拟美学同时具有高度的虚构性与真实性，其虚拟性体现为画面的数字特效制作。《侏罗纪公园》中的恐龙形象生动逼真；《阿甘正传》中阿甘与美国总统肯尼迪握手相谈，这些数字技术下产生的虚拟影视画面其本质是数字建模及特效制作技术在电影画面中的应用，但最终呈现出的却是高度的真实效果。正常拍摄下无法记录到的细微之处以及并非真存在的物体在数字技术下一一得以呈现。可以说，数字技术使得电影实现了形式的虚与内容的实的结合，虚拟美学应运而生。

在我国的传统戏曲中，有相当一部分作品是神怪类题材。这类作品在戏曲舞台上通过借助观众的想象力实现对环境的刻画，一旦改编为电影时却需要运用多种道具布置来实现。如许多影视作品中表现云雾缭绕的场景时需要燃放大量的烟饼，从而达到效果。但数字化技术的出现使得这一切均可以通过电脑来制作，一方面在前期拍摄过程中减少了麻烦，同时数字特效所呈现出的效果也更为美观。

2021年上映的《白蛇传·情》作为我国第一部4K全景声粤剧戏曲电影，改编自粤剧戏曲《白蛇传》，在视觉与听觉上都带给了观众极大的享受。在该片中，场景通过数字化技术形成雾影朦胧的效果，实现虚与实的融合，表现出朦胧美。从形式创新上来看，在白蛇为救许仙性命而去"盗取仙草"的桥段中，鹿鹤两位仙童的出场由数字特效完成，先是鹤翔于天、鹿奔于地，转而变幻作两位仙童。区别于戏曲中角色上场时需"自报家门"，数字特效直观地将两位仙童的身份传递给观众，带给观众视觉震撼的同时也使得观众更加沉浸在故事里。而"水斗"一出戏同样进行了数字化特效处理，将原本在戏曲舞台上需要众多演员挥舞水袖模拟巨浪的部分通过直观的画面表现出来，与此同时也保留了白蛇运用水袖施法掀起滔天巨浪的动作，这一设计区别于当下很多神话及仙侠电影中的捏诀施法，保留了戏曲精髓与其独特美感的同时，也在戏曲的虚拟表演与真实化的场景中取得了平衡。带给观众更为震撼的心理感受，同时也将白蛇救夫心切的情感表现得更为具象化。该片对于技术的使用恰到好处，画面特效服务于剧本情节，为影片增添了可观赏性。影片在叙事结构也做出一定的调整，紧密围绕"情"字结构全片，并分为五折，使得故事线索简洁明了。戏曲与电影的艺术特性交相辉映、相得益彰。

二、"虚拟场"下的沉浸体验

传统戏曲观看模式下，表演者与观看者同时身处戏院之中。观众在观看戏曲时，可即时对演员的表演作出评价反应，通过观众的反馈，演员实时调整自己的表演方式与表演状态，进而为观众带去更好的观看体验。二者在戏院这一现实空间中完成交流互动并形成场域。但在电影化改编后，这种身体在场的场域消失了，演员的表演被提前录制成影像，而观众则通过银幕观看，二者间的实时互动被打破，这也是人们在观看戏曲电影时有时无法沉浸其中的原因。

而数字化时代催生了电影的虚拟美学，这种虚拟美学与戏曲高度虚拟化的美学特点是存有共通之处的，两者都是通过虚拟之景表现现实之事。戏曲观看的"在场"也可在数字技术下转变为"虚拟场"。虚拟空间不仅可以带给人们更强烈的沉浸式体验，同时也能极大地增强在场感。[①] 从黑白、彩色到 4K、从蜡盘配音、双声道到立体环绕

---

① 贡其力：《从"在场"到"虚拟场"：虚拟影像合成与戏剧的未来》，《戏剧艺术》2023 年第 2 期。

声，"技术的进步打破了肉体在场性对感知的限制"。[①] 正如麦克卢汉的观点，媒介成为人的延伸。在传统戏曲观看过程中，观众受到座席位置的限制，难以全面且细微地观看到台上的每一个表演动作。而戏曲电影则利用自身的表现形式，使观众可以实现对演员表演的近距离观赏，同时声音技术的运用也使观众可以听清表演中的每一句念白及唱词。人们通过数字技术不断增强着自身的感知。从这一角度来说，数字化技术运用下的戏曲电影使得人们在离开了戏院后，依旧可以处在戏曲的观赏状态，实现身体的在场，并达到了"虚拟场"下的深度沉浸体验。这种虚拟场通过各类技术，使得观众从戏曲舞台到屏幕前，完成肉体到心灵的"在场"。

总体而言，新时代数字技术的发展和其在影视制作中的运用拓宽了电影的表现内容。数字技术所带来的虚拟美学使得戏曲与电影之间的美学矛盾得以淡化。而技术的提升对于感知的加强也带给观众深度的沉浸体验。可以说数字技术的发展在一定程度上拓宽了戏曲电影化改编的发展路径。

结语

戏曲电影作为我国独特的电影类型，既有发展的必要也有发展的空间。戏曲与电影的交融必然会存在磨合期，对戏曲的电影化改编必然是一个长期艰难探索的过程。戏曲电影既要保留戏曲艺术的精髓，不可损害其艺术特色，同时也要符合电影的表现方式，这就要求创作者在进行戏曲电影化改编时一定要秉持正确的创作观念，做到灵活变

---

① 覃岚:《身体与世界的知觉粘连：从在场到虚拟在场》,《编辑之友》2020 年第 11 期。

通，大胆创新，谨慎取舍。善于运用新技术、新手段。同时也需要注意的是，新技术并不能带来一劳永逸的效果，使用时也应把握适度原则，避免一味追求新奇而滥用技术，从而实现戏曲与电影的和谐共融，促进两者共同发展。

（范瀚予）

第四章　改革开放四十年中国电影思潮发展研究

　　"思潮"一词，中外皆有释义之源，西方对其的基本解释是："一定时代具有社会普遍性的或支配性的思想潮流"，[1] 中国清末民国初的大思想家梁启超则认为，"今之恒言，曰'时代思潮'。此其语最妙于形容。凡文化发展之国，其国民于一时期中，因环境之变迁，与夫心理之感召，不期而思想之进路，同趋于一方向，于是相与呼应汹涌，如潮然。……凡'思'非皆能成'潮'；能成'潮'者，则其'思'必有相当之价值，而又适合于其时代之要求者也。"[2] 由此可见，"思潮"这一概念的内涵与外延，既与个体的精神活动相关，而其重在精神性和思想性的本质特征又与复杂的社会价值、文化意识等诸多因素紧密联系。在承接宏观趋势与微观行为中，以自身的流动性和动态性昭示着"观念变革，思潮先行"的理路。我国的改革开放与现代化建设至今已逾四十年，在不断深入的过程中，思想的解放，意识观念间的碰撞与建构循着时代前进的脉络，彰显着多元融合的发展趋势。源于社会各个领域的思潮，被冠以"经济""伦理""政治""文艺"等名称，此起彼伏，共生共融。思潮迭起的背景，是各自领域所专属的思想和理论个体化的、随着时代发展的演变与流动。但它们之间却更不乏交叠碰撞、相互渗透，整体显现出当下时代所凸显出的"中国特色与气派"这一

---

① 　陆贵山：《中国当代文艺思潮》，中国人民大学出版社 2002 年版，第 14 页。
② 　梁启超：《清代学术概论》，载《梁启超论清学史二种》，复旦大学出版社 1985 年版，第 1 页。

总体的社会思潮观，并共同助推社会意识与观念的传承与革新。

电影思潮是社会思潮谱系中的一类，也是电影史叙述话语的重要组成。它不仅是电影自身历史发展的见证，也引领着电影思想深化和艺术探寻的时代变迁。电影艺术的具体实践和理论批评的更新，无一不显映出彼时电影思潮外在的审美追求和内在的逻辑线索。"电影思潮无疑具备思潮的一般特性，如群体性、时代性、价值性等等，但又具有独特的电影艺术性。这种电影艺术性集中呈现为包含某种观念的电影规范、程式和价值体系，而且这种体系与其前后的体系相比，有自己形成、发展和消亡的过程。"① 改革开放四十多年来，迥异与前的社会文化潮流询唤出电影思潮的时代风貌与价值特质。在多元化的电影创作理念、实践形式和审美诉求下，交叠而生的电影思潮反复磨砺着处于改革开放不同阶段的电影理论和价值取向。各种电影艺术思潮的演进更新，不仅扣合着电影艺术在这四十多年里潮起潮落的历史脉搏，而且昭示着社会历史发展的必然，探寻改革开放四十年来电影思潮的发展就会引我们注目于电影历史的深处，探寻中国电影在改革开放历史图景中发展的轨迹与变革的动因。

第一节 回望：改革开放以来中国电影思潮的发展

"电影思潮不仅包括电影美学、电影理论与电影批评，还涉及电影活动、电影创作与电影生产等层面。"② 在中国电影发展的历史过程中，电影思潮面临时代要求的不同或是侧重于道德伦理的宣扬，或是

---

① 王丽娟：《中国电影艺术的现代转型——论 80 年代中国电影思潮的流变》，南京大学博士论文 2006 年。
② 饶曙光、李国聪：《建构中国电影思潮体系：描述与阐释》，《电影新作》2018 年第 2 期。

回归于现实主义的提倡，又或是专注于人生意义和人性善恶的考量。改革开放的四十多年里，不同时期的电影思潮都受限于特定时期的意识形态和社会价值，彰显着鲜明的时代精神，是那段历史的客观呈现。同时这四十多年中还有上承下继的各个时期（通常意义上的80年代，90年代等），电影思潮的发展也具有圆融和互补的延展性，探究电影思潮的时代发展是包含着相关电影思想、理论、精神等诸层面的历时性演变和共时性流动。电影思潮所体现的时代潮流往往透过具体的电影作品，承载着当事人所共识的审美趋向、价值内涵和评论规范，由表层折射出所处社会思想文化之根源，以外在传递出所处时代的艺术品质和精神追求。

改革开放的实施，尤其是1979年以来思想解放运动的展开，促使中国文艺界就"文艺与政治的关系""文学与人道主义"等问题展开了热烈的争鸣与讨论；中国电影之思潮也就此为之一变，开始提倡、恢复并发展现实主义的创作原则，鼓励观念探索和艺术创新，从而努力提高中国电影的艺术水平。在具体措施中不仅以迫切的心态学习和借鉴西方电影之观念，而且结合电影理论的探讨，在电影创作和批评等领域都开展了认真的反省和尝试。在刚刚经历完十年动乱之后，电影艺术从政治化向世俗化、艺术化转向，从前屡受打压的对个体的情感表达也逐渐觉醒。

《芙蓉镇》（谢晋导演，1986年摄制）这一部反映新中国成立以来多次政治运动中小人物悲欢离合的电影，"有意识地把人从'阶级斗争链条上的一环'还原成具有独立个性的人，它反映了电影艺术家对人的价值、尊严的热烈追求与对人的本质力量全面实现的憧憬"。①

① 刘浩东：《论思想解放与电影中的"人性和人情"》，《电影创作》1999年第1期。

电影通过芙蓉镇上的女摊贩胡玉音、右派分子秦书田等人在"四清"到"文化大革命"等一系列运动中的遭遇，对中国50年代后期到70年代后期近20年的历史做了严肃的回顾和深刻的反思。本片不同于以往的作品，大胆实践了当时电影思潮中提倡现实主义和展示个人化意志的特点，努力塑造出具有鲜明个性特征和复杂内涵的人物形象。尤其从"王秋赦"这个流氓无产者、懒汉的形象中可以看到时代的、历史的、政治的、经济的烙印。影片是现实主义的，同时又用了象征主义的手法，用镜头、造型艺术来表现剧中人物的主观感受。

与此相关，改革开放伊始的80年代是一个高举"理论滋养灵感"的年代，理论和创作互动频繁，相互影响借鉴。中国电影思潮中弥漫着一种当时以知识分子为主的强调彰显"现代化意识"的启蒙思想和精神追求。导演颜学恕于1984年根据贾平凹小说《鸡窝洼人家》改编的电影《野山》，是一部以生活化的方式、现代化的意识，探讨中国农村改革问题的代表性佳作。通过一个俗称"换老婆"的故事，表现了改革开放的时代精神对闭塞的陕北小山村的冲击，作品充分继承当时电影思潮中对现实主义的高扬，以一种"艺术创新"的探索把原著中戏剧性的情节转化为平常、朴实的生活断面，将戏剧性和纪实性完美结合起来。影片中人物的追求相当"现代性"，尤其体现在农村妇女桂兰希望掌握自己命运的意识上。刻画人物性格并真实再现人物生活的环境，创作者在用一切艺术手段践行着对传统与现代的深切思考与关注。

80年代这一时期，虽然电影创作中展现"人性和人情"还缺乏相对成熟的表现手法而尚现稚嫩，但是电影思潮却高举"人性探讨"的大旗，"人道主义"的概念与表述从朦胧渐次清晰明朗，在相应思想潮流的询唤中，电影领域同其他许多文艺领域一样，开始聚焦"以人为本"的逻辑中心和表达热点，并逐步使之成为一种主流文艺价值观。电影《战争子午线》(冯小宁导演，1989 年摄制) 全片对于人道主义的呼喊贯穿始终、令人动容，影片通过对战争与人性的阐释为改革开放以后的中国战争电影寻到了一条既能体现观念嬗变，又能为主流意识形态和电影观众所接纳的广阔途径，也为当时中国战争题材电影画出了一条"英雄主义"与"人道主义"的"子午线"。导演冯小宁在各种场合谈及此片时表示，"表达大多数人对历史和人性的共有感觉是我的创作动机"①，"从一开始，《战争子午线》就在力图重建战争片里不可或缺的国家形象和民族英雄主义"。②影片在涉及的具体描绘中，倾心关怀每一个个体的精神世界，对他们内心世界的细腻把握，这种对人性的思索和人道的渴望都在战争的大背景下达到了一定的高度。当战士们饿得要拿捉到的兔子开刀时，没想到这只母兔诞下了几只小兔。小草儿稚嫩的小手抚摸着小兔，并一块块地拿掉围砖让母兔和小兔们回归到大自然，散发着真诚善良的人性光芒，震颤着人们的心灵。

　　进入 20 世纪 90 年代，"曾经在社会生活中具有支配性地位的观念，随着一些新物质性以及生活方式的变革而发生重大的转变。"③从80 年代以来就开始发生改变的传统生产模式与人们约定俗成的行为方式，在 90 年代"市场化"的浪潮中急剧加速，时代不再孤芳自赏

---

① 冯小宁:《我背后站着一排观众》,《当代电影》2002 年第 2 期。
② 冯小宁:《中国需要精神——〈战争子午线〉导演阐述》,《电影艺术》1991 年第 3 期。
③ 赵旭东:《从社会转型到文化转型——当代中国社会的特征及其转化》,《中山大学学报（社会科学版）》2013 年第 3 期。

于单一的价值理念，多元化的追求成为逐渐被人们所认可的精神诉求。文艺思潮中各种文化趋向冲突碰撞，在应时而起的大众文化"侵蚀"下，80年代还独秀于林的精英文化屡屡受到冲击。"文化市场的自发繁荣以及各种非官方的文化产业的出现，导致政治文化与精英文化的双重边缘化。"① 社会价值的变化和多元，使此前被崇高所鄙夷的"世俗化"正越来越被世人所接受。知识分子出现了改革开放以来前所未有的身份失落和价值迷失，在思想界整个知识分子群体不断抨击着"世俗化""物欲化"，以声嘶力竭的呐喊呼号昭示着他们对所谓"人文精神"失落的绝望与无奈。但是这种精神的决绝似乎并未坚持太久，其中一些痛感自身被"边缘化"的知识精英们，在"痛定思痛"之余，开始"主动"走向了适应和"分化"甚至异化为一种"市场法则"下的另类，"一夜之间变成了一批在文化场域内部'抢占'文化资本的'痞子文人'"。②

在"大"的社会思潮影响下，90年代中国电影思潮主要也是这般的"众声喧哗"，追求电影思想性和艺术性的创作者在潜心摸索着新的话语方式和表达规制；而还有的创作者也在向"娱乐性"和"商业化"的努力痛苦地转型。思潮的多元与无序，引领着这一时代的中国电影呈现出体现主流文化价值的主旋律电影、体现精英文化的艺术电影、体现大众文化的商业电影这样多类型共生的电影生存场域，当然无论何种电影类型都不乏深受观众喜爱的精品问世。回顾这段电影历史，可能再过若干年后，人们不光记得当时电影思潮和创作理念

① 金元浦、陶东风：《关于90年代中国知识分子的问题》，《文艺理论研究》1996年第3期。
② 饶曙光、李国聪：《建构中国电影思潮体系：描述与阐释》，《电影新作》2018年第2期。

的喧嚣与纷乱，更会铭记 90 年代所谓"第五代导演"（以张艺谋、陈凯歌为代表）的"传世佳作"（电影《活着》《大火灯笼高高挂》《霸王别姬》等），这些作品的创作完成甚至从电影实践的角度完善了当时的电影理论，厘清了当时电影思潮的纷繁复杂，给人们拨开思想的迷雾，还电影以纯粹的艺术追求和深邃的文化反思。影片《大红灯笼高高挂》（张艺谋导演，1991 年摄制），据张氏本人所述："从风格上来说，《大红灯笼高高挂》是第五代风格发挥到极致的一个作品。它有很强的造型、强烈的意念、强烈的象征和氛围，还有对历史文化的反思与批判，我认为这个东西是个极致性的东西。"① 整部影片令人心悸地展现了封建历史羁绊下人性异化的悲剧，如同铁屋子一般的陈家大院、妻妾成群的陈家老爷以及具有变态色彩的点灯仪式、不可僭越的游戏规则，分明象征着中国封建家族文化的幽闭性、非人性特征。在对封建家族文化和传统道德伦理深刻反思和无情批判中，将当时电影思潮里精英阶层的文化批判精神以一种悲悯而忧愤的镜语叙述出来。"苍凉的女声无字哼唱，灯笼、大院与四太太的画面叠印，将不断循环的人生悲剧与超常稳定的封建伦理彻底展现在观众面前。"② 《大红灯笼高高挂》和以此为代表的伦理电影佳作发挥电影文化批判的精神，在 20 世纪 90 年代多元纷繁的电影思潮中摇曳出文化探寻和思想求索的熠熠之姿。

2000 年的到来不仅是人类社会进入新世纪的标志，更是中国改革开放进入一个新的时期。中国社会的政治、经济、文化等诸方面自觉地与世界紧密联系，在众所周知的"全球化"浪潮中，中国电影

---

① 李尔葳：《张艺谋说》，春风文艺出版社 1998 年版，第 27 页。
② 李道新：《中国电影史研究专题》，北京大学出版社 2006 年版，第 154 页。

延续着 90 年代的多元博弈，并为探索契合新的时代要求而继续砥砺前行。中国电影思潮随时代之变化，又一次面临着挣扎与改变，经济大潮的冲击，电影市场的复兴使中国电影四顾之下"无奈"而又"必然"地选择擎起"产业化"的大纛。电影思潮的意识形态属性凸显出其精神层面的复杂与易变，它敏感地回应着中国电影的急遽变化，辉映着更为易变的社会文化景观。电影创作、电影市场的躁动不安，新生的机遇与难料的挑战，却"魅惑"着越来越多的人选择与电影"共舞"。越来越掺杂着"市场"与"资本"规则的中国电影使现今的电影思潮不断与其他社会观念构合融通，并呈现出前所未有的跨域性和跨界性的综合共生，同时也在不断对流互动中蕴涵着新的电影文化远景。由此，中国电影思潮发展流变至今，紧密地联系着互联网/新媒体、艺术与市场、观众群体认知等多方面多领域的意识和思想，逐步形成了一种具有广域性和无限开放性的电影舆论生态。当然，探究当下电影思潮的本质不能"一言以蔽之"，它的流变发展是复杂的裂变与融合的过程，我们姑且以拭目以待的静观心态，来面对改革开放伟大历史进程的延续以及所有附于其间的社会思潮的演进和改变，当然其中也包括中国电影思潮的演变与发展。这也是我们面对历史大势所作出的必然选择。

第二节 勾连：改革开放以来文学思潮对中国电影思潮的影响

文学和电影是一对具有紧密联系却又各自有别的艺术形态，它们之间的"和而不同"是建立在维持各自独立显性基础之上的相互交流、相互借鉴和相辅相成。"文学思潮指的是为适应一定历史时期的政治经济变革和社会思潮运动的发展而在文学创作和文学思想上形成的一种共同潮流和趋向。"① 以广阔的文化发展视域来探讨改革开放四十多年来，文学思潮的演进对电影思潮流变的影响，更能够合理梳理出两者之间"不离不弃"的紧密关系。"文革"结束，社会发展迎来了改革开放百废待兴、奋发有为的新生态。在人们的思想意识层面，文学成为当时反映现实敏感而无畏的"急先锋"。那时的文学秉承着"启蒙的精神"和无比的"入世"情怀，奋笔疾书着时代所需要的人文理想和人性光辉。改革开放伊始，文学创作率先而为，文学思潮顺时而动。多股文坛思潮的萌生发展，抚慰着曾经遍体鳞伤的国家民族；文学的创新和思潮的涌动，无不成为影响整个社会思想变化的巨大助推力。当时尚在艰难起步的中国电影也在文学思潮的影响下亦步亦趋。人文主义的逐渐显现和对现实主义的复归，使得文学产生了富于当时时代属性的伤痕文学、反思文学、改革文学与寻根文学，凡此种种无不对彼时的电影创作和思潮流变影响甚深。

受到伤痕文学的影响，电影思潮中渐次出现了"伤痕电影"的创作与探讨，伤痕电影的价值和意义同伤痕文学一样，在于其主题的批判性，在于其准确地记录了那个时代里人们对"文革"悲剧根源的叩问。伤痕文学与电影的出现共同编织了人们心中在遭受重大创痛和情感撕裂后，面对即将消逝的阴云，在迎接春日到来时的信念甚至是执念。两者准确把握时代情绪的脉搏，记录了时代的悲哀与希望，带给"蹒跚而起"的人们信念与希望。影片《神圣的使命》《泪痕》都属于其中的代表，片中以极大篇幅述说在遭受巨大心理和身体的创痛后，人们对社会和未来重树信心，而政治语境下的平反冤假错案和拨乱反正是伤痕电影思想主题中展现希望和未来的重要载体。

---

① 王芸主编：《文学知识手册》，河南大学出版社 1999 年版，第 28 页。

继之"伤痕思潮"而起的是被称为"反思文学"的思潮，从文学本质而言，"反思文学"随时代发展，在"文革"经历的逐渐消隐和人们情感伤痕的趋于平复之后，力图在社会历史的层面思考政治动乱产生的深层原因。"反思文学"与"伤痕文学"有着时间上和内容表达上明显的承继关系，两者不能截然分离，前一种文学思潮所主张的艺术手法和美学范式往往在后一种文学思潮中得以互补而圆融地延续和发展；而后者在很大程度上则是前者表现视角和思想追求上的不断深化。折射到同时代的电影思潮，那些被冠之以"反思电影"的优秀电影作品，往往围绕着那个时代相互交错的伤痕、反思、改革这三种思潮展开电影的叙述与表达。影片《天云山传奇》《芙蓉镇》等便是其中的代表。《天云山传奇》（谢晋导演，1981 年摄制）是被后世称为"谢晋模式"的成名之作，在片中谢晋导演力求在思想深度上较前作有所突破，在中国电影史上第一次以电影艺术的呈现方式完成了反思从"反右运动扩大化"以来，中国所发生的历次"左"的错误所带来的严重后果和给一代人留下的"创伤记忆"。20 世纪 80 年代的电影发展，是在"文革"遭受重大扭曲的创伤中艰难起步，它自觉地与当时的文学思潮呼应、互动，在遵循着文学思潮中现实主义和人文主义的主流精神的同时，逐步寻求自身的发展，努力实践着电影独有的艺术表达，也探索着电影思潮的变化与革新。

著名导演谢飞曾说："我们的创作在大的方面应和社会政治、文化思潮的变化而变化。"[①] 改革开放以来尤其是 80 年代前期，电影主题思想的呈现与同时代文学思潮"合拍而歌"。从文学思潮的嬗变来看，随着反思深度向文化层面的趋近，人们带着诸多思考社会道德

---

① 谢飞：《第四代的证明》，《电影艺术》1990 年第 3 期。

层面而无法释怀的疑问，转而从绵延五千年的中华民族传统文化根脉处，发掘民族苦难历程和困境窘迫的"终极答案"。从而形成了被后来称为"寻根"的文学思潮。而在横跨 80 年代中后期到 90 年代中期近十年的时间里，中国电影在受到"寻根"文学思潮影响的同时，不断加深对电影本体的认知和加强电影创作技巧的探寻，终于迸射出灿烂夺目的艺术成就，并以"第五代导演"为整体形象、整体风格、整体创作诉求，完成了中国电影思潮的自身书写和自我升华。优秀的电影作品禀赋着寻根文学思潮所赋予的精神内涵，以创新的电影艺术表达，借助对经典文学作品的改编和再创造，屡屡获取国内外大奖的认可。电影《黄土地》（陈凯歌导演，张艺谋摄像）就开创了用现代视角观照中国传统文化的极富思想艺术张力的电影思潮。通过独立思考的精神，第一次使影片正面地表现电影思潮中对中华民族的思考，在暴露民族劣根性的同时，对民族旺盛生命力给予了热情的礼赞。

随着 90 年代后期和新世纪的到来，"新写实主义"文学思潮和"先锋文学"也在不同程度上影响着中国电影后"第五代"和"第六代"导演的思想内涵与创作实践。但是在"市场化"浪潮的冲击下，文学逐渐式微，文学思潮对电影思潮的影响力也逐渐失去了往日的荣光，电影自身作为大众传媒的优势被逐渐放大。然而文学思潮并未湮没，而是以更加分散与细腻的形态浸润到社会思潮的诸多领域。电影固然要发挥其反映现实更为真切、更具大众接受的特性，但必须警惕媚俗化和过度商业化的趋势。电影思潮需要文学的滋养，文学思潮也需要电影的加持，两者在新时代背景下的圆融协调，是新世纪文学与电影取得更大进步的必由之路。

第三节　反思：改革开放以来当代先锋电影思潮的抗争与迷惘

同其他时代的电影思潮追求"和而不同"相异，中国当代先锋电影思潮的登场亮相，就显示出对主流文化的颠覆和对精英文化的解构的抗争姿态，努力彰显着自身的毫不妥协。从启蒙思潮到后现代思潮，整体的演变过程是一个不断否定前者的历史进程，启蒙主义先前所建构的近乎理想化的群体性狂欢或是经典化的表达程式，终于在后现代所营造出的个体性孤独和对精英甚至于一切的解构中趋于"消亡"。先锋电影思潮竭力抗争此前的"神话"模式，提倡革命性、前卫性与实验性的思想逻辑，把自身反社会、反体制、反艺术的激进做派幻化成一种独属状态下的"图腾"标签。在当代中国电影所面临的市场经济和主流政治的叠加重压下，以一种对"权威的"漠视与破坏，展示中国电影文化思潮发展中的另一门径。具体到电影创作者而言，导演张元在论及与"第五代"电影的不同时认为："寓言故事是第五代的主体，他们能把历史写成寓言很不简单，而且那么精彩的叙述。然而对我来说，我只有客观，客观对我太重要了，我每天都在注意身边的事，稍远一点我就看不见了。"① 言语之间所带出的是对"第五代"导演构建"民族寓言"的颇有微词和自我生命体验的明确追求，他所沉醉其中的是极致化的个性追逐与自我放逐。中国当代先锋电影思潮是对前人所津津乐道的宏大叙事模式与传统文化展演的彻底抗争和完成所谓个体化、独立化叙事方式的自我救赎。张元在2000年前后导演的《妈妈》《北京杂种》《儿子》《东宫西宫》《过年回家》等影片中，通过展现弱智儿童、摇滚歌手、精神病患者、同性恋者、假释犯人等另类人物生存的影像表现，构建其所竭力追寻的边缘化主

---

① 郑向虹：《张元访谈录》，《电影故事》1994年第5期。

题、复杂的生存状态和迷惘的心理，总体上有代表性地注解了先锋电影思潮的表达核心。

但是值得深思的是中国当代先锋电影思潮的抗争姿态往往落入了一种"环顾四周，只余茫茫"的"无我之境"。解构和颠覆的终极是对于"自身何处"的深深迷惘，安杰罗·吉列尔米形象阐述过先锋思潮在当下之境的这种困惑："当代文化的情形类似于一个敌人埋下地雷后弃之而逃的城市的情形。兵临城下的胜利者怎么办呢？派攻击部队去征服一个已经被征服的城市吗？如果他这么做，就将造成混乱，引发新的无谓破坏和死亡。相反，他将派后卫部队的专门分队进城，他们进城时带的不是机关枪而是盖格计数器。"①

其实中国先锋电影思潮所面临的迷惘实与当代所流行的大众文化密不可分。在大众文化尤其是大众传媒的推波助澜下，先锋电影思潮被包装成一种惊世骇俗的面貌，出现于大众面前，其"语不惊人死不休"的决绝态度，甚至是所谓"反时尚"的文化标签，却在事实上被大众媒体吊诡地反转为一种吸引大众的"时尚"符号，而在当下语境中一些盲目追求个性独立和解放的年轻人就将这种极致的自我化、极端的异类化视作对抗一切所谓"束缚"个体因素的护身符。大众文化"娱乐至死"的满天喧嚣中，鼓噪着对先锋思潮抗争精神的顶礼膜拜和"狂欢式"追捧效仿。但殊不知，这种可以貌似构建一切"不可能"的大众文化，却在无形中不断解构着先锋电影作为立身之本的所谓"抗争性"和"不妥协性"，先锋思潮的"抗争"与"不平"只是制造着大众文化所需要的一个个流行符号和商业卖点。而先锋电影思

---

① 转引自 [美] 马泰·卡林内斯库：《现代性的五副面孔——现代主义、先锋派、颓废、媚俗主义、后现代主义》，顾爱彬、李瑞华译，商务印书馆 2004 年版，第 133 页。

潮不能容忍这种饱含商业意味的亵渎，只能通过加速的抗争和否定来彰显自身的"卓尔不群"，在否定一切的自虐倾向下最终在否定自己的深度迷惘中无法自拔，当然先锋文化思潮也会有"否极泰来"的反思与转型，虽然这可能不是出自主观的自觉选择。而这时主流文化就会以巨大的包容性消解吸纳似乎陷入绝境的所谓"先锋抗争"。在电影思潮领域，"主流电影在形式和内容上的发展，总是不断地借鉴、消化流行电影呈现出来的新鲜着数，而流行电影则是依靠吸收先锋电影和实验电影的内涵，而获得观众对新奇事物的满足。当今天的流行电影被主流电影照单全收演变成多数的时候，它就是明天的主流电影"。[①] 当然中国先锋电影思潮的出现表现了中国电影思潮在改革开放巨大社会思想变迁的大格局中，别样发展的轨迹，也留下了他们追寻自我的呐喊之声，余音绕梁犹有回响。回到前文提过的导演张元，他在 2005 年前后又执导了《我爱你》《绿茶》《江姐》三部电影作品，完成了其彻底向主流电影文化的靠拢。最后还是用张艺谋的话来为中国先锋电影思潮的过往与未来作注解："你不要考虑猎奇，不要考虑别人喜欢你什么东西，只要你把电影拍好了，只要你传达出人和人之间最真诚的关系，那么无论哪国观众都会喜欢。"[②]

结语

总体而言，改革开放四十年带给中国社会各个层面的都是前所未有的变革与更新。文化思潮作为体现社会发展敏感而前沿的风向

① 章明：《先锋和异端是电影的领头羊》，载朱日坤、万小刚编：《影像冲动——对话中国新锐导演》，海峡文艺出版社 2005 年版，第 50 页。
② 韩琛：《漂流的中国青春——中国当代先锋电影思潮论（大陆 1977 年以来）》，山东师范大学博士学位论文 2007 年。

标，不仅展现出时代整体的走向与风貌，而且深刻地显影着身处变化之中的个人微妙的心理波动。电影思潮的流变发展、此起彼伏，生动描绘出当下愈加开放与多元的社会文化思想图景，各种电影思潮在历史过往中的数度碰撞、消解与融合，释放的正是电影这种艺术形式旺盛的生命活力和对大众强大的影响力。而所谓纷繁复杂的电影思潮与电影创作，所营造出的观念嬗变与思想意识的"起承转合"，都将从根本上"殊途同归"，并辉映着改革开放这一伟大时代背景下，芸芸大众紧随时代脉搏的精神律动，彰显着中国电影未来更为广阔的发展格局。

（雷昊霖）

第五章　新世纪以来网络文学改编电影研究

　　1905 年，改编自《三国演义》片段的《定军山》不但标志着中国第一部电影的诞生，同时也清晰地显示了电影由文学改编的这一路径。一百多年过去，这一路径虽然在不同时期受到质疑和挑战，但在总体上仍然是电影创作的主要方法。剧本乃"一剧之本"的精神并未被推翻，只是此剧本到底由文学改编还是由编剧重新创作，或者由谁来创作，这也许是电影界争议的焦点，其根本的问题在于寻找电影发展自身的本质属性，提高导演或演员在电影创作中的核心作用，当然还有影视学科为了确立自身的学科属性而特意与文学拉开距离的心理原因。在这种讨论中，影视作为新媒体的属性在不断地被确立，其传播的力量也在不断地扩大，在文化传播中的核心位置也在不断地被确立，相反，文学因为其旧媒介的属性和纸媒的限制在不断地被"否定"，其影响也逐渐缩小，虽然其深刻性、连绵性等特征是影视艺术暂时无法抵达的，但是，影视传播的便捷性使人们很快就适应了新的媒介传播方式，且人们已几乎形成新的接受习惯。文学的内容逐渐地隐藏在多媒体内部了。21 世纪初，网络文学借助互联网而产生，网络媒体迅速又变成了新媒体，在概念上取代了电影、电视、广播这些原来的"新媒体"。文学似乎迎来了新的时代，但在文学内部，却不断地产生一系列宣布文学死亡的声音。先是"网络文学"这一概念的生成，标志传统文学的封闭性、官办性、发表机制以及传播方法的单一性被打破，大众文学刹那间崛起，文学的边界瞬间被破开。它引发了主流文学界的极端焦虑。2008年，诗人叶匡政在博客上宣布"文学死了"。后来，人们慢慢发现，并非文学死了，而是先前那种文学的模样、生产的样态以及传播的方式都已经远远比不上数字时代的多媒体文学了（伴随着音乐、图像、视频、声音、游戏、链接等），及时的、大众的、时评性的、短小的、娱乐性的文字开始大行其道。严肃的文学被一再地边缘化，而大众的、娱乐性强的文学甚嚣尘上，一时改变着文学在大众心中的样貌。它们被定义为网络文学。网络文学在一些批评家眼里，就等同于过去的通俗文学。虽然受众很广，但精英人士并不认同它是真正的文学。

然而，网络文学迎来了它最好的发展时期，一是它本身拥有的传播的迅捷，二是与影视联姻之后成为影视改编的最佳文学类型。影视改编成为网络文学传播的最佳方式。这是因为作为影像传播的影视本身与网络文学的拥有共同的娱乐性和大众性。此时我们便会立刻想到1924年徐枕亚的《玉梨魂》被搬上银幕时引发的鸳鸯蝴蝶派小说改编的热潮，此后样板戏被改编为影视其实在本质上也是样板戏和影视拥有共同的属性：娱乐性与大众性。20世纪80年代之后的武侠小说影视改编大行其道也是同样的道理。

然而，近年来，因电影市场过于强调电影的市场化、工业性、产业价值而使电影逐渐地脱离其艺术性、思想性而单纯地走向娱乐性，且越走越远，终使某些电影走上娱乐至死、过度放纵的极端道路，此时的网络文学也一样，它们互相"鼓励""共勉"，互相激发，故而，大量媚俗、低劣的网络文学被改编为同样媚俗、过分娱乐化、没有价值观的影视剧。网络文学发展近三十年，有必要对它的影视改编进行一次总结与反思，一方面总结其成功之处，另一方面也总结其问题所在，这将不仅对网络文学起到扶正除邪的作用，也对网络文学的影视改编起到警示作用。在此基础上，本文将探讨解决网络文学影视改编问题的对策，以期对今后网络文学及其影视改编的发展有一定的启迪作用。

第一节　网络文学对传统文学与影视的影响

1998 年初，蔡智恒将原创小说《第一次亲密接触》在互联网 BBS 上连载，成为中国文学的一个新生事物，从此"网络文学"这一概念诞生，《第一次亲密接触》也被人们视为中国第一部网络文学作品。《第一次亲密接触》的热潮过后，越来越多的网络文学作品被搬上银幕，2001 年筱禾的同性恋题材网络小说《北京故事》被改编成电影《蓝宇》，轰动了影视界。"网络文学"从 1998 年发展至今，学界对于其范围、概念等界定众说纷纭。以字面意思理解，"网络文学"一词可理解为通过网络进行传播的文学作品。若是这样定义"网络文学"，未免在范围以及内容上不严谨。学界另一种解释为："以互联网为发表平台和传播媒介，借助超文本链接和多媒体演绎等手段来体现的文学作品、类文学文本及含有一部分文学成分的网络艺术品。"[①] "网络文学"的出现，证明了受众审美从精英化向大众化的转变，一定程度上属于文学的"解放"，也反映了社会的进步与发展。欧阳友权认为，网络文学"使得世纪之交的中国文学宿命般地走进了一个特殊的历史时期，迫使文学在新的选择面前寻求新的活法"。[②] 与传统文学相比，"网络文学"一方面传承了传统文学的精神，拥有

---

① 冯云超：《关于网络文学影视改编潮流的思考》，《天中学刊》2013 年第 5 期。

② 欧阳友权等：《网络小说文学纲论》，人民文学出版社 2003 年版，第 22—25 页。

着明显的文学特征，仍然属于文学的范畴；另一方面，"网络文学"又具有新时代媒介传播的优势：开放性、互动性、多向性以及传播范围广、传播速度快等特点，这又与传统文学有着很大区别。韦勒克和沃伦在《文学理论》中指出："文学的本质与文学的作用在任何顺理成章的论述中，都必定是互相关联的……物体的本质是由它的功用而定的：它作什么用，它就是什么。"①一部分传统文学作家认为，网络文学与传统文学之间并没有本质的区别，只是传播途径与传播媒介不同而已。余华在其《网络与文学》一文中提出："……对于文学来说，无论是网上传播还是平面传播，只是传播的方式不同，而不是文学本质的不同。"②而部分网络文学作者认为用传统文学的思维解释网络文学无疑是片面与不严谨的。网络作家风御九秋在采访中说："网络文学只不过是借助网络发表的一种文学形式，我们为什么就不能进入文学史？传统作家能不能不要戴有色眼镜看我们？"③《择天记》的作者猫腻在接受访谈时说："传统文学放在纯文学的筐子里，网络文学天然具有商业属性，两者间的创作态度以及重点自然有很大分别，后者受读者的影响会多一些。"④所以网络文学与传统文学存在一定争议，但其密不可分的关系也是一个不争的事实。

从近年来关于网络文学的讨论中，学者们逐渐达成一些基本的认

---

① ［美］韦勒克、沃伦：《文学理论》，刘象愚等译，生活・读书・新知三联书店 1984 年版，第 18 页。
② 余华：《网络与文学》，《作家》2000 年第 5 期。
③ 中国作家网：《网络文学并不比传统文学差——风御九秋访谈录》，2017 年 11 月 9 日，http://www.chinawriter.com.cn/n1/2017/1109/c405057-29635515.html。
④ 陈帅：《接续传统　灌注情怀　力求经典——网络文学作家猫腻访谈录》，《创作与评论》2017 年第 4 期。

同。首先，从传播媒介而言，网络作为 21 世纪最有效的传播方式和最方便的法门，逐渐被作家、受众所青睐，经典的文学作品也借助网络大范围传播，使之被更多的受众群体关注与阅读，社会效益显著，"互联网＋文学"已经成为当下文学传播的最好方式。其次，优秀的网络文学都是基于对传统文学的继承和创新而创作，并且经过读者、学者等认可的文学作品。从同一时代、不同媒介背景而言，网络文学必将从传统文学中汲取养分。同时，原创网络文学作家也必须具备一定的文学修养。优秀的网络文学作品并非凭空想象创作出来的，网络文学创作者也需要具有一定的传统文学阅读经历与写作经历之后，才能参与原创网络文学的写作当中。最后，就传播的机制而言，网络文学虽然缺少传统文学审稿、校稿等环节，但在中国网络文学发展的 20 多年中可以看出，承载网络文学的网络运营公司、论坛等根据受众喜爱程度、点击阅读量、传播量等标准已经具有比较完善的"TOP榜""每周精选"等模块，这就意味着网络文学在一定程度上具有了竞争与筛选的机制，即近似于传统文学的筛选、发表等过程。相比传统文学，由于拥有传播媒介的优势，网络文学受到读者的反馈与互动更加迅速与直白。从受众角度而言，网络文学的受众也需要具有一定的传统文学阅读基础，在此基础之上才能体验到作者的情感与作品的内涵。

最为重要的是，网络文学的发展正好伴随着中国影视的发展高峰，它们几乎都是在 21 世纪初同步发展起来的，或者说，21 世纪初网络媒介在文学与影视中的广泛应用不但激活了文学与影视各自的发展，同时也将文学与影视更为密切地结合了起来。21 世纪以来，网络文学资源的发达解决了中国影视剧剧本难求的尴尬境况，类型多样、内容丰富的网络文学给中国电影市场提供了优秀的改编资源，同时网络文学拥有的受众数量也是一般影视剧无法比拟的。据统计：2017年有关《三生三世十里桃花》的微博话题拥有105.4亿次的阅读量；《楚乔传》网络播放总量突破400亿次大关；网络文学改编电影票房节节升高，如《寻龙诀》(12.68亿元)、《盗墓笔记》(10.04亿元)、《悟空传》(6.94亿元)、《九层妖塔》(6.78亿元) 等。① 厚实的粉丝基础助力网改剧的发展。同时，网改剧将文字艺术改编为视觉艺术激发了网改剧的衍生产业，如游戏开发、有声读物、影视衍生产品、动漫改编、有关演出，等等，都在为网改剧推波助澜。盛大文学CEO吴小强解释："现在网络文学有高度想象力，再加上现在的网络小说有时候不是一个作家独立完成的，因为在过程中，网友会参与评论提出各种各样走向的建议，作家会有意识地迎合市场，使他的创作高度市场化，更互动化，所以海量、想象力、互动性是第二次文学改编影视浪潮的不一样的地方。而衡量一部网络文学、电视剧、电影受欢迎程度最外在的指标分别是点击量、收视率和票房，而决定点击量、收视率、票房高低的根本因素则是相通的。"② 正如吴小强所说，传播者与受众之间的交互与互相满足是网改剧拥有的宝贵优势之一。从传播者角度而言，写作门槛的降低让普通人成为可以发声的"意见领袖"，网络所提供的便捷平台让"意见领袖"获得粉丝的追捧以及肯定，同时由于粉丝效应的作用，网改剧让网络文学粉丝"理所当然"地追捧以及传播。从受众角度而言，网改剧类型多样，题材新颖，在"读图时代""快餐社会"的今天，传统的影视作品似乎有些"跟不上时代"，强烈要求内容与形式的创新，而网改剧在一定程度上

---

① 数据来源：艾瑞数据研究报告，http://www.iresearch.cn/。
② 易薇：《网络文学网站的发展现状与未来趋势——以起点中文网为例》，《出版参考》2012年第5期。

恰好"减轻"了社会生活带给受众的负担，巧妙将选题定在婆媳之间的情感、结婚压力、房价问题、穿越时空、悬疑探险等热门话题，最大限度地迎合受众热点话题以及审美需求，反映社会热点问题，解读受众心理压力，虽有娱乐至上的倾向，但也更符合受众的需求。《蜗居》(2008)、《裸婚时代》(2011) 以现实主义的态度反映住房问题、结婚问题，契合了在城市打拼的年轻一代的心理压力；《宫》(2011)、《步步惊心》(2011) 等历史题材网改剧，加入了宫斗、谍战以及家庭伦理等元素，使得整部网改剧融入不同的类型与情节，突破观众的"惯性思维"，在受众之间形成了观影期待。网改剧用高度生活化的题材、多元的内容以及熟悉题材的陌生化处理牢牢抓住受众的观影心理，在一定程度上契合了影视剧创作与传播的规律，满足了受众的审美要求，继而获得传播范围广泛、受众关注度高的效果。现在来看，网络文学无疑冲击了整个电影市场，知名导演纷纷加入网改剧的拍摄与制作当中，如张艺谋的《山楂树之恋》(2010)、陈凯歌的《搜索》(2012) 等。当然，问题也是显而易见的。在这个高呼"娱乐至上"的新时期，网改剧市场悄然滋生着浮躁之气，或是低俗色情，或是跟风模仿。一时间，票房与明星阵容成为评判一部影视剧好坏的主要依据，而影视剧最重要的人文精神与艺术价值被部分导演抛弃，影视剧逐渐成为赚钱的工具、明星的专场。网改剧如何做到在引领潮流的同时，回归艺术创作的本质，将思想性和艺术性融合于一身，是我们需要讨论和解决的问题。

第二节　网络文学影视改编历程

应当说，《第一次亲密接触》从 1998 年发表伊始就殷切期盼影视化的改编与传播，2000 年，它终于完成了与影视的合作，这也标志着网改剧的开始。1998 年至 2003 年，是网改剧发展的萌芽阶段，在此期间，网改剧仅有两部，其他网络小说如《鼠类文明》《风姿物语》《活得像个人样》《迷失在网络与现实之间的爱情》《我一定要找到你》等网络小说因为内容不适合改编为影视剧，同时网改剧的拍摄与制作掺杂了导演编剧等"二度创作"，使得网改剧与网络小说读者之间产生一定的隔阂，最终导致了初期网改剧难以和受众产生共鸣，故而这一时期的网改剧属于探索阶段。

2004 年至 2009 年迎来了网改剧发展的热潮，无论是数量还是质量，网改剧在这一时期内大幅度扩张：2004 年《第一次的亲密接触》又一次翻拍，蔡骏创作的网络小说《诅咒》改编成电视剧《魂断楼兰》，胭脂的《蝴蝶飞飞》被改编成同名电视剧作品；2005 年都梁的《亮剑》改编为同名电视剧，并引发热议与收视热潮；2006 年之川的《天亮以后不说分手》改编成同名电视剧；2007 年慕容雪村的《成都，今夜请将我遗忘》改编成同名电影和电视剧，六六的《双面胶》《王贵与安娜》以及《蜗居》被改编成同名电视剧，受到观众追捧和喜爱，网络小说家三十的《与空姐同居的日子》被改编成同名电影等。网络文学改编不但受到了小说粉丝的追捧，同时普通观众对于网改剧也是好评如潮。这一时期，网络小说的优势被电影界所关注，大量优秀原创网络小说不断地被影视制作公司买断，开始改编成网改剧。此外，网络小说衍生的游戏产业、动漫产业也在飞速发展。

2010 年至 2014 年，网改剧进入了勃兴期。网络文学逐渐成为影视剧改编的新军，随着成功改编的影视剧作品数量的增长，网络文学受到主流影视创作人的青睐，《杜拉拉升职记》(2010)、《裸婚时代》、《步步惊心》、《失恋 33 天》(2011)、《搜索》、《致青春》(2013) 等优秀网改剧的出现，使得网络文学逐渐成为影视剧改编不可缺少的部分。同时，广电总局也出台针对网络文学改编的相关政策，引导其规范发展。[①] 在这一时期，明星开始陆续加入网改剧的投资与制作，如徐静蕾导演与投资网改剧《杜拉拉升职记》等。影视公司也开始以网络热点营销、音乐电影营销等方式推动网改剧发展。

2015 年至今，网络文学改编影视剧已成规模，进入了全新的阶段：2015 年 1 月 1 日，新闻出版广电总局逐渐开始对电视台黄金时段的播出方式进行"一剧两星"[②] 调整，优化了网改剧的播出方式与制作质量。2016 年 6 月 16 日新闻出版广电总局发布《关于开展 2016 年优秀网络文学原创作品推介活动的通知》，向社会推广具有思想性、艺术性和文学性的优秀网络文学作品，为网络文学改编影视剧助力。同时，互联网三大"巨头"（腾讯、百度、阿里巴巴）抢占网络文学带来的 IP 热潮，使得网络文学改编借助互联网获得极大的发展。《何以笙箫默》(2015)、《花千骨》(2015)、《盗墓笔记》(2015)、《欢乐颂》(2016)、《老九门》(2016)、《三生三世十里桃花》(2017)、《心理罪》(2017)、《凤求凰》(2018)、《泡沫之夏》(2018)、《如懿传》(2018) 等网改剧成为网络、电视、手机微端等新媒体平台播放的主流影视剧。

今日的网改剧已经向着规范化、规模化发展，无论是数量还是质

---

① 2012 年 8 月，广电总局对影视剧创作提出了"六项要求"，其中包括革命历史题材要敌我分明；不能无限制放大家庭矛盾；古装历史剧不能捏造戏说；商战剧需要注意价值导向；克隆翻拍外剧不能播出；不提倡网络小说改编；网络游戏不能改拍等要求。

② "一剧两星"指同一部电视剧每晚黄金时段联播的卫视综合频道不得超过两家，同一部电视剧在卫视综合频道每晚黄金时段播出不得超过两集。

量上基本符合中国电影市场的需求。同时文学网站以及国家政策也助力网络文学良性发展，为影视剧提供优质的改编素材；豆瓣电影等影视平台方便了受众及时交流和分享影片信息、内容及口碑，一定程度上遏制了部分网改剧的滥竽充数，维护了网改剧的良性发展。

第三节　网络文学影视改编症候分析

网络文学与影视的融合在短时间内给中国影视剧市场带来巨大的自信与力量。玄幻、职场、刑侦、宫斗、穿越等类型多样、题材丰富的网改剧凭借着自己的优势占据了中国影视剧市场，同时利用电子媒介的传播特性，迅速成为新时期消费文化语境下的潮流与标杆。部分网改剧的叙事模式、人物设定、结局设定也被众多导演效仿。网络文学改编的成功在中国影视界引起轩然大波，同时它所带来的经济效益也让影视公司、网络平台等争前恐后想分得一碗"热羹"。其实，网改剧的发展并非一帆风顺，网络媒介的特性给予了网络文学与网改剧传播的优势，也造成一些弊端。作为飞速发展的新时代产物，网改剧在快速扩张的过程中暴露了诸多问题。

首先，网络文学影视改编带来了"影响的焦虑"。一百年前，文学巨匠列夫·托尔斯泰曾说过："你们将会看到，这个带摇把的哒哒响的小玩意儿（电影）将给我们的生活——作家的生活——带来一场革命。这是对旧的文艺方法的一次直接攻击。我们不得不适应这影影绰绰的幕布和冰冷的机器。"[①] 一百年来，影视对文学的影响是渐进的。如果说20世纪的文学还能在影视面前直起腰来充当老大哥，那

---

① 转引自［美］爱德华·茂莱：《电影化的想象：作家和电影》，邵牧君译，中国电影出版社1989年版，第1页。

么，21世纪的文学则在影视面前开始变得焦虑、不安，无怪乎作家严歌苓如是说："现在中国很多小说家，包括我自己，都是靠影视做广告，这是可悲的，但是媒体时代的必然现象。如今又似乎是'有欲则刚'的时代，影视财大气粗，文学向影视靠拢，也是经济社会'物竞天择，适者生存'达尔文法则的又一次证实。"① 改编影视剧利用传播优势所产生的利益、名誉和在大众中的影响力等悄然解构了传统文学"老大"的位置，传统文学陷入深深的焦虑。叶匡政"文学死了"的宣言便是在这种焦虑下的一种反应。每年的作家排行榜中网络作家的收入使传统文学作家们陷入物质的焦虑，而网络文学影响改编的热潮又使传统文学作家们陷入传播的焦虑。传统文学作家们一方面表示出对网络文学的种种不屑，但同时又渴望能够触电，被影视传播，毕竟所有作家都不希望自己的"孩子"夭折，都希望经影视改编后作品能够获得长久的生命力，哪怕没有多少收入也行，但事实上，只要影视改编成功的文学作品，反过来都会促进纸质书的畅销。严歌苓的小说《芳华》出版后虽有很多人阅读，但经过电影改编和传播后，其畅销程度不言而喻。余华的《活着》虽然在中国无人不晓，但在海外传播却是靠张艺谋改编后的电影《活着》，苏童的《妻妾成群》也是靠电影《大红灯笼高高挂》而为大众熟知的。自然，莫言的《红高粱家族》在海外的传播定然与张艺谋改编的电影《红高粱》有着非常大的关系。这些现象一方面说明文学作品的传播在影视媒体与网络媒介时代要靠影视与网络的传播得以久远，另一方面也引发作家们对文学创作的焦虑。但更广泛的则是社会精英们普遍的思想焦虑。过去数千年都是精英文化在教育大众，大众文化虽在民间有勃兴，但精英文化的

---

① 庄园:《女作家严歌苓研究》，汕头大学出版社 2006 年版，第 283 页。

统治地位始终没有动摇过。民间文化虽有广阔的市场，但始终在民间运行，社会上普遍运行的则是精英文化，这也就是过去"文以载道"的传统。现在，大众文化突然间大行其道，似乎一夜间成了教化社会的"教主"，而将精英文化从多个方面解构了。当大众化的网络文学与改编后的电影越来越红而传统文学与电影越来越冷的时候，它带来的则是大众对精英意识的越发淡漠、对历史无节制的改编、虚无主义的流行，等等，它导致的是整个社会的焦虑。

其次，过度娱乐化与"文学性"的遗失导致影视化道路难以走远。对于网络文学而言，网络媒介的特殊性给予了网络文学种种优势，但也让网络文学深受商业化的影响而往往被资本控制。为了博人眼球，大量色情、软色情、暴力、血腥等元素作为吸引受众阅读的符码充斥于网络文学作品，不但降低了网络文学的质量，同时影响着受众的价值观取向。网络文学创作的随意性也让网络文学与"文学性"越隔越远。著名网络写手唐家三少在接受媒体采访时讲道："像我们现在写的玄幻小说有一个概念叫娱乐性小说，不存在任何文学性，没有任何文学价值。只是让大家在一天工作之后，看一下放松自己。我只是要娱乐大家。我很清楚自己的定位。""它可以瞎编，可以没有任何根据地瞎编。"[1] 这不能说是所有网络作家们的创作心声，但可能是大多数网络作家们的创作"原则"。现在的网络文学大多是穿越、后宫、"甄嬛体"等泛娱乐文体，而改编剧则是盗墓热、言情癌症热、青春疼痛热等。这些被商业操控与缺乏文学性的改编影视剧正在悄然营造着当代中国的民间社会心理，而且，它们所倡导的那些扭曲的宫

---

① 程绮瑾：《他们用网络炒作，我们用网络写作》，《南方周末》2005 年 11 月 17 日。

斗生活和价值观也在"教化"着电视机、手机和移动终端前的社会大众，真是令人不寒而栗。

最后，背离艺术精神，逃离大众文化责任。当这种"瞎编"的、"没有任何根据"地创作的网络文学成为大众尤其是青年一代的精神食粮时，可想而知，一代人或几代人将毁于这种文化的教化。新时期以来，为了反抗过去二十年文学过分地为政治服务导致文学假大空的局面，作家们将文学又推到了另一个极端，即文学不再涉及政治，文学不再承担社会责任，文学不再教化社会。文学成为私人器物，不再是公器。这种现象到了网络文学时代被进一步泛化，导致网络文学作家毫无原则、毫无价值观地写作。它最终也会像新时期之前的二十年把文学推向另一个极端。

第四节　针对网络文学改编问题的对策

应当讲，上述这些问题不是现在才面临的问题，在每一个社会转型时期，或每一种新的媒介生成之时，都会或多或少、或明或暗地显现，所以，借鉴历史之经验、艺术创作之原则以及当前社会所面临的新的文化背景，为使网络文学向着真善美的艺术本质方向发展，特提出以下一些对策。

首先，重塑中国文学的核心价值，将网络文学的创作纳入核心价值的体系。文学的核心价值，自然是文化的核心价值，当然也是一个社会的核心价值。核心价值观一日不成，文艺创作一日便没有主心骨，文化传播也将没有方向。当然，文学的核心价值从总体上来讲，既要遵循当下国家的意识形态，也就是社会主义核心价值观，同时也要遵循文学创作的基本规律，即"文学即人学"所倡导的人性常道的规律。文学虽然最终是向着真善美的方向，但是也要看到人在生活中有其复杂性的一面。老子说："复命曰常，知常曰明。不知常，妄作，凶。知常容，容乃公；公乃全，全乃天；天乃道，道乃久，没身不殆。"① 常就是常理，是人性所表现出的一般规律，比如马克思所讲的人首先要解决吃喝住穿的问题，这便是常理。再比如，孔子讲的七情六欲乃"人之大欲"，这也是常理。再比如，佛教常说的生老病死，每个人都无法摆脱，等等。不明白这些常理而进行写作，就不知道如何处理这些日常问题和细节。明白了这些常理，也便明白了人的复杂性与精神向度，也就明白马克思所讲的社会发展的规律，孔子强调的"好色而不淫"的伦理尺度，佛教所说的度化。这也是天道，且是恒久的大道。人可能会在不同年龄阶段和不同的时代背景下，表现出不同的状态来，而文学就要表现这些不同的状态，这大概就是伟大文学的道路。网络文学作家只有去研究人性的一般规律，且有对时代核心价值的把握，才能够创作出优秀的文学作品来。

其次是坚守文学性，重视原创力。视听时代的来临，同时也面临的是网络复制时代的到来，这就使得网络文学不仅一次次被大众的审美需求所左右，同时也大量复制经典文学或当下流行的文学，独立的个性化的个人经验和审美趣味越来越难以存在，使原创网络文学越来越少，而盲目跟风热点题材的网络文学作品却如"井喷"一般大量涌现出来。所以重视文学的原创性是网络文学发展的必要条件之一。巴赞说："影片不是企图替代小说，而是打算与小说并肩而立，构成它的姐妹篇，如同闪耀的双星。""忠实性与独创性同在，不是移植，也不是自由地汲取素材，而是根据原小说，通过电影形式，构造一部次生的

---

① 〔清〕姚鼐、奚侗、马其昶撰，汪福润点校辑译：《老子注三种》，黄山书社 2014 年版，第 12 页。

"视说新语"：
影视改编理论与实践

作品。"① 从网络文学的发展来看，成功改编为影视剧的例子比比皆是，同时原创网络文学的版权价格水涨船高。所以，网络作家需要远离商业利益的诱导与控制，才能创作出坚持文学性、独立性的文学作品；也需要不盲目跟风的定力，不追捧穿越、盗墓、玄幻等题材，才能创作出具有原创性的文学作品；需要向传统文学学习，走向生活，从现实中汲取力量，发现题材，关注现实，才能创作出有力量的网络文学来。

再次要重视媒介发展与人文关怀的结合。从"三网合一"到"多屏合一"，科技的发展让文化的传播更加生动、具体、快速和覆盖范围广泛。网络文学的发展搭上了科技发展的"高速列车"。但文学的根本所在是审美价值的传播，用生动的语言描绘人的日常生活，抒发个人情感，揭示生命的意义，以此来丰富和完善人的生活、生命的意义。网络文学在本质上也是文学，也必须有文学的这些特征和价值、作用。如果否定了这些特征、价值和作用，网络文学就脱离了文学本身，就不能被称为文学。同时，作为将文字艺术转化成图像艺术的影视媒介，同样也要承担起文化价值的传播责任，在不断提高录制技术的同时，必须以"人"为主体；在丰富和满足大众娱乐生活的同时，一定要承担起人文精神食粮的供给和传播正能量的责任与义务。尹鸿认为，"我们提倡一种具有精英意识的大众文化，反对以媚俗为荣的大众文化；我们鼓励一种具有高雅品位的大众文化，反对以庸俗自许的大众文化。从根本上说，我们希望的是一种以人文理想为终极价值的大众文化，而反对的则是一种以商业利润为最高标准的大众文化"。② 只有科技与

---

① ［法］安德烈·巴赞：《电影是什么?》，崔君衍译，中国电影出版社 1987 年版，第 100、129 页。

② 尹鸿：《为人文精神守望：当代中国大众文化批评导论》，《天津社会科学》1996 年第 2 期。

人文价值携手发展，网络文学改编影视剧才可以稳定地进步。网改剧导演、编剧也要尊重原创网络文学的精神核心，同时尊重读者对于网络文学作品的认知，制作出"本子好、拍得好、演得好"的网改剧作品。在选择演员、布置场景、化妆、后期特效制作等方面应当征求广大书迷的意见与建议，最大限度还原原著小说中的角色与场景，使得网改剧在尊重原著的前提下最大限度地传播文化与艺术价值。

最后是取得商业性与艺术性之间的平衡。影视艺术与过往其他艺术的不同在于它是综合艺术，是工业艺术，所以，商业性是其本身的属性，所以，求得两者之间的平衡是其本身的需要。纵观中国电影发展史，早期中国电影长期承担着宣传与教化作用，商业性是附属的特性，隐含在强大的国家力量之中。随着电影市场的逐渐开拓，电影的商业性也逐渐显露出来。从2002年的《英雄》开始，《无极》《私人订制》《泰囧》等商业大片几乎占据了大半个中国电影市场，从而形成了两个极端：商业大片票房大卖，通俗易懂，评价较差；艺术片举步维艰，生涩难懂，评价甚好。前者是重视了电影的商业性而忽视了电影的艺术性导致的问题，后者恰好相反。但网络文学不同，自诞生之日就与商业紧密相连，这也就导致了网改剧的重心偏向商业性。近年来，网改剧中广告植入、热点跟风、大牌明星的加入让其无法摆脱"商业片"的标签。既然网改剧无法摆脱其商业性质，就应该更加注重网络文学创作的艺术性，在商业性与艺术性之间达到平衡，从而有效地提升网改剧的水平和质量。

（巩周明）

第六章　电影发展对文学创作的影响与重构

20世纪80年代，文学的繁荣直接带动了电影事业的蓬勃发展，由文学小说改编而来的电影大受观众青睐，并受到国际的广泛赞誉，写下了中国电影史上辉煌的一页。文学与电影栖身于共同的文化土壤，不可避免地受到所处时代观念的影响。新世纪以来，文学与电影创作正发生着巨大而深刻的变化。

第一节　电影使文学焦虑

随着19世纪末电影的问世，人类开始进入由视觉文化主导的"读图时代"。电子媒介由此逐渐替代印刷媒介，栖身于传统印刷媒介下的文学遭遇空前的危机。基于媒介决定论，美国著名文学批评家J.希利斯·米勒认为电传时代的"无纸化"传播将会导致"文学的终结"，媒介渠道的拓宽使与纸媒有着同生共死命运的文学濒临绝境。中国比之西方，虽然电子媒介的发展较晚，但在"全球化"和"市场化"的潮流影响下，文化形态也不可避免地朝着"图像化"趋势发展，并呈现出不断扩张之势。电影作为现代大众媒介的主要艺术形式，在广泛综合各艺术门类的基础上，已然顺应时代的需求，"视觉文化"逐渐成为主流。加拿大著名媒介理论家马歇尔·麦克卢汉认为：过时的技术会成为艺术，先行媒体会变成新媒体的内容。因此文学也成为电影的表述内容，视听语言逐渐替代了文字语言，抽象的文学小说被搬上电影银幕。例如20世纪80年代的优秀的中国电影，

《天云山传奇》《人到中年》《老井》等都是按照忠于原著的思想被改编成电影的。但是尼尔·波兹曼认为："视像化的传播媒介并不能延伸旧的印刷媒介，反而只能攻击文字文化。"[①] 在如今"泛娱乐化"的时代中，人们更愿意接受电影所带来的视听快感，而不是文学带来的反思与教化，因而文学的精神层面通常被电影所忽略。瓦尔特·本雅明认为传统文学经典中存在一种"灵韵"效果，"灵韵"即"在一定距离之外但感觉上如此贴近之物的独一无二的显现"，[②] 而在过度的商业化、产业化的机械复制时代中，这种灵韵却消失了。为了迎合市场的需求，无论是文学的精神还是文学的语言形式，都开始丧失"自主性"，转而成为苍白的复制品或者影视产品的附庸。

过去人们阅读文学作品，很大的程度是出于文学的"造梦性"，人们可以通过抽象思维对文本进行理性的思考，或者通过想象主观的融入文学所描述的世界。如今电影可以把文学所提供的这种梦境呈现在二维荧幕上，直接诉诸人们的感官，营造出比文学更"真实"的梦境，其中以科幻小说的电影改编最具代表性。《时间机器》改编自赫伯特·乔治·威尔斯的同名小说，《环游地球 80 天》改编自爵罗士维尼的同名小说，《世界之战》改编自威尔斯的同名小说，《地心游记》改编自凡尔纳的同名小说，《超体》改编自特德·姜的小说《领悟》。这些科幻电影利用夸张的电脑特技，将科幻小说中描述的场面直观地呈现在人们的眼前，将科幻小说的"体验性"发挥到极致。电影强烈的具象化填充了文学的想象力，如今人们更愿意去电影院，在黑暗的

---

① [美]尼尔·波兹曼:《娱乐至死·童年的消逝》，章艳、吴燕莛译，广西师范大学出版社 2009 年版，第 74 页。
② [德]瓦尔特·本雅明:《机械复制时代的艺术作品》，王才勇译，中国城市出版社 2002 年版，第 57 页。

环境里感受如梦一般的视听快感。

现代科技解放了人类的生产力，社会节奏不断加快，人们已经少有闲暇时间再静下心来阅读一部文学经典。传统的阅读方式已经无法跟进时代的脚步，电影成为大众的主要精神娱乐方式。张艺谋执导的《归来》上映首日票房即突破 3000 万元。而影片改编的原著小说《陆犯焉识》虽然广受关注和好评，获得了诸多重要的文学奖项，但累计销量也仅有 10 万册左右。据悉，"我国共有各类期刊 9000 多家，其中文学期刊 900 多家，约占期刊总数的 10%，但这 900 多家文学期刊大部分正面临生存困境"。[①] 受众的缺失导致当代文学的发展举步维艰，引发了文学无尽的焦虑。文学需要改变自身的创作规则以迎合时代的发展需要。

第二节　电影的视觉语言对文学叙事的影响

电影敲开文学殿堂大门的时候，就已经开始对文学创作产生深刻的影响。电影用独具特色的视听语言，将文学内容搬上银幕，不仅补给了文学，加强了小说的主题，同时也促进了文学的推广，间接地吸引了大批的读者。经典的文学著作被改编成电影之后，刺激了电影受众对原著的兴趣，使文学作品的销量激增，一段时间内成为人们所热议的话题。电影成为小说的宣传渠道，为作者带来丰厚的经济回报，这也促使很多作家在提笔之前就已经思考小说将如何改编成电影，写作过程中不由自主地流露出"电影化"倾向。

电影的语言是直观的、蒙太奇的。所有的对话、场景、人物形

---

① 周薇:《当代纯文学的困境与出路》,《人民日报（海外版）》2007 年 7 月 23 日。

象、故事情节都要以视听语言的方式直接诉诸人们的感官,电影的这一特点对文学的创作有很大的影响。当代小说创作具有强烈的剧本化倾向,传统的抒情、议论的手法被逐渐忽略,当代作家倾向于利用动作和对话来反映人物的心理活动,使小说的整体风格更具有画面感,这样的叙事也正好避开了电影的弱点,即镜头对人物内心表达的无力感。例如莫言在他的小说《透明的红萝卜》中写道:"黑孩的眼睛本来是专注地看着石头的,但是他听到了河上传来了一种奇异的声音,很像鱼群在喋喋,声音细微,忽远忽近,他用力地捕捉着,眼睛与耳朵并用,他看到了河上有发亮的气体起伏上升,声音就藏在气体里,只要他看着那神奇的气体,美妙的声音就逃跑不了。"在这一段的叙述中,莫言充分借助了电影语言,以视觉画面和听觉音响来描述人物的状态和场景。虽然人们在阅读时必须通过抽象思维才能构建出这样的"电影画面",但是至少可以看出作家在文学创作中的电影剧本化倾向。

当代作家广泛吸收电影元素和叙事技巧,他们站在大众的立场上对时代热点进行把握,在书写中采用富有动感和形象感文字语言,这也为他们作品改编成影视提供了无限的可能性。与影视一同成长的作家刘震云便是一个很好的例子,他有很多小说被改编成电影,如《手机》《我叫刘跃进》《一九四二》等,都是电影引发人们的热议后,他才出版的同名小说。2012 年上映的电影《一九四二》,由他的小说《故温一九四二》改编。电影一经上映,即引发了广泛的关注,刘震云便借此机会,将自己改编后的无删节版电影剧本和小说编辑在一起,出版了完整版的《故温一九四二》。在改编的过程中,刘震云又添加了感性的人物和丰富的情节,使整个故事更符合电影的表达。因此他的小说创作也越发反映出一种"电影自觉化"倾向。他在 2012

年出版的长篇小说《我不是潘金莲》，更像是一部电影剧本。小说中没有任何景物、心理方面的描写，用不加任何修饰的语言虚构了一出荒诞而离奇的"上访"故事。全篇基本以对话推动故事发展，打通了小说和电影的界限。很多人觉得《我不是潘金莲》更像是优秀的电影剧本，刘震云本人也再度与导演冯小刚联手，将这部畅销小说搬上了银幕。

可见当今电影的发展正深刻地改变着人们的阅读和思考方式，文学也必须不断从电影中学习新的叙事方式和技巧。从早期电影以文学为基础，到如今文学创作的"影视化倾向"，这是视觉文化时代下历史的必然。文学与电影正是在互相借鉴、互相融合的基础上共同发展。

第三节　电影的戏剧性对文学结构的影响

小说与电影最大的不同在于：小说通常是以时间线索为主，不受空间的约束，而电影则是以空间结构为依据，将时间融入空间。因此，在文学改编成电影的过程中，要求把小说的时间结构改变成空间结构，尽可能地让故事结构变得更加简洁。这种弱化时序意识的"空间形式"结构观念越来越影响到当代小说的创作，时间创造的线性故事通常以碎片式的回忆将故事推向台前，这几乎成为当代寻根文学创作的重要技巧之一。

莫言的小说以空间结构为主，利用蒙太奇的手法将时空组接，打破自然时空的单线叙事，使小说极具镜头感。如 1986 年发表的经典中篇小说《红高粱》，被誉为 20 世纪中国最具有电影感的小说。小说是从"我"的角度来诉说抗日战争时期，"我"的爷爷抗击日寇以及和"我"奶奶的爱情故事。小说中"我"的"父亲"作为事件的参与者，见证了往昔的回忆，而"我"作为全知视角角色，连接了历史与现实。小说将"我"的主观感受与客观事件进行拼接，跨越了时空的距离感。小说《红高粱》可以算是一部非常现成的"意识流"电影剧本，采用时空颠倒、多线交叉的方法，将毫无逻辑的情节进行故事化处理，颠覆了传统小说创作的线性结构。由此可见，电影的结构技巧给予了文学创作提供了丰富的灵感，使文学作品更加可视可感。

"戏剧性"是电影和小说的天然共性。商业故事片一般遵照开端、发展、高潮、结局完整的戏剧结构创作规则，以戏剧冲突推动情节的发展，一步步促使矛盾尖锐化，将电影推向高潮。传统的小说创作也非常注重故事的"起、承、转、合"，力求塑造出曲折的情节和鲜明的人物形象。无论是电影还是小说，情节的"戏剧性"是吸引受众的重要因素。莎士比亚的作品早在电影诞生以来便吸引了一代代的电影工作者。根据统计，从 1899 年拍摄的第一部莎士比亚作品《约翰王》到 2005 年，莎士比亚的 37 部无韵诗剧在全世界范围内进行了改编，共拍摄了 600 多部电影作品。正是莎剧永恒而深刻的主题和波澜起伏的"戏剧化"情节，才使其更适合改编成电影。从文学本质上来看，莎士比亚剧作中蕴含的戏剧张力、对称的故事结构、丰富而深刻的隐喻，以及关于性与暴力的伦理元素，使它具备了强烈的电影特征。世界各国导演利用原著的故事情节，对其进行"本土化"的加工，使之成为新的故事。如日本的黑泽明导演执导的《蜘蛛巢城》改编自莎士比亚名作《麦克白》，《乱》改编自《李尔王》等，这些影片把莎翁笔下的故事情节置于日本战国时代，揭示人性的本质和生命的真谛。文学中故事情节和结构的戏剧性，使电影更加具有"看点"，有助于电影剧本的改编。

20 世纪 90 年代，受到电影的影响，小说的创作开始有意地模仿电影的戏剧性特征，在叙事过程中有意地加强悬念的设置，突出情节的夸张与巧合，结构安排紧凑集中，推进迅速，有极强的戏剧色彩。作家杨争光说道："我写的小说，利用了电影手法，充分的故事化、情节化。不仅有故事，有情节，而且故事情节发展得有声有色，叫读者意想不到。我写的小说最能改编成电影。"[①] 如他的小说《棺材铺》《赌徒》《老旦是一棵树》等都大量的借鉴了电影"戏剧性"的叙事结构，以悬念的开头、夸张的巧合、传奇的结尾对人性和文化进行了深刻的剖析。同样受到电影"戏剧化"特征影响的还有当代著名作家严歌苓，早期电影剧本的创作经历，使她形成一种"人生如戏"的创作观念。她的小说往往以人物动作性对话的形式展现时空背景。例如《金陵十三钗》中的神父和瑶姐们的对话描写，几句话便交代了人物、事件、起因。戏剧性的对话使人物间的冲突高度集中，避免了传统小说对人物的描述和情节的铺垫，简洁地搭建起故事情节的脉络。小说的这些戏剧化要素也恰好符合电影文本的内在要求，因此严歌苓的小说也更适合改编成电影。

当代小说创作正受电影艺术的影响，愈发讲究完整的情节、严密的布局、顺时的叙述进程。这也恰好与电影的戏剧性形成了共融点，给小说改编成电影提供了无限的可能。

第四节　电影的发展使文学逐渐分化

随着视听时代的来临，当代文学创作越来越呈现剧本化倾向：题材往往选择时下人们热议的话题；语言的描述追求镜头感，注重色彩

---

① 兰英：《人性·命运·文化——杨争光谈小说创作》，《作家报》1993年9月11日。

和声音的渲染，使用通俗的对话塑造人物形象；情节上赋予"戏剧式"的展现，强化悬念的设置，等等。因此文学也渐变为电影的剧本形式，如今，有很多知名作家跨行当电影编剧，他们的加入给电影注入了深厚的文学基础，同时也进一步将电影编剧的思维带入了文学小说的创作。

然而，电影的表现技法虽然给文学注入了新鲜的创作观念，同时也给文学带来了不可忽视的"灾难"。"文学评论家和他们在戏剧界的同行们一样，多年来一直为电影对小说的这种影响感到悲哀。"① 严歌苓曾表示，长期从事编剧工作对小说有伤害。莫言也曾经说："我忘记了一个作家最重要的是要在小说中表现自己的个性。"② 许多作家在提笔书写之前，就已经开始充分考虑到小说改编成电影的可能性，便不得不在创作过程中充分考虑读者的接受能力，以及拍摄成电影的现实性条件。如此一来，作家的想象能力和表达能力便被限制了。文学作品也逐渐丧失"自主性"成为电影的附庸，沦为娱乐大众的"消费品"，缺失了应有的精神性和反思。这对文学本身来说是一种沉重的伤害。

然而，文学与电影毕竟是两种不同的媒介载体，即便是在当下电影与文学不断趋于融合，但文学仍有其自身的独特性是电影所无法替代的。小说中复杂的故事情节和人物关系，电影在短时间内无法展现，对人物内心世界的抽象描绘，也很难用电影的视听语言展现出来。因此，小说完全可以把握自身无可替代的优势而发展，无须沦为电影的附庸。正如莫言所说："写小说时，小说的准则是最高准则，

---

① ［美］爱德华·茂莱：《电影化的想象——作家和电影》，邵牧君译，中国电影出版社 1989 年版，第 4 页。
② 《作家，是否适合编剧这顶"帽子"》，《光明日报》2011 年 12 月 22 日。

绝不能为了迎合电影而降低自己的调门。"严肃的文学创作体现的是作者通过文字表达的对精神与生命、历史与文化的认知，给读者以思想上的启迪。有的作家为了保持文学的基本品质，还自觉地与影视业保持距离。即使自己的小说被改编成了电影，他们也毫不在意，仍旧坚守自己的文学创作道路。"严肃文学"在电影的影响下看似已经成为小众、精英的艺术存在，但它们却具有极高的社会价值和旺盛的生命力。同时，也正是由于这些精英文学的支撑，文学才不至于在电影的影响下走入绝境。

结语

如今，影视艺术已经占领了文化的潮头，文学被不断"边缘化"已经成为不争的事实。电影对文学创作的影响显而易见，有些作家甚至认为"小说不过是电影的过渡形式"。事实上文学与电影身为两种独立的艺术形式各具特点，并没有高低之分。文学面对电影，不应该一味迎合，甘为电影的附庸；也不能维持"高而寡"的姿态，脱离大众而"孤芳自赏"。文学应该以积极的态度从电影中学习新的表达方法与表现技巧，借此寻求自身的发展。这样才能不断满足人们日益增长的精神需求，承担起涤荡人类灵魂，传承世间文明的历史重任。

（林　恒）

第七章　中国经典文学形象孙悟空的动画改编研究

　　孙悟空作为中国的经典文学形象之一，广为人知且深受大众喜爱。自动画电影问世以来，文学便如影随形，为其提供了丰沃的素材土壤以及创作的可能性。不同的社会历史语境下，动画电影中那些被改编的文学形象也承载着不同的精神内涵与文化意义。梳理不同历史阶段的孙悟空形象改编路径和演绎特点，对于重现中国动画的叙事逻辑和窥探中国动画电影发展具有重要意义。

第一节　忠于原著改编，隐喻时代精神

　　孙悟空这一经典文学形象，最早出现在南宋时期的话本《大唐三藏取经诗话》中，此话本主要描绘了法师、猴行者、深沙神等师徒四人向西取经的故事，是对当时民间流传的取经故事较为全面的总结。猴行者则是孙悟空形象的最初轮廓，此话本第二卷开篇，对猴行者的形象进行了细致的描写：猴行者自居白衣秀士，花果山紫云洞猕猴王，愿护送法师一路向西取经，虽斩妖除魔，排除万难，却不懂世间处事之法，屡屡闯祸，遭法师训诫。在之后的取经途中，受法师影响，逐渐明白兼济天下、普济众生的道理，最终得道升仙。①

---

　　① 田志豪：《〈大唐三藏取经诗话〉明皇太子考》，《山东青年政治学院学报》2022 年第 3 期。

随后，在元杂剧《唐三藏西天取经》中，金代的院本《唐三藏》和《蟠桃会》，以及杨景贤的《西游记平话》中也相继出现了对孙悟空这一文学形象的描写，虽然对其称呼有所不同，"猴行者""孙大圣""美猴王""孙行者""孙悟空"，等等。但核心故事及人物形象都是围绕"西天取经"和"具有反叛精神英勇神武的神猴"所描绘。

明朝小说家吴承恩在前代众多关于"孙悟空"的民间传说故事、话本、戏曲的基础上进行再创作，最终完成了我国古典小说"四大名著"之一的《西游记》。自问世起，《西游记》就通过多种多样的艺术形式不断扩大自身的影响范围，收获了超高的知名度和美誉度，奠定了其在文学史上的重要地位。孙悟空作为《西游记》的主角，也成为闻名遐迩的形象。也正因如此，其自身的文学形象也得以真正稳固，成为后续诸多中国动画电影改编的重要形象范本。

1941年，由中国联合影业公司制作的中国第一部动画长片《铁扇公主》问世至今，已有近30余部中国动画电影改编并塑造了孙悟空这一经典文学形象。不同历史时期的时代背景、政治变化、精神诉求等，使"孙悟空"这一形象也在中国动画电影中呈现出不同的阶段性特点，其动画形象的流变也在反映着受众与孙悟空之间的身份认同和社会心理流变。

《铁扇公主》是当时亚洲的第一部黑白动画长片，诞生于"孤岛"时期的上海。在当时，由于政治环境内外交困加上国民政府对电影审查极为严苛，创作题材受限，所有有关现实抗战题材的电影都被禁拍或者禁演。大批电影公司倒闭，电影事业受到重创。但同时期，一批又一批的文艺工作者加入了民族抗日的宣传工作，万氏兄弟也在其中，他们并没有因为时局交困放弃对动画创作的思考，反而积极探索用动画的形式来表达民族抗争的精神内涵，用一种非政治化的表达来抗争。《铁扇公主》正是诞生在这样的环境背景中。①

　　《铁扇公主》的故事主线是唐僧师徒四人西天取经路上经过火焰山，孙悟空向铁扇公主三借芭蕉扇，唐僧师徒四人先试图团结牛魔王和铁扇公主共同抵抗火焰山的烈火，后又联合当地百姓一起对付牛魔王，以此来要挟铁扇公主交出芭蕉扇，来协助灭掉火焰山的烈火。故事取材于吴承恩创作的《西游记》第五十九至六十一回。在《西游记》中，吴承恩更多的是凸显孙悟空的个性化特征：足智多谋、随机应变，故事的焦点也放在孙悟空与铁扇公主一伙人的打斗场面上。而在电影中，创作者将故事焦点与核心从孙悟空的身上转移到了师徒四人是如何团结一心，进而最终取得胜利的。整部电影的转折点在于三个徒弟都去向铁扇公主借扇无果后，唐僧点化三个徒弟"正是没有齐心协力，才没有克服困难"，指出了核心要义。这也正是创作者假借唐僧之口，面对时局所想表达的内心真正想法——只有民族团结抗争，才能排除内忧外困，取得最终胜利。

　　在孙悟空的形象塑造上，这部动画保留了原著《西游记》对于其描写的重要特征。片中孙悟空自开场出现，就一直处于非静止状态，保留了原著中"猴"的活泼好动的性格特征，同时，抓耳挠腮、上蹿下跳的动作特点也贯穿整部动画。比如在动画开场的第一幕，师徒四人一起行走的画面，孙悟空独自走在前面，其余三人则走在后面，孙悟空不时抬起手掌放在额头上四处张望，或是抓抓耳朵快步向前打探情况，与其他三人形成了强烈的对比。虽然动画创作者已经尽最大努力还原《西游记》原著中孙悟空的种种特征，但由于制作技术和客观

---

① 曲朋、成文艺：《语境·隐喻·初探：抗战时期中国动画创作研究——以〈铁扇公主〉为例》，《当代动画》2023 年第 3 期。

原因的限制，加之对其拟人化的处理，孙悟空在动画中展现的"猴"的特性还是有所削弱，整体所呈现出的个性化特质并不突出，反而更为低调平和、听从师父派遣，并非专断好斗的"独行者"，更似团结集体的"大师兄"。

孙悟空的个性表达在形象上虽有所削弱，但精神内核却更加凸显。唐僧师徒四人在动画中所面临的难以逾越的火焰山，好似处在水深火热中的中华儿女，孙悟空虽早已是人们心中法力无边、战无不胜的英雄，但面对危难，依旧需要团结众人，合力抗险。创作者让孙悟空隐去了许多神仙光芒，这是一个从"主角视角"到"集体视角"的转变，这种视角的转变也恰恰表明了创作者通过动画来唤起当时国人的爱国之心的创作意图，正如动画创作者万先生所言："动画片一在中国出现，题材上就与西方分道扬镳了。在苦难的中国，我们没有时间开玩笑，我们要让同胞觉醒起来。"[①]

《铁扇公主》的问世，也正式开启了中国动画的真正探索，为民族化风格的动画指明了方向，也为日后经典文学的动画改编提供了范式——通过民族化叙事视角映射时代特征、凸显民族精神。

第二节　取材多元改编，重构经典形象

取材式改编是指在创作动画时，只从原著中选取部分故事情节或片段加以改编，将局部放大，形成一个完整的故事，并非依照原著进行全景化的故事情节展现。

新中国成立后，中国的动画发展也进入前所未有的蓬勃发展阶段，数量明显增加，质量也逐步提高。20 世纪中叶，当时的电影创

---

① 万籁鸣：《我与孙悟空》，北岳文艺出版社 1986 年版，第 77 页。

作者们受到苏联"社会主义现实主义"创作方法的影响，创作思维和艺术审美都得到了一定的发展，经过长时间的实践探索，彼时的动画创作者们开始思考如何将民族元素融入动画创作。[①]一直到动画《大闹天宫》的问世，属于中国动画的独特美学风格才真正觉醒。

　　《大闹天宫》分为上下两部，分别在 1961 年和 1964 年创作，该动画片由上海美术电影制片厂出品，导演是万籁鸣，是我国首部彩色动画长片。这部动画对于中国动画史来说，具有里程碑式的意义，几十位画家历时四年绘画了十五余万张画作才最终完成，[②]形成了独特的手绘画面风格，大量汲取中国传统绘画的艺术精华，运用留白、晕染等技法，使画面具有意境神韵，民族风格浓郁。动画选取《西游记》前七回，将复杂松散的故事情节进行整合，梳理了一条清晰的故事主线，重点讲述孙悟空闹龙宫、反天庭的故事，将故事焦点集中在表现主角孙悟空的传奇经历。

　　相较于原著《西游记》和诞生于抗战时期的《铁扇公主》，《大闹天宫》对于孙悟空形象的表达，更加突出其"本我"特质：一个从石头里蹦出来的仙猴，既具有猴的活泼好动、个性张扬，又具备神的不畏强权、意气风发、英勇好斗。比如在影片中，玉皇大帝诱骗孙悟空上天庭，要封他为弼马温，让他掌管御马，后来又将孙悟空软禁起来。孙悟空得知天庭做的这一切都是在欺骗他后，一怒之下返回花果山，带着一众猴子，竖起了"齐天大圣"的旗帜，誓要与天宫分庭抗礼。更加突出《大闹天宫》的"闹"字核心，而孙悟空的形象也是被压迫者的代表，看似是孙悟空与天庭之间的斗争，实质上是压迫者与

---

① 段佳：《世界动画电影史》，湖北美术出版社 2008 年版，第 245 页。
② 宫承波：《中国动画史》，中国广播影视出版社 2015 年版，第 95 页。

被压迫者之间的矛盾，凸显出孙悟空的英雄品格，虽然出身平民，但面对不公与欺骗，有勇气反抗，敢于质疑现有规则的不平等对待，揭露天庭统治的陈旧封建的面目，这是创作者对于孙悟空自身"本我"精神觉醒的聚焦化处理。而最后的结尾，创作者也进行了改写，原著中，孙悟空大闹天宫之后，被如来佛祖压在了五行山下，而在《大闹天宫》的结尾，孙悟空并未被压在五行山下，而是回到了花果山，带领猴子猴孙过上了幸福的生活，结局圆满。这样的结尾改编也是创作者对于孙悟空本我精神觉醒的一种肯定，将孙悟空的形象确立为具有自我觉醒意识的民族英雄，意在唤起大众不畏帝国主义强权，不惧压制与霸权，独立自主、自强不息的民族精神，也强化了本片自由独立的主题表达。

《大闹天宫》的诞生，使中国动画的精神探索进一步发展，形成了鲜明的民族性特征，也为经典文学形象的动画改编提供了优秀的范例，对后世关于孙悟空形象的动画改编影响深远。

孙悟空作为经典的文学形象，在动画电影改编历史中，经历了《铁扇公主》时期忠于原著改编的初探阶段，度过了《大闹天宫》时期强调精神觉醒的发展阶段，在当下迎来了前所未有的多元化形象重构，这样的变化，是制作技术、受众审美、社会认知共同作用的结果。

多元化改编其实是在前两个阶段的基础上进行的更为深入的探索，是对西游主题和孙悟空角色形象的深层次挖掘，是对原著情节的反思和疑问。创作者试图从当下的时代视角去重新理解和建构孙悟空这一经典文学形象，在这种思想的影响下，出现了多部动画改编的经典之作，2015 年上映的《西游记之大圣归来》可算其中的代表。

《西游记之大圣归来》是一部由田晓鹏导演的 3D 动画电影，于

2015年正式上映。影片的故事依旧是围绕孙悟空展开，但不再是原著《西游记》所讲述的孙悟空被如来佛祖压在五行山下，后随唐僧西天取经的故事，而是加入了一个名叫"江流儿"的小孩子角色。孙悟空在大闹天宫后被如来佛祖压在五行山下，经历上百年的风吹雨打，早已磨灭了英雄气质，变得黯然淡漠，江流儿误闯五行山，误打误撞解开了孙悟空的封印，二者的人生轨迹开始交织，在江流儿的感染下，孙悟空与恶魔展开了战斗，为保护人民免受恶魔的侵害最终英雄附体，找回本心。

《西游记之大圣归来》所塑造的孙悟空形象似乎和大众对其的固有印象有很大的不同，无论是原著《西游记》还是之前众多的改编动画中，孙悟空的形象一直都是英勇无敌、足智多谋、活泼好动、满腔热血。而《西游记之大圣归来》中的孙悟空，更显颓废，展现出一副厌世的消极姿态。例如在江流儿被妖王追杀，躲进五行山，误打误撞解开了孙悟空的封印后，孙悟空只想着回花果山，和猴子猴孙过平静的生活。但由于腕印并未解除，孙悟空觉得欠江流儿人情，才勉强护送他回长安。这样的剧情设定，打破了孙悟空固有的除恶扬善的英雄设定，此时的孙悟空似乎更具有普通人的情感，追求安稳，不愿惹是生非。甚至在后续与妖王打斗时，能明显感到孙悟空并非以往的战无不胜，似乎和妖王相比稍逊一筹，而这正是创作者通过重新构建人们心中对于孙悟空的形象认知，进而探讨更深层的问题。

创作者脱离之前动画电影对于《西游记》的宏大叙事改编，转而从个体化的角度出发，试图让英雄个体回归到生活中，从而探讨和关注个体精神在社会环境下的内在变化。而面对孙悟空的命运，以及何谓"大圣归来"这一问题，创作者已经在动画中借助台词给出了答案："命由己造，相由心生。"在江流儿喊出"别忘了，你可是齐天大圣啊！"终于将自我压抑、悲愤交加的孙悟空唤醒时，孙悟空才真正实现了内在精神上的爆发，完成了自我的救赎，以往神通广大的孙悟空通过拯救他人寻回了自己，在此时，创作者也才真正完成了对孙悟空形象的重新建构。

多元化的改编和崭新的故事架构，以及创作者对于孙悟空的重新塑造和解读，为经典文学形象的动画改编赋予了全新的视角，也为中国动画电影的发展注入了新的力量。

第三节　动画电影中作为文化符号的孙悟空形象

孙悟空作为中国历史上经典的文学形象之一，对其形象的改编与塑造也随着社会的发展而发生着变化，从对其在动画电影中形象变化的观察，就能窥探其背后所承载的大量文化信息。

1941年万氏兄弟创作的《铁扇公主》中出现了中国最早的孙悟空动画形象，而在创作《铁扇公主》之前，万氏兄弟就已经在动画领域进行了前期的探索，例如在1922年时，创作了具有广告性质的动画《舒振东华文打印机》，确切地说，这部短片并不算是真正意义上的动画电影，因为它的时长只有一分钟，并且只有黑白两色，但这部短片在当时意义巨大，为后来《铁扇公主》的创作奠定了重要的基础。

20世纪中叶，当中国动画电影的大门才刚刚开启之时，大洋彼岸的迪士尼电影早已风靡全球，白雪公主、米老鼠等形象早已传遍世界，加之制作技术也相对成熟，所以在后来者的动画创作，都多少会受到迪士尼风格的影响，《铁扇公主》中的孙悟空形象也不例外。

"动画中所塑造的主角之一孙悟空，它的样貌似乎超出了大家的想象，第一眼看上去像是米老鼠戴了帽子穿了虎皮裙。"① 在整部动画的形象设计中，除了孙悟空外，其余师徒几人的比例都接近真人，孙悟空整体却相对矮小，脑袋很大，身体很小，尤其是四肢也很细，手掌和脚掌却很大，面部五官位置和手掌也都变成了白色，形似迪士尼的米老鼠。同时，面部的整体造型也很像，都有着硕大圆润的眼睛，并且加以高光点缀。除了外在形象上受到迪士尼的影响，在孙悟空的动作设计上，也可以看到迪士尼动画的影子，比如身体充满了夸张变形，可以被随意拉伸，例如在孙悟空和铁扇公主打斗的情节中，孙悟空被铁扇公主用芭蕉扇一下子扇飞，撞到了一尊鼎上，孙悟空的脑袋被撞进了身体里，晃晃悠悠好一会儿才拔出来，这样的身体动作设计都是迪士尼动画中常见的创作手法。但这样的设计并非对迪士尼动画的照搬，而是在创作中保留了许多孙悟空"猴"的动作特性，同时又融入孙悟空七十二变的绝技，赋予了孙悟空更多的人的气息和具有民族特征的形象气质。

在《大闹天宫》中，万氏兄弟对孙悟空的形象设计则更加成熟，这版孙悟空的形象也深深刻进了受众的记忆中，使之成为后续孙悟空动画形象改编的范本。此时孙悟空的动画形象已经逐渐脱离了迪士尼米老鼠风格特征，不再是不协调的身体和夸张的动作，取而代之的是具有中国京剧特色的装扮，京剧脸谱桃心脸的形象、雷公嘴、小武生的打扮加之和谐的色彩搭配，使得孙悟空整体的形象既具有高度的美感。同时由于整部动画电影的创作完全采用画师手绘，孙悟空在整体的动作运动上也更具有连贯性，标志性特征也更加显著，例如孙悟空

---

① 张慧临：《20 世纪中国动画艺术史》，陕西人民美术出版社 2002 年版，第 46 页。

在腾云驾雾时，手持金箍棒，手掌平放在额头间，身体轻盈灵动，不再像《铁扇公主》时期动作呆板，需要依靠身体的拉伸和变形来展现动作特征。

相较于前两个阶段的动画作品，《西游记之大圣归来》重新塑造了一个具有时代特点的孙悟空形象。这部动画电影继承了以往影视作品对于孙悟空的形象塑造，比如类似于猴子毛发的棕色配色，以及京剧脸谱似的桃心脸。同时，也在整体造型上做了创新性的改变，比如在面部特征上，简化了脸谱花纹，取而代之的是深色纹路，整个面部的五官也被拉长，眼间距、面部中庭都被拉长，使其面孔看起来更像是人的面部特征；而从头身比来看，也更像一个人，又高又瘦。打破了以往动画电影对于孙悟空形象塑造的戏曲式装饰，转而向"人、神、猴"合一的造型发展，这样的造型变化也充分展现了创作者在不同时代背景下对于民族性特征的探索以及对固有文化限制的打破。

同时，得益于制作技术的进步，《西游记之大圣归来》运用 3D 制作技术，突破了以往同题材动画电影的手绘和平面风格，使得孙悟空的面部表情和动作细节都更加逼真，尤其是对于其毛发的渲染和服装的自然摆动，更能够从侧面突出孙悟空的形象特征。

第四节　经典文学形象在动画改编中的思考与启示

自 20 世纪中叶万氏兄弟开启了中国动画创作的大门后，关于以孙悟空形象为代表的经典文学形象改编的动画作品接踵而来，虽然数量较多，但能够给受众留下深刻印象的却寥寥无几，许多作品甚至只是套了经典文学形象外衣的魔改、乱改的低质量作品。创作者在进行经典文学形象的动画改编时必须挣脱固有思维的束缚，要基于中华民族的优秀传统文化和具有民族性文化内涵的叙事机制，坚持民族底色，打造内容精品。

打造横向 IP，汲取文化精华。经典文学的动画改编，似乎都是从某一个点、某一个故事情节入手，缺乏整体性和连贯性，缺少了横向的拓展，比如对《西游记》的改编，大多集中在孙悟空这一角色上，对于其他师徒几人、《西游记》所描写的各类人物、遇到的各种艰难险阻、生动的故事情节等都缺乏关注。经典文学作品和经典文学形象一样值得挖掘，我们要充分利用优秀的民族文化资源，拓宽横向 IP，逐步打造一个属于中国民族文化图谱为蓝本的动画电影世界。

延伸产业链条，完善创作体系。在经典文学改编的动画中，创作者或多或少都会受到西方影视巨头公司以及西方典型叙事方法的影响，比如架空经典文学的世界观，过度追求视觉狂欢以及娱乐效果等，这样一定程度上会吸引到受众，但这种吸引往往停留在感官刺激。但从影院出来，观众的热情就会消散，作品也会逐渐淡出大众视野。因此，在进行经典文学的动画改编时，更应该思考如何拓展动画产业链条，例如与网络游戏角色 IP 互联、建设主题乐园、沉浸式剧本杀等符合时代特点的发展途径。同时，也要不断加强完善创作体系，培养专业化人才，利用具有本土化民族性的叙事方式，合理借鉴西方优秀创作方法，贴合受众审美，传递中国文化，走向世界舞台。

坚持内容至上，打造动画精品。在信息共享的全球化时代，动画电影中所表达的故事情节，塑造的一个个丰满立体的动画形象背后，都承载着价值观念与民族特征。现阶段，中国动画电影的核心竞争力不仅仅看技术手段多么过硬，所营造的视听效果给受众带来多少感官刺激，更要看故事的核心、叙事逻辑、思考深度，动画电影从来都不只是面向儿童的娱乐品，而是基于现实世界又超脱现实世界的"思考幻境"。因此动画带给受众的应该是更多关于现实世界的思考。

结语

　　经典文学形象的动画改编，其背后是所处时代的缩影与烙印。孙悟空形象的流变，是社会时代发展中集体情感的表达，每一次对孙悟空形象的动画改编，都是脱离人物的原生文学语境，将其置入新的时代背景和文化环境中进行陌生化的再造，孙悟空在一次次的凝视与被凝视中传递着文化内核与时代精神。与此同时，我们更应该认识到，动画电影创作应该用具有优秀民族文化特征的形象去传递属于中国的声音。

（吴天昊）

第八章　中国当代文学改编影视的物性之维

　　全球化和消费主义背景下，数码科技的发展深刻地影响着影视的表征体系，影视作品无法逃避地与数码科技的进步联袂而行。物作为独立于人的意识的客观存在，不但是人类赖以生存的物质基础，而且积极参与人们的文化实践活动，影响着影视文本叙写的方式与内容，技术物幽灵一般的特性，让文学和影视美学与之难分难解地嵌合在一起。影视文本的物质文化书写方式呈现出新的特点：一方面要继续通过揭示物的陷阱、批判物质主义的危害和造成的人的心灵迷惘来守卫文学的净土；另一方面，精神与物质、心灵与身体的二元对立思想体系不断地受到冲击和挑战，物的书写逐渐从死气沉沉和负面效应的牢笼中解脱出来。

　　20世纪90年代以来，人文社会出现了"物质文化转向"，文学理论批评也因此悄然转到文学的"物质性"问题上，引领着文学的批评从不同的维度形成对物的诗学呈现的关注，并因之而产生了对物质基于不同向度的思考和叙写的小说创作历程。随着改革开放的不断深入，中国经济对全球产生重要影响，市场经济大潮兴起，中国社会的政治、经济、文化、思想发生巨大变化，中国影视创作被这些纷繁复杂的社会现实因素深刻地形塑着，从物质性出发探索新技术空间所包孕的诗学思想，成为解码当代影视文本物质文化叙写契机的重要方法和课题。物从未退出过文学创作的舞台，原因在于"物质性自古以来

106

就是文学的外在参照系和价值依据"。[①] 放眼当代影视文本中关于物的诗学呈现，物的书写随着影视文本的演进变得越来越复杂化、多维度，不仅摆脱了羁绊心灵解放的生硬负面的角色，同时也突破了单一地作为烘托人物心灵的物质实存。

第一节　延伸的影视文本：分裂的身体之境

审美活动不仅是精神层面的活动，同时也依赖具体的物质层面而产生。因此，物质性的身体是审美活动赖以存在的物质基础。20 世纪 80 年代末 90 年代初，伴随着经济的发展和全球化的进程，影视创作从文学文本中获得灵感，影视文本以身体为起点的创作生动地反映在先锋派文学以及新写实文学中。新锐影视创作者不断围绕着关于身体的问题，突破传统文学文本创作议题的边缘，不断彰显着写作的前瞻性和动态特点，在备受争议的女性身体与消费主义、生物工程以及基因工程等方面不断拓展，如科幻小说、后现代主义文学、以身体为载体的先锋小说等不断产生出对身体、伦理及技术思考的回响。

电影《霸王别姬》所呈现的身体书写与先锋派小说家马原的《冈底斯的诱惑》《虚构》两部小说，都通过身体的死亡来叙写身体的撕裂以及无处遁形的精神世界。尽管电影《霸王别姬》与文学作品《冈底斯的诱惑》表达的艺术主题截然不同，前者讲述了主人公陈蝶衣身体被张公公玩弄，为之后主人公心身分离奠定了悲情基调；后者描绘了发生在与世隔绝的西藏的故事，这几个故事的线索零散，人称的快速转换离间了读者的逻辑脉络和阅读体验，不是历史必然而是偶然性

---

① 张进：《活态文化与物性的诗学》，人民出版社 2014 年版，第 146、173 页。

推动着故事缓慢向前发展，打猎、天葬等事件成为映衬作为神秘世界的西藏的自然注脚。电影文本和文学文本殊途同归，都造成一种分裂之感。电影《霸王别姬》与《甜蜜蜜》追求形式革新的手法一致，影视文本不断地被重置体现在时间的更迭和空间的变化上，《霸王别姬》中陈蝶衣被其母剁去手指的身体之残痛隐喻了人物身份之间的隔阂，《甜蜜蜜》主人公李翘在内地与香港不同时空的叙述人称同样带来强烈的分裂感和错位感。电影文本与文学文本有着同气相求的美学指向，文学文本的发展深刻地影响着影视文本。残雪的小说《黄泥街》浓墨重彩地让黄泥街的死亡般的物质空间出场，物被极尽了触目惊心的形容词去渲染，主体怪诞的身体感全面延伸，视觉上生命的绿色全部被死尸、腐臭、腐烂的物取代，一片死寂绝望的物质空间让压抑感持续爆发，就连唯一的色彩也是"同一种色，即灰中带一点黄"①，嗅觉充斥着尸臭和磺胺药片味。残雪小说中的物几乎都指向非人化方向，让生命要素——错序、混乱，人与物质家园格格不入，人与精神家园疏离得更远。死气沉沉的物烘托着人与人之间的绞杀、偷窥、形同陌路甚至视若仇寇的社会关系。降格的肉身完全与精神剥离开来，被投掷进混乱的世间，人性的黑暗与恶与物性的死寂相互呼应。文学文本对传统语言的颠覆也体现在影视文本上。电影《我不是药神》中，物完全是以另类的身体的病理形式呈现出来。持这种书写姿态的影视创作者无一例外都是汲取感知主体的物质性，在当下的影视美学生态中抒发情绪，从物的极端且惊世骇俗的呈现中体现惊奇和凝重。

余华的小说《活着》《一九八六年》同样编织了一张从肢解的肉身开始的肉体与精神无处安放的双重困境之网。文化空间被划分为大

---

① 残雪：《黄泥街》，长江文艺出版社 1996 年版，第 59 页。

"视说新语"：
影视改编理论与实践

时代的文化困惑和个人的精神困惑，处于双重困境中的人精神与肉体均无法安放，作为肉身的物的被肢解，肉身与暴力、血腥烘托出人的精神世界的迷惘。无论是碎片化的写实还是黑化的现实都巧妙地通过基于物质性本身的身体"文本"的延伸，从而把意识转变成一个抒发情感的现场，通过物的"言说"来生成新的语境。主人公疯子精神错乱，围绕他一环又一环黑暗和压抑的画面，人性之丑与恶表露无遗，小说深刻的内涵以沉重的方式表达出来，特定的时代与特别的现实环境导致了身体的物性与精神世界的人性完全失衡，残缺不全的物性与丑陋阴暗的人性的鲜明对比令人触目惊心。改编自余华同名小说的电影《活着》，影视文本中的电影语言通过镜头以多维立体式重新呈现出阴沉、压抑的基调。《世事如烟》与《活着》一样表现出种种悲剧，在故事中，奶奶与孙子同床共枕，竟然怀孕。奶奶生养五个孩子被她自己卖掉四个。余华透过人伦的丧失、人性的沦丧来叙写人物的宿命散发出的死亡气息，血腥、暴力充斥着小说中的七个家庭，无论在文学文本还是影视文本中，残缺的肉身成为延伸的文本，带读者进入一个灰色、恐怖、丑恶的世界。

苏童的代表作《妻妾成群》，被张艺谋拍成电影《大红灯笼高高挂》，在文学文本和影视文本中都诉尽了"吃人"的封建礼教。苏童的另一部文学作品《刺青时代》同样被拍成电影，影视文本中对于从心灵残缺到身体残缺的拐子少年所处的时代的反映，凸显了一代人的悲剧。影视文本延续了作家创作的创伤、悲剧、暴力等主题，如苏童《仪式的完成》写了民俗学家为了研究八棵松村存在的古老仪式，最后却沉尸龙凤大缸，上演了真正的"仪式的完成"。尸体、死亡在苏童的小说创作中有相当的比重，活的肉身象征着生命的活力，是生命得以维系的基础，死亡、尸体在苏童的创作中成为延伸的文本，指向对于人性善恶的思索和拷问。再如格非的《追忆乌攸先生》用追忆的方式来拼接一个已被执行了死刑的主人公乌攸先生，先是乌攸先生被割了舌头，一个月后被枪决，回忆者通过对乌攸先生的回忆，打破了时空的交错，让乌攸先生强奸杏子这一事件逐渐饱满的同时，也和盘托出了蔓延到全村的其他大大小小的事件。在诸如此类的影视文本中，身体不仅是精神意识的承载实体，而且身体自身被赋予了独立的话语语境。

第二节　互文本的语境再造：物的"言说"

"文学性"意涵的扩容伴随着文本概念的延伸。文本概念的扩大意味着文本与人类实践将会从更加复杂的维度发生联系，"将社会物质性吸纳到符号物质性之内，从而使'互文本'（intertext）的社会物质性凸显出来"①。"互文本"不但表现出文本与文本之间相互构建的特点，而且把承载物质性的符号产品也纳入文本，因此文本始终处于一种社会关系当中。精神与物质对立的二元论深刻地影响和限制了人类对于物的能动性的理解，即物的能动性始终从属于人的能动性，然而"互文本"概念让扩大的文本与承载文本的符号都落脚到物质层面。人类之间的主体性互通也因此突破了精神层面的交流，延伸至物质、实践层面。小说语境的筑造，不再拘泥于文化领域，而是从承载文化的物质实存语境中突围。为了避免倒退为现实主义的写作，影视创作者竭力从分裂的身体表征中跳出来，向各个方向延伸。

影视创作者直接或间接从城市、废墟以及自然景物这样的物质实存中汲取力量，通过物的"言说"回应心灵轨迹发展变化的现场。这

---

① 张进：《论物质性诗学》，《文艺理论研究》2013 年第 4 期。

个现场往往混合了回忆、记忆、政治、宗教等有关的内容，最重要的是，物质文化成为该现场的核心文化支撑。物的呈现方式从拆解废墟、城市以及自然景观的记忆开始，表达独特的灵感与生命感触。废墟、城市及自然景物作为重要的物质遗存，成为小说创作者连接过去与现代、意识与回忆的重要物质场所。与其说在空间维度对人、物、事件进行缝合，不如说是在文化的助推下完成对特定空间的时间截留，让过去与现在的意识相接，回忆相连。

一、城市的反思

从黑格尔开始，时间和空间不再是独立于实体的外在形式以及观念的抽象，时间和空间开始交错缠绕，与事件的轨迹统一起来，这种以物的运动为核心的时间与空间观念成为表征对象的物质性的根本所在。亨利·列斐伏尔对于城市的研究在世界范围内影响深远，他倡导城市的权力应该与生活同步而行，生动地表达人类的创造力与艺术性，从而达成人类的自我实现。20 世纪 90 年代，随着经济的发展和社会的进步，城市成为精神表达的物质性空间，城市的塑造、事件和社会空间紧密地交织在大众生活中。城市是一个蕴含了多样性身份、不同生存方式以及复杂权力关系的混合体。城市作为杂糅着现代性和地方文化、历史和想象的书写背景与对象，形成了一种潜在的逻辑框架，一方面，城市文化在中与西、传统与现代、大众与精英的历史语境碰撞与交融中，呈现出文化记忆的变迁，另一方面，城市书写在广袤的中国土地上并不是同步、均匀地发展，先走上国际化道路和最具有历史文化底蕴的城市最先构成了对都市电影书写的内在张力。上海、北京的影视文本书写辐射和蔓延到了西安等城市。

电影《无名之辈》中，主人公胡广生和李海根持枪抢劫事件，是对城市秩序的抗衡和挑战，同时也表现出两名主人公征服城市的愿望，对他们来说，挑战城市秩序的目标就是能够娶妻，能够在城市中有一个属于自己身体与心灵的安身之所。王安忆对上海这个现代化大都会的城市记忆和想象的书写的曲折历程，能让读者在看待上海的变迁时形成一种理性距离。王安忆个人的经历使得她对上海的记忆以重新回到上海为起点，正如她所言，在《寻找上海》中，她用图书馆的文本资料来填补她对于上海的理解，因为上海新旧的飞速交替让上海的味道成为碎片的历史剪影。在文学文本《长恨歌》中，王安忆勾勒出她对上海城市味道和女性命运的多重主题意蕴，主人公王琦瑶四十余年波澜浩荡的情感之路反映出一种伸手捕捉弄堂旧上海的怀旧之情，也抽丝剥茧一层层地深入上海的文化风情。电影《长恨歌》也是在大上海这个城市空间，这座城市的主人公才能在辉煌与哀婉中，延续爱恨情仇与悲欢离合。金宇澄的小说《繁花》同样被改编成了同名电影，影视文本在语言、风格、体裁和书写方式上都显示出信手拈来的娴熟技巧，上海的腔调不仅仅反映在大量的沪语运用上，而且生动地表现在普普通通饮食男女的人情世态当中。在《繁花》中回看旧上海的褶皱，历久弥新，依然能够产生与现代语境相贴合的陌生化效果。北京文化记忆在 20 世纪 90 年代以后不仅体现在四合院以及穿越时空的"清宫"小说中构建的传统的皇城意象，而且生动地融合了"北漂"的群体文化，与主流的北京文学书写共同拼接成较为完整的北京城市记忆和想象。邱华栋在《白昼的喘息》《花儿与黎明》《教授》等小说中反复描摹自己对于北京发展变迁的印象，北京在邱华栋的小说创作中既是具有物质性的城市建筑符号，又是抒发心灵体悟的精神坐标，在物化甚至异化的城市症候反思中，邱华栋在寻觅一种身份认同。小说中随处可见城市景观，如取代四合院的银行、公司及金融街，让物的"言说"生动真切地把聚焦点从欲壑难填、精神迷茫的复杂城市生活落脚到了对活生生的人的关切和人性的思考上。

二、废墟的隐喻

城市四通八达的物质性景观未能使作家的心灵困惑获得畅通无阻的排解出路，也没有赋予作家义无反顾勾画饱满未来城市想象的巨大推动力。与此相反，物的"言说"指向了对于废墟的隐喻。冯小刚执导的电影《唐山大地震》是根据张翎小说《余震》改编而成，天灾、废墟、疼痛与救赎都是电影文本和文学文本中的关键词。地震的27秒，其力量波涛汹涌般地砸向遭受天灾的芸芸众生，灾后的废墟成为时空的凝结点。贾平凹的《废都》中，西安的历史古韵和文化积淀以及文人审美和品位通过一件件老器具来构筑，如庄之蝶家的客厅和书房。然而城市化的进程最终还是导致了小说中人物的"无家可归"，城市其实勾画了心灵的废墟。废墟的隐喻是社会发展到一定阶段的横截面，现代化飞速的发展依旧在熟悉的土地上吞噬着农耕文明时期的遗存，曾经被认为是亘古不变的精神传承也因为物质主义让人们的灵魂失去了方向。小说中废墟的意象充分展示了商品化浪潮下城市的发展与人们无法同步适应城市节奏无序和混乱的状态。阿来的《云中记》是一部地震题材的长篇小说，叙写了汶川地震之后云中村的废墟场景，以及村民对于故乡的依恋和不舍。主人公阿巴相信灾后的废墟不仅仅是断壁残垣，还有在废墟上游走的与故乡无法分割的村民的灵魂，阿巴挨家挨户为逝去的村民安魂，同时进行中断很长时间的祭山仪式。废墟在《云中记》中从真正的废墟指向了那些经历过天灾后的人的心灵危机，废墟的隐喻是人的内观和人性的光辉。村民的移民让废墟没有成为过去式，人间关爱和情感依旧发光。

三、自然景观的叙写

自然景观的叙写与商业化发展的联袂而行，现代工业文明所产生的冲击力如同洪水一样冲洗到各处，对于越来越狭窄的人类自然栖居地的担忧与恐慌，让自然景观成为表达人类物质文明中人类与自然关系的深刻思考。一个悲观的论调便是文学在所谓物质文明的冲刷中已经全面退缩，失去出路。90 年代末至今，对于自然景观的叙写呈现出两个分野，一方面是以黑化、畸形和死亡的景物为主，就好像荣格观念里的理解阴暗才是对付阴暗的最佳方法。电影《可可西里》《寻枪》《天狗》的影视文本中都在叙写此类自然景观，思考自然与人的关系，文学文本有残雪的《黄泥街》以及北村《施洗的河》等。

另一方面，自然景观跳出悲哀、死寂和衰败的调子，承载着对地方、历史、文化以及社会的记忆，呈现出人与物相生相长难以分离的融合。人性的丑恶与人性的麻木都是作家创作时多所着墨的要素，然而两者之间有本质差别，如余华的《一九八六年》中山河破碎的时代以及无法逾越的文化困惑以沉重而压抑的叙事脉络表现出人性的丑恶与阴暗。而徐怀中的小说《牵风记》血色唯美，空灵奇崛。既有对战争、人性的深刻思考，也有人与大自然神奇关系的表现，亦真亦幻，既拓展了战争文学的创作空间，也让壮丽的自然景观呼应了小说的宏大创作主题。

第三节　构建影视文本的物质文化生态

曾几何时，伯曼称："一切坚固的东西都烟消云散了。"进入消费社会以后，消费文化作为物质文化的最重要形式，让影视文本和文学文本叙写人性的方式呈现出新的特点。诚如马克斯·韦伯所言的"祛魅"，人性的改变经历祛了革命文学之魅以及祛了文化精英之魅后，陷入了另一种困境，那就是人性在消费文化的冲击下，变得麻木不仁，如同机械复制一般，完全被物欲所撩拨、控制。人性的表达不再沉重，而是轻浮与无聊，不论是影视文本还是小说文本都迎合大众的趣味，在有限的空间里来回伸缩。物质与文化纠缠不清的关系让物质文化本身具有难以自明的特点。然而对于诗意栖居地的憧憬和追逐是艺术创作源源不断的助推力。生命的体验是流动的线性过程，文学、影视艺术的发展无法跳出生活本身。提姆·英格尔德（Tim Ingold）提出"栖居视角"（dwelling perspective），试图架起科学和艺术之间的桥梁。他认为造物（making）是实践者把自己绑定到构成我们栖居的生活世界纹理的一种实践方式。①"栖居视角"昭示了一种人、物、环境互为主体和背景的思考方式。英格尔德的启发在于，物不仅是被看的客体，同时也是回溯主体的一条视线，这条编织主体和客体之间的线，构成了整个生命动态过程。

时间的纬度向前，面对对于历史的轨迹的书写，我们常常用达尔文的进化论来证明"现代性"的合理意义，承认经典马克思主义思想所认定的社会形态的发展轨迹，作为技术的物质标志着人类进步，以及"此在"优于过去的思想逻辑。物质文化作为方法论意义上的媒介，成为反观过去的一面镜子，过往的文学事件成为进化和现代化进程上的一个路标。时间的纬度向后，秉持浪漫化和怀旧色彩这种旧观念的人不在少数，他们多数是技术悲观论者，在他们看来，人性与物性不可调和，人性在技术物的发展过程中，变得滞后和麻木，甚至被技术媒介所清洗。现代性在他们看来是荒谬和危险的。对过去浪漫主

---

① Tim Ingold, *Making Anthropology, Archaeology, Art and Architecture*, London & New York: Routledge, 2013.

义的缅怀让对于诗意栖居地的追求幻化成为已经逝去的泡影。

但是，文学、影视创作中折射出的对诗意栖居地的寻觅和渴望恰是以对人生百态的深切感知和体验为基础。自然、政治、经济与文化环境的合力共同构成了作家创作的底色。王蒙在《这边风景》中讲述了汉、维两族人民同吃、同住、同劳动的生活图景和西域的历史风貌，生动细腻地刻画了维吾尔族的生活面貌，尽管王蒙所描绘的集体农业化时代已成为历史的影子，但是就像王蒙所言，时间在流逝，生命在流淌，人性的光辉值得用文学的形式去铭记。对诗意栖居地的缅怀、追求不会停步。格非的《人面桃花》《山河入梦》《春尽江南》三部曲，从小人物颠沛流离的生活和追梦之旅中映射出中国一百余年的社会变迁、精神追求以及物质文化史。作者对于江南的描绘让人过目难忘，三部曲三代人都在追寻桃源梦，让人不得不感慨时代的变迁，物是人非，但一方水土依然是一方土地人心中的诗意栖居地。

诗意栖居地反映出文学文本、影视文本的物质文化呈现指向一种关系性，文学和影视创作只有建立某种作者与观者、过去与现在的关系，才能够凸显意义。文学、影视艺术的意义、价值、文明以及文化可以任意关联，物质文化不仅仅是文学研究的对象，更是"一个激发新思考和促进新的对话的场所"。[①] 在寻觅诗意栖居地的过程中所直面的困惑让我们思考如何构建文艺的物质性属性，让物质文化在方法论和现实层面都能成为构建人、物、环境积极互动方式的基础。

---

① 孟悦、罗钢主编：《物质文化读本》，北京大学出版社 2008 年版，第 4 页。

结语

　　置身现代化、消费主义、全球化的时代浪潮当中，文学、影视艺术在明暗徘徊中日趋彰显出自身的"奇观"。这些奇观能够反过来赋予其对社会批判性的反思，提供当下以及未来的精神指向和价值取向，同时也主导着创作者、受众面对艺术诗意审美的姿态。文化的表征要凭借图像文本、数码媒介、具体的器物和表演等，即文化实践的语境不仅是活态且流动的，而且具有物质性。艺术创作者对语境的构造通过蕴含文化符号物质实存来连接时间、空间和意识。在法兰克福学派的传统中，物质文化中人与物被置于天平的两端，只能相互衡量，不能相生相长，灵与肉、身与心的分离一直是人与物关系二元对立未曾解决的问题。然而，这种无生命、静态、人与物二分的物质文化环境并不能适应当代文艺发展的实情，人、物、环境已建立起亲密纠缠的关系，遵循传统意味着缘木求鱼，不能解决面临技术变革时人与物关系的新形态，技术介入后的文学和影视创作从未跳出文化的边际，丰富多样的技术物赋予文学和影视创作新特点的同时也让原本暧昧不清的物质文化逐渐呈现出轮廓。

（王眉钧）

第九章　中国西部文学改编的地域书写与影像嬗变

从艺术发展史的角度看，中国电影创作与文学之间始终保持密切的联系。文学不仅以其丰富的形式、题材、内容为电影叙事表达提供了多种可能，并且以其悠久的历史传统为电影注入了深厚的文化内涵。中国西部电影的发生与西部文学的发展有着紧密的联系，其在自觉发展的历史过程中始终与文学同频共振，在改编上不仅最大限度上尊重了原著内容，体现出改革开放以来中国社会的文化内涵，并且还使中国电影在"丢掉戏剧的拐杖"之后，逐渐探索出具有中国特色的本土电影表达，从而自觉建立起新时期第一个民族电影品牌。

第一节　"西部"作为一种地域文化书写

1978 年我国实行改革开放后，长期"从属于政治"的文艺事业得以解放。面对历史的伤痛、现代化建设的阻碍、中西方文化的交汇碰撞，新时期文学在"人本主义"和"现实主义"观念的影响下，自觉承担起"现代性"文化启蒙的历史重任。知识分子从现实生活中寻找素材，通过反思"文革"及政治极左思潮给人们带来的心灵创伤和对国家造成的损害，揭示几千年的封建传统思想对"现代性"文化发展的阻碍，同时挖掘传承民族传统文化，重构建民族灵魂与国家理想。1983 年，汪曾祺发表《回到民族传统，回到现实主义》一文，率先表示文艺创作要回归现实主义和民族传统，认为新时期的"现实主义"包含的内容更广，路子更宽。既表现在对传统民族文化的继承与扬弃，也体现在对各种流派的兼容并包。①1985 年，韩少功发表《文学的"根"》为纲领性的意见，提出文学创作应有具体根基，这种根基即民族传统文化。②

1978 年 8 月 11 日，卢新华在《文汇报》上发表短篇小说《伤痕》，掀开了"伤痕文学"的序幕，随后文学界相继出现了"反思文学""寻根文学"等文学思潮。以王蒙、张贤亮等人为代表的"右派"归来作家，根据自身在西北边疆"改造"的经历，描绘出充满回忆与感伤的"西部世界"，并以此反思"文革"的历史创伤，从而奠定了新时期文学创作的基调。王蒙根据在新疆劳动的亲身经历，以自述的口吻撰写了《在伊利》系列小说，朴实而大气地记录西部农村的风俗民情，细说普通劳动人民内心的勇敢和坚韧，其幽默和细腻的笔触使远离中原的"西部"一改贫瘠、封闭的文化面貌，显露出一种充满热情、向往自由的高贵品格。

可以看出，改革开放以来中国文学反思的起点从"西部"开始，"西部"逐渐由一个地域概念延伸为隐喻深层民族传统的文化概念。自 1982 年充满拉美地域色彩的《百年孤独》获得诺贝尔文学奖后，越来越多的中国作家开始关注到地域书写的重要性。以韩少功、李陀、阿城、李杭育等为代表的小说家，纷纷倡导"寻根"的文学主张，彻底放弃了对历史和生活的简单政治剖析，批判视角深入民族历史与文化结构，从而超越了单一的政治维度，到达了对人性与历史层面的文化反思。

---

① 汪曾祺：《回到民族传统，回到现实主义》，《新疆文学》1983 年第 2 期。
② 韩少功：《文学的根》，《作家》1985 年第 4 期。

在 20 世纪 80 年代"文化寻根"热潮影响下,"西部"不仅作为小说创作的叙事背景被反复描摹,同时作为一种承载民族传统的文化意象被重新构建。有学者指出:"内地文学在 70 年代后期浪头迭起,一个接一个,而包括西北在内的边远地区则龙尾随龙头般地追赶着,十分吃力。1980 年以后,偏处西隅的人们慢慢明白与其吃力地追,倒不如另走自己的路。"① 以路遥、贾平凹、陈忠实为代表的西部本土小说家致力于"本土写作"。如陈忠实的长篇小说《白鹿原》以陕西关中地区两大家族的矛盾纷争为情节线索,展现了从清末到改革开放长达半个多世纪的西部民间社会景观。路遥的小说《人生》以陕北城乡为时空背景,反映 20 世纪 80 年代青年人的"身份认同"问题。贾平凹的"商州系列"小说,以陕南商州为背景,对西部传统民俗风情和淳朴民风进行客观描述。与同时期的寻根小说相比,西部本土作家的创作更加直观、纪实,并且更加具有时代性和现实性,表达农耕文明与城市文明的冲突时更加尖锐,更加突出西部人强烈的生存意识与土地意识,同时更加倾向于从传统文化的裂变中找寻存在的悲剧性原因。

由此可见,80 年代中期兴起的西部文学,更趋向于一种特定时代背景下集中迸发的文化现象。无论是作家的自身经历,还是小说呈现的内容,西部文学都在地缘方面与"西部"有着密切的联系,但就文学创作本身而言,不同作家对西部的理解不同,创作的小说在视角和风格上也存在较大差异。因而不能将文学的"西部"单纯等同于地理的"西部",其总体上是在改革开放初期民族精神和外来文化的双重影响下,通过批判与反思历史文化,合理地汲取、继承中国传统文

---

① 余斌:《"西部文学"可以提倡》,《中国西部文学》1986 年第 10 期。

化，弥合"文革"造成的历史文化断裂。通过描述西部的生存状态、民间风俗、传统观念，寻找个体身份归属，挖掘民族心理结构，探寻传统文化本质。正如作家李杭育所言："将西方现代文学的茁壮新芽，嫁接在我们古老、健康、深植于沃土的活根上，倒有机会开出奇异的花。"①

第二节　西部电影改编文学的主要特征

20 世纪 80 年代，"文以载道"的传统文学观念仍然得到大多数业内外人士的肯定。②文学界掀起的"启蒙"与"寻根"的文化思潮，同样深刻影响着新时期中国电影创作。自 1984 年电影评论家钟惦棐发出"中国西部电影"的倡议以来，电影创作借助西部文学改编，不仅产生了《人生》(1984)、《黄土地》(1984)、《野山》(1986)、《红高粱》(1987) 等诸多享誉国内外的优秀电影作品，同时培养了张艺谋、陈凯歌、田壮壮、黄建新等著名导演，对中国电影产业发展具有里程碑式的意义。这一时期西部文学改编遵循原著，不仅从题材、叙事、风格上对小说进行了全面的吸收，同时也在精神内涵和思想感情方面与原著保持高度一致。电影创作通过展现西部自然环境、民俗风情、人文底蕴，探寻中国传统文化源流，不仅以强烈的"先锋性"突破了长期左右中国电影创作的"影戏观"，同时也使带有强烈民族气质的西部电影进入国际视野，逐渐成为当时中国电影的创作主流。

首先，西部电影改编具有鲜明的地域色彩。西北地区拥有广阔的疆域和复杂的地貌，如高原、山脉、戈壁、沙漠、草原、雪山等，广

---

① 李杭育：《理一理我们的"根"》，《作家》1985 年第 9 期。
② 李振渔：《论文学名著的电影改编》，《电影艺术》1983 年第 10 期。

袤的黄土覆盖陕西、甘肃、宁夏、山西、内蒙古五个省区。大多西部电影改编依靠实景拍摄，如《人生》《黄土地》拍摄于陕北，《野山》拍摄于陕西镇安县，《红高粱》拍摄于宁夏，《黄河谣》拍摄于陕北、宁夏的黄河故道，《筏子客》拍摄于甘肃靖远，《秋菊打官司》拍摄于宝鸡陇县。影片呈现的黄土、黄河、山丘等自然地貌，赋予西部电影浓重的黄土高原地域色彩，一方面成为作家的生活经验和灵感来源，铺垫了小说的故事背景和情节环境，另一方面也构成了西部电影主要的视觉特色，奠定了西部电影深刻的文化内涵。

电影学者周斌认为，西部电影着重强调环境对人的塑造，即人的"自然化"："大自然的秉性特征会潜移默化地陶冶人们的性情，会在不知不觉中渗透进人们的心胸，经过日积月累的沉淀后，化为人们性格气质中不可分割的一部分。"[①] 由谢飞指导，改编自同名小说的《黑骏马》(1995)，讲述了蒙古族青年白音宝力格和恋人索米娅的成长历程。影片使用大量的空镜头展现辽阔的草原、澄澈的河水、纯洁的芦荻、飞驰的骏马和雪白的羊群，营造出纯真、自由的美学意境。额吉奶奶和孩子们将初生的小马驹视为家人一样悉心照顾，用毯子和炭火为它取暖，喂它吃月饼和油果，一起生活一起玩耍，反映出人与自然和谐相处的共存关系。草原的辽阔与澄澈，给予了人们宽厚、质朴的品质。

其次，西部电影改编具有深刻的民间立场。学者谢昌余认为：正是在 20 世纪 80 年代掀起的民族现代化浪潮下，西部电影才作为一种艺术思潮应运而生。[②] "寻根文学"这种带有"启蒙性"的社会文化

---

① 周斌：《浅谈自然景物在西部电影中的美学意蕴》，《西部电影》1987 年第 9 期。

② 谢昌余：《深刻揭示历史蜕变中的西部灵魂》，《西部电影》1986 年第 6 期。

和"寻根性"的文艺思潮既引导着文艺创作的题材选择和价值取向，同时又构建出一种大众审美文化心理，反过来影响文艺家的艺术观念和创作表达。① 这一特点也决定了新时期西部文学改编电影的内在特质。西部作为中国传统农耕文明的典型区域，生活在这里的农民大多以种地为生，因而通常具有强烈的生存意识和土地意识。这就使西部文学中塑造的人物具有显著的"两级震荡"特征，既蕴含着沉重的文化传统，又流露出强烈的当代意识；既表现出落后、保守的思想，又反映出开放、进取的精神②，而这种内在的矛盾和冲突更加利于导演突出时代精神主题。

西部电影对原著描写的大量民俗场景进行还原，如《人生》中的陕北婚俗礼仪，《黄土地》中的陕北酸曲、祈雨仪式，《野山》（1986）中的耕作、赶集场景，《老井》（1986）中的丧葬场面，都是西部乡土社会特有的民俗景观。其主要目的是通过西部地域文化与人的存在扭织在一起，从而对古老民族生活发起追问，对不合理的文化制度进行猛烈的批判。由陈凯歌执导的影片《黄土地》改编自柯蓝的小说《深谷回声》，与原著相比，电影《黄土地》明显强化了"婚嫁"场面的展示，同时加入"祈雨"的场面段落。一方面通过展现旧社会婚俗礼仪及观念，对黄土地上的女性命运进行反思，以贫瘠、落后的黄土地隐喻人的保守和麻木，对传统封建礼教观念对人的压抑进行批判。另一方面，《深谷回声》中的民歌"兰花花"作为"我"与"姑娘"之间的感情隐喻，并没承载更多的文化意义，而《黄土地》中顾青寻找的"信天游"却贯穿整部电影情节，如翠巧到黄河边挑水时唱的酸曲

① 肖云儒：《西部文艺的三次高潮》，《中国文艺家》2005 年第 5 期。
② 肖云儒：《中国西部文学论》，青海人民出版社 1989 年版，第 94 页。

《女儿歌》，反映出黄土高原上女性悲苦、无奈的人生命运，翠巧爹唱的《十五上守寡到如今》，体现出当地人们生存的艰辛和孤独等。对陕北民歌唱腔及内涵的直观呈现，除了作为影片的叙事动力，还彰显出陕北人在贫瘠艰苦的自然条件中，内心深处对于自由和美好生活的渴望。不仅升华了原著的主题，同时也对渲染西部生存环境和精神面貌发挥着巨大的艺术感染力。

最后，西部电影改编体现出深厚的传统文化内涵。80年代以来，中国西部电影改编受文学思潮影响，将西部地域空间、民族文化紧密结合在一起，使其产生了独特的西部精神内涵。就电影本体性而言，中国西部电影之所以具有先锋性，不是出于其对西部文学单一的视觉化呈现，而在于坚持以现实主义的艺术原则，通过现代电影语言反映真实的民间生活，其对传统文化的态度既有批判，也有颂扬。

一方面，西部电影将封建礼俗作为文化的外在表征，反思保守落后思想观念对个体发展的压抑和限制。中国传统儒家婚礼以周代"六礼"① 为基础，随着历代的发展逐渐趋于繁缛、热烈。婚姻关系的确立讲究"父母之命，媒妁之言"②，对于巩固家庭关系，孝敬父母长辈，明确社会责任发挥着重要作用，而在《黄土地》、《红高粱》、《大红灯笼高高挂》(1991)、《五魁》(1994)、《炮打双灯》(1994) 等西部电影的改编中，婚姻关系和婚俗场面则为充满迷信、门第等级的束缚，与现代文明格格不入，成为构成人物悲剧性命运的主要原因。改编自贾平凹的同名小说《五魁》，借助"背媳妇"的民俗传

---

① 《仪礼·士婚礼》规定：婚有六礼，纳采、问名、纳吉、纳征、请期、亲迎。
② 《孟子·滕文公下》对《诗经·郑风·将仲子》注解："不待父母之命，媒妁之言，钻穴相窥，逾墙相从，则父母国人贱之。"

统，讲述长工五魁与少奶奶的偷情、私奔、抢亲的故事。"五魁"源自一个几百年前的旧习，明代科举以《诗》《书》《礼》《易》《春秋》五经取士，每经的第一名称"魁"，共五魁①。贾平凹将其作为小说主人公的名字，讲述他从仆人变成土匪的经历，体现出对封建主义批判和讽刺。

另一方面，西部电影改编将"家国意识"作为传统文化内核，以真实的人性与本能张扬"西部精神"。中国传统儒家文化主张以"仁爱"思想积极入世，通过济世爱人，忠君爱国，实现"天下平"宏伟理想。改编自小说《灵与肉》的《牧马人》(1982)，通过许灵均与华侨父亲许景由的对话，呈现了中西方文化的差异与冲突。在影片的回忆段落中，许灵均称他在牧场"找到了'父亲'，还找到了'母亲'"②。他从一个"弃儿"成长为一名坚定、顽强的西北汉子，重新找到了自我认同和家的归属，个人的命运与国家命运紧密地联系在一起，电影从而强调了中国传统"家国"意识和集体主义观念。

第三节　西部电影改编的困境与美学嬗变

随着市场化经济改革的不断深入，城市化进程不断加快，大众娱乐行业兴起。受到时代观念、市场环境、创作土壤变化的外部影响，以及其创作题材的局限、宏大叙事的审美疲劳、"他者"姿态对西部的解构等自身问题，90 年代以后西部文学的整体影响力日渐式微。中国西部文学改编作为一种集中迸发的电影现象，虽然在 20 世纪末自觉承载了国家理想的叙述、本土经验的表达、民族文化的反思，但

---

① 夏征农：《辞海·中国古代史分册》，上海辞书出版社 1988 年版，第 254 页。
② 摘自电影《牧马人》，00:27:00。

始终未形成一种严格、稳定的模式和类型，以至于在缺少文学的支持后，逐渐陷入题材枯竭、类型缺失、与市场背离等诸多困境。在面对商业大片的席卷、进口大片的涌入、电视媒介的挑战、网络文化的崛起时，西部电影逐渐陷入"内外交困，求变不能"的创作怪圈。

自1987年全国故事片厂长会议提出"坚持主旋律，提倡多样化"的电影创作口号以来，在国家引导、强化主流意识形态，扶持、鼓励主旋律电影创作的政策支持下，西部主旋律电影得到快速发展。历史战争题材创作以冯小宁导演的"战争三部曲"《红河谷》(1999)、《黄河绝恋》(1999)、《紫日》(2001) 为代表，坚持以民族文化为载体，将战争与人性紧密地扭织在一起，以唯美、浪漫的现实主义风格展现气势恢宏的历史战争场面，以温情的人性关怀重新审视、反思战争给人带来的创伤，展现人性在不同历史条件下的种种状态，形成了多元化的艺术主题。不仅突破了传统主旋律电影政治说教式的刻板模式，在商业角逐中获得了广大群众的喜爱，同时在主旋律电影创作中倾入强烈的个人色彩，展现出极高的艺术价值。现实题材创作以周友朝导演的《陕北大嫂》(1993)、《一棵树》(1996)、《背起爸爸上学》(1998) 为代表，坚持走艺术电影的发展道路。《一棵树》根据陕北靖边县的全国劳模"治沙女杰"牛玉琴事迹改编，讲述了西北地区沙漠边上，一家人植树治沙的故事。影片除了歌颂西部普通劳动人民吃苦耐劳、坚韧不拔的崇高精神，同时以一棵枯树立于沙漠贯穿整部电影，隐喻西部人对于家园和亲人的坚守，使影片兼具震撼力和感染力。

在本土艺术片的探索方面，西部电影以当代文学小说为故事题材，将西部民俗美学与中国传统文化有机融为一体，在反映现实与人性的基础上，形成了特有的电影乡土气息和诗意美学风格，展现了中国电影独有的本土特色和东方美学意蕴。然而，继 1988 年《红高粱》获得第 38 届柏林电影金熊奖以后，西部电影创作通过将民俗元素包装成视觉奇观，在国际化视野中书写"民族寓言"倾向愈发突出，虽然改编的作品在国际电影节上屡屡获奖，但往往被视作西方文化殖民的象征而备受批评。尤其是对《菊豆》《大红灯笼高高挂》《五魁》《炮打双灯》等西部文学的改编更是口诛笔伐，认为中国西部电影以这种"边缘"和"臣属"的模式塑造传统文化，固化了民族文化精神的动态发展演变，使其按照西方趣味和利益重组为可被驾驭的固定符号，不仅切断了电影艺术与对社会现实的真实反映，同时也使西部电影在商业化发展中逐渐背离了开发西部人精神世界的初衷。① 例如《筏子客》（1992）开头展现的"封滩仪式"：筏子客们在黄河边开设祭坛，打鼓燃烟，集体跪拜，祈求河神保佑平安。作为一种原始的巫术仪式，表现了恶劣的自然环境对人的压迫，同时也反映了落后封闭的社会环境中人的局限性。《大红灯笼高高挂》当中的锤脚、点灯、封灯等仪礼制度，扎布人、诅咒等具有封建迷信的"语言禁忌"和"巫术"；《五魁》当中的验身、阴阳婚、立贞节牌坊等带有明显封建专制色彩的民间习俗，都是对旧社会封建思想的视觉化呈现。对于西部电影改编呈现的精神民俗事象，一方面应当放置于艺术的维度中加以考量，另一方面要正视中华民族在世界格局当中的真实处境，避免西部民俗成为满足西方猎奇心理的文化消费噱头。

就电影的舞台假定而言，西部的地域景观和人文景观都具有一种朴实、醇厚、凝重的美感。它不仅给人以感官上的视觉冲击，同时

---

① 牛鸿英：《西部电影的困顿和重塑》，载《新电影·新西部——西部电影产业发展论坛论文集》，中国广播电视出版社 2010 年版，第 49 页。

也蕴含着深刻的审美旨趣。受到 90 年代电影体制改革和市场环境的影响，西部电影开始尝试突破单一的乡土、民俗题材，尝试拍摄一些商业娱乐题材，其中以"武侠"题材改编最具特色。何平仿照"类型片"的创作模式，以 120 万元小成本导演了《双旗镇刀客》(1991)，讲述了一个西部小镇的刀客传奇故事片，上映后受到国际影坛的关注和观众的广泛好评，被誉为第一部"中国西部武侠片"，引发了一部分港台"合拍片"纷纷到西部取景拍摄。如李慧民根据胡金铨电影翻拍的《新龙门客栈》(1992)、王家卫根据金庸小说改编的《东邪西毒》(1994)、刘镇伟借助古典小说噱头改编的《大话西游》(1995)等，都在西部的地域风貌上大做文章，影片改编几乎脱离了原版作品，对"西部"内涵的理解与西部乡土片截然不同，西部武侠片并不以"西部"隐喻厚重的历史文化和现实思辨，而是以残垣、断壁、沙石、土堆等视觉表征，构成"江湖"外在的古朴、粗犷和荒凉感。一方面消解了西部电影的宏大叙事传统，使其更加迎合大众娱乐的审美趣味，另一方面也使"西部"成了可以任意调换的电影"布景"，成为一种"视觉元素"被广泛应用于电影创作。从中也能看出西部电影本体发展的巨大潜力。

第四节　西部电影的发展与创新之路

西部电影经历 20 世纪 80 年代的计划体制生产、90 年代市场化创作探索后，在新世纪不以地缘文化为标志的全球化生产过程中，作为一种文化模块逐渐走向衰落和终结。但是，如果不将西部电影视为短暂的文化现象或文学思潮，而将其作为一种文化精神和类型风格，突破"西部"之于电影空间建构的狭窄外延，同时以动态发展的视角不断对影像本体进行开掘，那么在新的时代政策背景下，西部电影仍有值得挖掘和借鉴的艺术传统。

"寻根小说"的出现是一次短暂但影响深远的艺术思潮，其本质是对中国传统意识和民族文化的批判和反思。电影寻根应当以更为写实的电影语言观察现实生活，呈现人与社会的关系状态，以此探寻传统文化与民间观念的变迁。围绕这个主题，寻根电影主要有三种基本的价值取向：断根、续根与归根，另外还有一种模糊取向。① 虽然西部寻根文学创作日渐落寞，但脱离了文学小说的西部电影，仍不乏反映乡土社会的佳作出现，如《美丽的大脚》(2002)、《惊蛰》(2004)、《老驴头》(2010)、《告诉他们，我乘白鹤去了》(2012)、《家在水草丰茂的地方》(2014)、《百鸟朝凤》(2017) 等影片，都以朴实的电影情节刻画西部人物性格，对底层劳动人民的生活表现出强烈的关注。

钟惦棐曾在发出"西部电影"的倡议时指出，西部电影的概念立足于西部大开发，创作题材植根于国家的"四化"建设，反映普通劳动人民的"拓荒精神"，"这种影片可能形成独特的手法和风格，但现在要说它一定会是什么样的，为时尚早"。② 新世纪以来，西部电影在电影体制集团化改革中，虽然更加强调品牌效应和产业建设，但并没有忽略西部电影的地域特色和文化内涵，在新的主题创作背景下，传统以自然景观为审美意象的西部电影逐渐发生嬗变，西部电影创作出现了新的方向，如《可可西里》(2004)、《狼图腾》(2015)、《血狼犬》(2017)、《塬上》(2017) 等影片以保护野生动物为主题，《季风中的马》(2005)、《家在水草丰茂的地方》(2014) 等以反映土地荒漠化

---

① 金昌庆：《论寻根电影的文化价值取向》，《南京师范大学学报》2012 年第 4 期。

② 钟惦棐：《为中国"西部片"答〈大众电影〉记者问》，《大众电影》1984 年第 7 期。

为主题，多聚焦西部生态问题，将 21 世纪的西部现实自然条件与人的生态意识有机融合在一起，既是一种对西部电影特殊文化基因的继承，同时也是生态文明建设理念的践行。

传统西部电影由于坚持精英创作意识，强调影片的社会性、思想性和艺术性，文学改编的先锋性，导演创作的风格化，没有以公式化的情节、定型化的人物和图解式的造型来满足受众的"期待视野"，因而西部电影难以形成统一的创作范式。对于中国电影创作的"类型"的缺失，电影学者周星表示，在长期的计划经济背景下，电影创作并不以类型片创作为目标，新中国的类型片基本不存在，即便市场经济改变了电影的生存背景，但中国电影实在没有出现西方式概念的类型片。[①] 实际上，"类型"并不是电影产业发展固定不变的机械概念，而作为"一条连接电影工业所想和电影观众所需的可靠纽带"[②]，"类型"的内涵也在随着电影观众审美意识的变迁不断发生变化。[③]如果将"类型"理解为一种在标准化运作中不断发展、变化的开放性系统，那么电影中的"西部"元素就不再是静止的精神雕塑和文化符号。新世纪以来，西部电影创作不断突破题材限制，一方面积极拓宽题材类型格局，一方面尝试与其他类型元素相互融合，如警匪片《西风烈》(2010) 将新闻报道事件与西部戈壁结合，成为中国首部硬派警匪动作大片。《无人区》(2012) 以单线叙事手法将犯罪题材与西部视觉元素有机结合，形成具有人性善恶思考内涵的西部公路片。如果

---

① 周星：《类型化未必是中国电影创造出路——新中国电影 60 年"类型—样式问题"思辨》，《文艺争鸣》2009 年第 7 期。
② 郝建：《类型电影教程》，复旦大学出版社 2011 年版，第 13—14 页。
③ 徐兆寿、林恒：《本体·泛化·滥觞：论改革开放 40 年本土类型电影的嬗变》，《现代传播》2019 年第 3 期。

简单以类型对西部电影的艺术性和商业性进行分割，那么就忽略了西部电影本身所具有的包容性和创新性。《一个勺子》(2014) 改编自小说《奔跑的月光》，将荒诞性与黑色幽默融入西部城乡题材电影。《爆裂无声》(2017) 以拼图叙事手法将暴力、犯罪、悬疑元素融入西部乡土题材电影，均对西部电影的"类型化"发展做出了有力的探索。可见，西部题材与商业类型的有机融合，逐渐成为当下西部电影编创的重要内涵。

新世纪以来，西部电影按照艺术发展规律对本土文化进行深入挖掘，将"文以载道"转换成"影以载道"[①]，力图以全新的面貌寻找与世界平等对话交流和对话的空间。王一川先生认为：作为中国电影史上一个富有活力的地缘文化元素，西部电影"将通过全球性语境中的中国西部电影元素拼贴、重组或衍生等多种方式，释放出新的或隐或显的深厚能量"[②]。如探寻近现代民间历史文化变迁的《白鹿原》(2012)、赞颂中华民族古代传奇的《天地英雄》(2003)、谱写丝绸之路精神信仰的《大唐玄奘》(2016) 等，都以磅礴大气的影像风格对西部电影进行题材和内涵上的革新，在与世界接轨的过程中显露出鲜明和前卫的现代艺术特征。因此，在当下中国电影工业化发展进程中，西部电影的地域性和民族性依旧是本土电影类型创作的重要支撑。西部电影应当在构建自身艺术创作体系的同时，以更加包容的姿态对外进行文化传播交流，不断促进中国电影工业体系建设，使"电影大国"转变成"电影强国"，进而实现中国电影文化与产业的良性

---

① 徐兆寿：《从"文以载道"到"影以载道"——"中国精神"的内涵与影视文学实践》，《当代作家评论》2022 年第 3 期。
② 王一川：《中国西部电影模块及其终结——一种电影文化范式的兴衰》，《电影艺术》2009 年第 1 期。

互动，进一步增强民族自信和文化自信。

结语

  中国西部电影在华语电影文化中占据着重要位置，其以社会现实为基础，通过改编文学作品，将特有的西部元素纳入曲折的情节构思，对中华民族历史文化进行反思，传达普遍的道德认同与社会共识，进而形成以地域性、民间性、先锋性为主要艺术特征的中国本土电影品牌。中国西部电影不同于好莱坞和意大利的"西部片"，其整体上是以"寻根"为基础，以中国西部地域景观为艺术表征，通过现代性观念反思传统文化，从而挖掘和弘扬中华民族精神，它的出现对于整个第三世界文化是一种补足。在如今民族文化传播的全球化语境中，任何一部电影都无法脱离整个时代的文化语境而独立存在。西部电影的改编与创作，应当以"影以载道"的艺术思想破除"自我指涉"的创作观念，继续发挥文学优势，积极探索本体表达，不断开拓新的本土类型创作题材，同时对市场环境与大众审美趣味进行充分考量，从而为构建国家形象、推动产业发展、促进文化输出与交流作出应有的时代贡献。

（林 恒）

下编　中国文学改编影视专题研究

第十章　百年中国科幻文学创作动机的数次转向

　　科幻文学的本质是对人类历史进程的艺术浓缩，百年来中国科幻文学的创作动机始终以各个时代的中国现实社会发展为参照，作为中国现当代文学的一个子项，科幻文学创作动机的数次转型忠实地投射了中国社会自近代以来的不同历史使命。因此，对百年来中国科幻文学创作动机的梳理，可以看作对中国社会在不同历史时期下社会变革的任务概括与经验总结。

　　2019 年 2 月，由刘慈欣科幻小说《流浪地球》改编的同名电影上映，引发了现象级的社会讨论，让"科幻文学"这一小众文学类别再次进入人们的视野。而学术界对科幻文学这一话题的探讨也从未缺席，对科幻文学与当今社会价值互相射映的探索亦未曾止步。相较于现实主义文学和现代主义文学，科幻文学因其始终被归类为通俗文学的边缘处境而少有学者问津，其影响力也略有不足，其受众也较少。但即使是这样的小众文学，若仔细观察研究，仍然可以发现它与百年中国文学的大动脉相连，仍然具备一些基本的主题：宣扬意识形态、隐喻历史与现实、"寓言化"国家经验与未来预想。文学作品《流浪地球》的成功改编与《三体》近年来的广泛热议，其本质上都是对人类当下存在与国家现实主题的"寓言化"书写。它们的"广泛"影响使我们不得不重新去审视百年中国科幻文学的发展，并结合影视改编与传播这个路径，为其寻找一条更为广阔的道路，使其在视听文明时代从小众走向前台，成为"大众"。即使这样的设想暂时无法实现，梳理它们也对科幻文学的创作与研究极为有益。

第一节　中国科幻文学与西方科幻文学的异同

百年来，文学界和影视界一直有一个错误的或者说令人懊恼的说法：中国没有科幻文学或科幻影视。当刘慈欣的小说《流浪地球》被搬上银幕，电影被誉为中国"首部科幻电影"，2019 年也被称为"中国科幻电影元年"时，这种提法似乎得到了证实。事实上，有一些问题始终被悬置着：中国真的没有科幻文学和科幻电影吗？如果是，进一步的问题是：为什么中国没有科幻文学与科幻电影？是中国人没写过科幻文学还是不会写？我们所认为的科幻文学与科幻电影一定以欧美的科幻文学与科幻电影的标准来衡量吗？科幻文学与科幻电影是不是一定要在星空中叙事，还是也能够落实在人类生活的地球上叙事？等等。

这些问题的背后是文化的异同。钱穆在《中国文化史导论》一书中将人类文明分为游牧文明、农耕文明和海洋文明三大类，其中游牧文明和海洋文明都因为"内中不足"而"逐水草而居"，或"深海捕鱼"而寻找殖民地，不断地侵略扩张。从某种意义上讲，人类文明史就是因游牧文明或海洋文明的这种不足而诞生的外侵性而展开的，一切战争、消亡都是因为此生命之不足而驱使的。这正是近五百年以来在海洋大发展之后海洋文明崛起、地理大发现后整个世界被西方国家殖民或半殖民、资本主义兴起、欧洲中心主义不断确立和强大的原因，也是中国人学习西方文化、科技而独立、发展的原因。文学中的现代性以及整个社会所确立的现代性价值都基于此。但是，另一种文明始终在平衡着世界，这便是农耕文明的价值观。农耕文明是自给自足、"小国寡民"、"鸡犬相闻而老死不相往来"的四合院文明，总是想保持内在的自足性，所以追求包容、和平、保守、中庸之道。

这种观念被后来美国的历史学家斯塔夫里阿诺斯从另一个视角所证明。这位大洋彼岸的历史学家在考察人类的历史时，他下决心抛弃西方社会根深蒂固的欧洲中心主义——其实也并未从根本上抛弃——他发现了亚洲，发现了印度以东的中国。他认为历史如果从纵向来讲可分为两个时期（文明时期），公元1500年之前的历史主要是陆地文明史，之后的500年以来则是海洋文明史。从这种视角来考察中国的历史则洞若观火、一针见血。同样，对欧洲文明史也是数千年以来的大洞见。就好比人类历史是一种山峰的话，过去无论中国还是欧洲，都是从一个侧面来叙述的，现在能够站在更高处了，便也能看见历史的多个侧面，也因此能看到自身的不足。

我们从这样一种宏大的历史观出发，就会发现，我们津津乐道的现代性也只是人类文明史的一个时期的发展向度，当西方文明真正遭遇东方文明的碰撞时，历史的向度在发生着弯曲，人类需要一种整体性思维来解决当下文明的冲突、国家利益的冲突以及民族信仰的冲突。这是一切文学、影视和文化的终极价值。如果我们背离了这种终极价值，便会一叶障目、不见森林，也会陷入欧洲中心主义观念或传统中国观念。从这个角度来看中西方的科幻文学，我们也可以区分面对，否则，我们只会以欧洲中心主义文化观来否定中国科幻文学，也可能会以传统中国文化观来否定西方科幻文学。

顺着这个思路，我们就会发现，西方的科幻文学的精神理路是与游牧文明或海洋文明因内中不足而寻求扩张的精神理路是一致的。在西方的科幻作家内心深处，我们所生活的地球一定会被破坏掉，人类必须寻找另一个星球栖息。同时，科学主义也是海洋文明的一种精神，它诞生了外星人和太空可以被人类殖民的信念。两种思想结合之时，也便是太空被殖民之时。总之，西方的科幻文学是西方人基于对现实的恐惧、反思、批判而产生的对未来的乌托邦想象。

中国的科幻文学则是基于农耕文明的文化精神，与西方文化精神不同。从某种意义上讲，科幻文学、武侠小说以及现在迅猛发展的网络文学中的玄幻类、新历史主义、新神话书写等，都是基于中国传统文化精神而进行的新的乌托邦建构，这些文学试图替中国人乃至整个人类重新寻找新的精神家园。如果说现当代文学中占主导地位的纯文学是以现实主义和现代主义为主流，它们试图在解释或构建现实，想象力往往投注于日常或现实语境，也纠结于现实的种种桎梏，而科幻文学或武侠小说则将想象力投放到现实以外，试图合理想象人间有另一个乌托邦世界可供我们去安妥生命。这种文学在中国古代就有，如孔子的大同世界、庄子《逍遥游》中的神人境界、陶渊明笔下的世外桃源、《镜花缘》中的君子国等，甚至《西游记》也算是一部古代的科幻文学作品，只是那时还没有"科幻"一词而已。这些古代的乌托邦想象追求天人合一的境界，对生态的认识与西方的不同。他们始终不会放弃自己生存的大地与天空，视大地为母亲，永远守护着大地。当山川河流被破坏之时，一定会有人惊醒，然后便会重新整理山川河流，使其焕然一新。在中国传统文化精神的世界里，大地可能会有受难的时候，但一定会恢复生机，成为中国人的家园，所以在中国人的世界里，地球无论如何是不能抛弃的。中国的科幻文学就应当是建基于这样一种传统文化精神之上，否则，中国的科幻文学便与西方的科幻文学没有什么两样，甚至可以说中国的科幻文学只是对西方科幻文学的效仿而已。

然而，事实上长期以来中国的文学界、影视界都认为，科幻文学与科幻电影都出自西方，这是因为从五四以来我们已经确立了一种新文化的方向，这便是否定传统、接受西方文化，所以，无论是科学还是现代文学的范式，都可以说来自西方，现代性就这样牢固地矗立于20世纪以来的文学中，已经形成一个小传统了。在这样的精神向度中，我们看到的科幻文学和科幻影视也一定是基于现代性和科学性之上，也一定打上了深刻的游牧文明与海洋文明的烙印。相反，基于中国传统文化精神的科幻文学也就容易被我们忽视，甚至即使有，也会被认为不是科幻文学。这是一种误解。五四运动爆发已逾百年，在继承和发扬五四精神的同时，也应当反省这种现代性的精神向度。一方面，应当把五四当成中国文化发展的一个节点来看，续接传统，使中国传统文化与五四精神相融合，打通传统与现代的血脉；另一方面，仍须面向世界，继续吸收世界文化的精神营养，不断壮大中国文化的脉络。从这一意义上来讲，我们应当重新梳理世界科幻文学与中国科幻文学，理清两者的异同。在此基础上，我们才能理清基于中国传统文化与现代性、科学性相融合的中国科幻文学的本质属性。

第二节　从晚清至民国：传统与现代性启蒙交替中的家国理想

中国科幻小说最早可追溯至晚清社会，小说家徐念慈的《月球殖民小说》（1904）被公认为中国第一部有史可查的科幻小说，该书模仿法国科幻作家凡尔纳小说《气球上的五星期》的内容架构，运用传统章回体形式讲述了一个流亡海外的反清革命党人，乘坐飞艇在世界各地旅行，并最终前往月球的故事。从小说的故事内容看，该书以清末社会声势日益浩大的资产阶级革命为背景，借助科幻小说的形式传播世界各地见闻，进而对读者进行现代性启蒙。显然，这深受西方现代性思潮的影响。彼时中国内外交困，文艺界需要一种新的手段去表达对传统社会的焦虑和现实政治的批判，科幻文学与当时为适应反清革命宣传而兴起的文明戏等新兴艺术形式一道，成为文艺创作服务于现实的最新手段。

1908 年，创作过《二十年目睹之怪现状》的晚清小说家吴趼人写下《新石头记》一书，书中贾宝玉穿越至 20 世纪初的中国，目睹种种吏治腐败、政治黑暗的社会现实后失望不已，后机缘巧合来到了一处全新世界，在这里乘坐飞车与潜艇见证了一个道德完善、政治昌明、科技发达的乌托邦盛世。① 吴氏将自己对中国社会的未来期待以幻想形式融入书中，书中的新世界是以"礼乐文章、忠孝廉洁"等中国传统德行作为区分，在现实中无疑贴合了吴趼人对晚清社会的失望，以及作者个人对未来中国社会注重传统价值的"复礼"想象。很显然，这仍然是孔子大同世界与陶渊明世外桃源的复写。如果说徐念慈的《月球殖民小说》主要是以现代性为核心精神的科幻作品，那么，吴趼人的《新石头记》便带有强烈的中国传统文化核心品质。这也是今天我们讨论中西科幻文学的极为重要的文本。

顺着这个思路，我们也会发现一个事实，即晚清时期的科幻文学与那时梁启超提倡的新文学的发展基本上属于同呼吸共命运的节奏，都是以如何振兴中国为己任。中国传统儒家的观念是不可动摇的，但西方现代性启蒙观念也被大胆地融入，改良主义大行其道，而五四新文学革命也在酝酿之中。梁启超在 1902 年曾写过一篇名为《新中国未来记》的未完成小说，对 20 世纪中叶中国社会万国来朝、昌盛繁荣的盛景进行了畅想。② 1903 年鲁迅将凡尔纳的小说《月球旅行记》

---

① 贾立元：《镜与像：〈新石头记〉与吴趼人的观看之道》，《中国现代文学研究丛刊》2019 年第 3 期。

② 席志武、蔡丽华：《文明论视域下梁启超的小说理论与创作实践》，《南昌大学学报（人文社会科学版）》2017 年第 4 期。

与《地心游记》由日语译本转译、引介至中国，甚至以此为起点开始了自己的文学救国实践。除译著启蒙，以原创手法反映民族主义的科幻文学作品也不时出现在读者视野之中。1909 年 9 月，署名"高阳不才子"的科幻小说《电世界》发表于《小说时报》上。小说时空背景设置于宣统一百零一年（公元 2009 年），以电力科学家黄震球为主角，在中国进行了一场全面的电气化工业革命，中国由此走向强盛，西方西威国君主拿破仑十世派出飞行舰队意图侵略中国，最终被黄震球制造的电力武器击败，战后黄震球用战争时发现的金矿铸造了金币，实现了全世界的富裕，同时设立大量学堂，使用电力驱动的教学设备进行多媒体授课，最终实现了夜不闭户的大同社会。《电世界》可以看作中华民族受尽列强压迫后努力求生的政治隐喻，其中出现了相当多的朴素民族主义意象：主人公黄震球的名字可引申为"黄种人震撼地球"、西威国则暗示西方列强强大的国力，至于中国在最终决战中战胜西威国，无疑是在宣扬一种"尊王攘夷"式的民族主义情绪。

在 20 世纪最初十年问世的中国科幻小说，本质上是中国由传统封建社会向资产阶级半殖民地半封建社会转型的文化产物，这些处于社会剧烈转型期的文学作品，其基本的故事架构有两点，第一是主人公对清政府的黑暗统治心生不满，在种种机缘巧合之下见到了社会制度与彼时中国完全不同的社会，并心生羡慕，这与《桃花源记》和《镜花缘》形成互文关系；第二则是中国人在自身努力下实现民族复兴，并对西方列强的侵略予以迎头痛击。这两种故事模式事实上为后世中国科幻文学的发展开辟了两个方向，它们成为中国科幻小说的两个面向。这与追求民族独立与国家发展的心理诉求有关。一方面，在五四前后全力接受西方文化，批判中国传统文化，开辟了新文化运动的方向；另一方面，数千年的中国传统仍然在起作用，民族自尊感与文化自尊心会不时地在知识分子心中涌起，寻求民族独立和弘扬传统文化精神的使命使他们在文化上也奋起反抗。前一个方面成为五四之后新文学的主旋律，后一个方面则成为副调。

五四新文化运动之后，特别是进入 20 世纪二三十年代之后，随着左翼文学的兴起，中国科幻文学受其影响，逐步偏向于描写市民文化，以城市生活为背景，并由此进入资本主义对自由生活制约下的"反乌托邦"或"恶托邦"式的语境。1929 年沈从文以美国人刘易斯·卡罗尔所著儿童文学作品《爱丽丝梦游仙境》为蓝本，创作了科幻小说《阿丽思中国游记》，在沈从文的笔下，故事主角阿丽思来到了 20 世纪 20 年代的中国，对当时中国的混乱现状瞠目结舌。沈从文借助科幻文学这一艺术手段对彼时中国社会极尽嘲讽与批判。1932年，老舍发表科幻小说《猫城记》，小说中描写了一个因循守旧、不思进取，"人人"生活状态空虚颓废的火星社会，故事的主人公"我"因不堪忍受地球上的独裁政治与资本主义原始积累下的种种罪恶，来到位于火星的猫城，却见到了生活在火星中的猫人族的社会纷乱相较于地球有过之而无不及，"我"无法忍受猫城生活的混乱，逃回曾认为腐败丛生的地球，最终猫城在不断内讧中遭遇毁灭。①

王德威认为早期中国科幻文学中的"恶托邦"式的社会描写与叙事方式，事实上是工业革命之后，资本主义意识形态和社会主义意识形态、资产阶级和无产阶级之间互相碰撞、冲突的产物。② 其实不仅仅如此，深层次的仍然是中国传统文明与西方现代文明的冲突。《猫城记》中光怪陆离的"猫人"社会，与彼时现实中国社会的现状息

---

① 马兵：《想象的本邦——〈阿丽思中国游记〉、〈猫城记〉、〈鬼土日记〉、〈八十一梦〉合论》，《文艺评论》2010 年第 6 期。
② 王德威：《乌托邦，恶托邦，异托邦》，《文艺报》2011 年 6 月 22 日。

息相关，实际上是对 20 世纪 20 年代至 30 年代起的一系列社会现实的写照：国民政府在北伐后全国范围内清算无产阶级政治力量；赢得"中原大战"后在军阀混战的国内局面中胜出；依靠民族资本、官僚资本，以及买办资本的力量短暂复兴国民经济，而经济复苏的表面下却埋藏着城市与乡村，农民、工人、城市小手工业者与资本家之间无法调和的阶级矛盾等。这种写照则意在表达五四以来"德先生"与"赛先生"对中国新一代青年的渗透与启蒙，以及那一代知识分子对传统中国社会的焦虑与担忧。

在艺术方面，民国时期的科幻小说在立意上具有明显的新派文学重启蒙的特征，但在叙事类型上则更近似于 20 世纪 20 年代兴起的具有重故事冲突、传奇色彩浓厚、消闲性强等特点的鸳鸯蝴蝶派小说，它更像是介于新文学与旧文学之间的混合物，很难界定其新旧属性。1939 年，科普作家顾均正以"振之"为笔名，出版了科幻小说文集《在北极底下》，该书由《伦敦奇疫》《在北极底下》《和平的梦》三篇短篇小说组成，以故事主人公在世界各地的传奇经历为看点，主角历经千辛万苦，终于使民众觉醒，以此隐喻彼时烽烟正盛的第二次世界大战中反法西斯国家用尽一切手段举国英勇抗争的顽强精神。1939年至 1941 年之间，张恨水连续发表了抗战时期在大后方最受欢迎的幻想小说《八十一梦》，该书以托梦寓言的想象方式，对有利抗战和危害抗战的现实问题进行了隐喻与鞭笞，对进入全面抗战阶段的中国社会进行了鞭辟入里的艺术隐喻。

在乌托邦想象方面，科幻作家深受当时的社会思想影响，比如孙中山在 1919 年发表的《建国方略》与张竞生在 1926 年发表的《美的社会组织法》两部著作所描述的未来图景与科幻文学可谓是殊途同归。总之，晚清以来直至抗战全面爆发，中国科幻文学作品的主要视角无一不是和社会现实相共鸣，与时代主题相关联，无论是传统小说家、左翼作家还是科普作家，其笔下的科幻作品，既暗含了对旧社会的批判与嘲讽，更是对未来中国的社会形态提出一种符合中式价值观的设想。这种国家设想无疑可以看作整个民国时期进步知识分子群体的主要政治抱负。

第三节　"十七年"时期：单纯动机下的科普读物与儿童文学

"十七年"时期，整个中国文学发生了转向，文艺转向为广大工农兵服务，科幻文学自然也如此。中国共产党领导下的无产阶级文化对旧式文艺的彻底改造使中国科幻文学的发展彻底脱离流行文学的序列，正式转变为科普类文学和儿童文学两种形式，从这一时期的代表性科幻文学作品中不难发现，整个"十七年"时期的中国科幻小说在形式上以向少年儿童普及科学技术知识为创作动力，内容则多偏向太空探索、地质探险等常见科普文学类型。同时文学界也第一次正式对中国科幻文学的创作实践进行理论梳理。1958 年，科幻作家郑文光在《读书日报》上发表了名为《谈谈科幻小说》的理论文章，该文以郑文光的个人创作经验入手，提出了一系列关于中国科幻文学创作的基础性理论问题与解决办法，例如中国科幻小说的文学分类、科幻文学与传统神话的接续，以及如何正确看待科学幻想与真实科学等，该文可以看作中国科幻文学界最重要的理论文章①，时至今日，中国科幻文学的创作依然没有突破当年郑文光所划定的理论范围。

1954 年，郑文光在《中国少年报》发表了新中国第一篇科幻小

---

① 姜振宇：《贡献与误区：郑文光与"科幻现实主义"》，《中国现代文学研究丛刊》2017 年第 8 期。

说《从地球到火星》，小说讲述了三个渴望宇宙探险的小学生偷开宇宙飞船进入火星轨道，被科学家拯救终于回到地球的故事。《从地球到火星》篇幅不长，故事情节也简单，但发表后引发了读者竞相前往北京建国门古观象台观测火星的热潮。1957年，郑文光又创作了中篇科幻小说《火星建设者》，该小说在当年于莫斯科举办的世界青年联欢节上获得大奖，成为中国首篇摘获国际奖项的科幻文学作品。1960年，剧作家、科幻作家童恩正从四川大学历史系毕业，在《少年文艺》上发表了自己的首部科幻小说《五万年以前的客人》。小说取材于童恩正就读川大期间曾跟随考古学家冯汉骥教授在四川忠县一处新石器时期人类遗址的考古经历，以文学化的手法向青少年读者介绍了原始社会古代人类的生活方式。同年，童恩正进入四川峨眉电影制片厂担任编剧并出版了自己的科幻小说集《古峡迷雾》，同样以考古的视角向读者介绍地质学知识，一经发表便广受青少年读者好评。1962年，作家萧建亨发表了少儿科幻小说《布克的奇遇》，小说以主人公少年布克的"换头"手术为主要内容，首次将人体器官移植这一医学手段向读者进行科普。同年，作家刘兴诗发表了短篇科幻小说《北方的云》，小说用诗意的文学语言和唯美的叙事手法，向读者介绍了气象控制技术。1963年，科幻作家王国忠连续发表了《黑龙号失踪》《渤海巨龙》《山神庙里的故事》《打猎奇遇》等多篇科幻小说，小说格局不一而同，内容构架上既有通过科技手段对冷战时期国际关系的反映与联想，也有通过日常生活反映新中国农户与猎户的崭新生活面貌。

值得一提的是，在整个"十七年"时期出现的科幻文学作品，几乎都是短篇小说的形式。作为"十七年文学"的一个子项，科幻文学此时的转变与新民主主义革命下的社会转型形成同步，在故事色彩上简洁明亮，在人物描写上塑造了多个爱国科学家和正在接受新式科学教育的新中国第一代小学生的鲜活形象，憧憬或反映了新中国社会发展所取得的科技进步。这一时期的科幻文学不再以批判社会和建立一个美好"乌托邦"的国家理想为主旨，而是转向了普及科学常识这一更为务实的应用型目的。它并不肩负严肃文学所承担的历史化叙事任务，也不参与不同社会主体之间的阶级改造和权力转换，因此在写作中不存在描写关于国家理想和意识形态所带来的创作焦虑，因此，"十七年"期间中国科幻文学在艺术形象的塑造和故事架构上不存在太大的差异。

"十七年"时期的中国科幻文学对自己的定位是科普读物与儿童文学，这种定位符合洪子诚所概括的"十七年文学"类别细分与规范生产这一判断。洪子诚认为，整个"十七年"时期，中国文学的创作方式近似于工业化生产，这一时期的所有文学类别都被包含进一个高度组织化的社会主体，由这一主体对不同类别的文学作品进行统一定位与规范管理。文学作品中的"文学性"已不再是其全部价值内涵，文学叙事的用途成为文学创作的主要动力，实用性的功能意识应是文学文本所主要突出的部分，不同类别的文学叙事在本质上其实是在实践国家权力对社会分工的全面规划。[①] 科幻文学也如是。

第四节　新时期：属性争论下的思想解放

十年"文革"期间，中国科幻文学的发展几乎处于停滞阶段，1978 年 3 月全国科学大会的胜利召开确定了今后中国科学技术发展

---

① 　洪子诚：《当代文学的"一体化"》，《中国现代文学研究丛刊》2000 年第 3 期。

的路线方针，时任中国科学院院长的郭沫若宣布"科学的春天到来了"。随着党的十一届三中全会的召开，中国科幻文学创作春天的到来也因此水到渠成。会议结束五个月后，叶永烈发表了他在 60 年代期间创作的中篇科幻小说《小灵通漫游未来》，借助记者小灵通的视野，展示了新中国 30 年来在科技发展上的诸多成就。1977 年，叶永烈发表科幻小说《世界最高峰的奇迹》，讲述了中国登山队员在珠穆朗玛峰上发现了一枚尚未石化的恐龙蛋，在众多科学家群策群力之下恐龙蛋被成功孵化，恐龙再次复活在中华大地上。这篇小说以恐龙复活为隐喻，对中国科幻文学的复兴做了寓言化的艺术处理。这些小说的发表，使叶永烈成为"文革"结束后中国科幻文学的领军人物。①

在叶永烈的带动下，童恩正、郑文光等许多在"文革"中被迫封笔的老一辈科幻作家重新投入科幻文学的写作。1978 年，《人民文学》刊登了童恩正创作的科幻小说《珊瑚岛上的死光》，这是中国主流文学刊物第一次刊登以成人读者为目标群体的科幻小说，该小说讲述了侨居海外的华人科学家一心报效祖国，为了躲避国外反华势力对科学研究的绑架，历尽艰辛携带自己的科学成果回归祖国的故事。《珊瑚岛上的死光》一经发表，立刻受到读者的强烈欢迎。在 1978 年举办的第一届全国短篇小说奖的评选上，《珊瑚岛上的死光》与刘心武的《班主任》、周立波的《湘江一夜》、贾平凹的《满月儿》等现实主义文学作品一道，经读者投票获得了全国优秀短篇小说奖。

《珊瑚岛上的死光》经《人民文学》刊发后获奖，可以看作改革

---

① 韩松：《时间旅行中的乌托邦与反乌托邦》，《中国比较文学》2013 年第 4 期。

开放之初，经过思想解放的文艺界对科幻文学的一次重新定义。科幻文学在此时的创作方向再一次发生了位移，与"伤痕文学"等严肃文学一道主动参与政治生态中关于意识形态的讨论，同时也站在真理与科学的角度给社会主义本土化理论给予艺术支撑。1979年，人民文学出版社出版了郑文光的长篇科幻小说《飞向人马座》，使中国科幻文学在表现形式上分化为以科普为主要目的的软性科幻文学和以社会寓言为特征的硬性科幻文学。《飞向人马座》讲述了三名青年航校学生被流放至太空，与此同时，地球上爆发了世界大战，战争与年轻人命运相交，最终中国获得战争胜利，青年们也在战争中获得了成长。得益于硬科幻的故事魅力，科幻文学再度回到了科技发展与国家命运、个人命运相关联的宏大叙事当中。1980年，金涛的《月光岛》、郑文光的《地球的镜像》、魏雅华的《温柔之乡的梦》等科幻小说相继发表，这些小说在创作目的上也都聚焦于借助科学幻想手段对极左年代的社会现实进行人文反思。

从1976年至1984年八年间，中国科幻文学迅速复苏并自成规模，《少年科学》《科学时代》《科幻文艺》《智慧树》《中国科幻小说报》《科学文艺译丛》《科学画报》《科幻海洋》等一系列科幻文学刊物相继在国内发行。从辛亥革命起基本陷入停滞的国外科幻文学作品翻译活动也在此时重启，1980年中国青年出版社在时隔22年后再版发行了《凡尔纳选集》；海洋出版社集中翻译了美英法等西方国家的著名科幻小说家所创作的17篇科幻作品，集结为短篇小说集《魔鬼三角与UFO》；新华出版社则引进了日本科幻作家久留岛龙夫的军事科幻小说《明斯克号出击》。在1979年召开的全国儿童文学创作会议上，冰心与高士其提出应当将新中国成立30年来的优秀儿童文学作品编纂成书，而在会后编选的《中国30年（1949—1979年）儿童文学作品选》中，则在"小说卷""散文卷"以外单独设置"科学文艺卷"，科幻文学的影响力可见一斑。

应该说，"文革"结束后至 80 年代中期的中国科幻小说是改革开放后第一批出现在人们视野中的新锐文学形式。试想经历十年动乱之后的人民生活水平此时亟待提高，各类生活必需品尚需凭票供应，各行各业百废待兴，此时普通中国家庭中最时髦的物件则是以缝纫机、自行车、手表为代表的"三大件"以及用"48 条腿"形象形容的全套家具，社会生活的主要话题是高考、下海、知青返城、复员转业等时代主题。而科幻小说则在这些极其朴实的生活主题外引入了星球大战、星际航行、智能机器人、生物工程、时空隧道、高能粒子等相当超前的技术概念，这对当时读者的震撼可想而知。同时，科幻文学的繁荣是 1978 年改革开放的直接产物。中国在改革开放后踏出国门，拥抱国际社会，在这一背景下，西方崭新的文学创作理论与范式开始涌入中国，并影响着包括中国科幻文学在内的文学创作实践。

与此同时，科幻文学由于借助科学外衣对社会政治生态所存在的问题连续发出自己的声音，因此最终也招致了外界对科幻文学的误解，从 1982 年起，社会舆论开始就科幻文学中"科学"与"幻想"的界线问题争论不休，争论的具体内容则包括了科幻文学中的科学技术性和文学艺术性谁应占据文本主体地位，即科幻文学应当"姓科"还是"姓文"的问题，科幻文学中的科学错误问题，科幻文学的实质是否是反科学和伪科学等，这些对科幻文学创作形态的争论甚至一度上升到科幻文学是否具有"反党反社会主义"嫌疑的政治高度。[1] 科

---

① 　陈洁：《27 天决定科幻界命运起伏》，《中华读书报》2009 年 3 月 18 日。

幻作家魏雅华的小说《温柔之乡的梦》描写了一个对丈夫百依百顺的机器人妻子，小说因而被扣上了"一篇下流的政治小说"的"反社会主义"帽子。叶永烈的创作高产则被指责为快速生产文学产品的唯利是图。

中国科幻文学之所以出现上述争论，则要追溯至新中国成立初期科幻文学创作从苏联引进的"科学文艺"的概念，"科学文艺"与"科学幻想"在创作路径上有着本质不同。高尔基认为科学文艺和文艺作品不应有明显差异，对科学文艺应涉及的主题范围上，高尔基划分了19种主题，总结起来都是对科学技术的文学延伸[1]；伊林在《论科学文艺读物及其性质》中认为科学文艺是用艺术形式服务科学[2]；别林斯基认为科学文艺的首要任务是用大众感兴趣的文艺形式来叙述"科学家的概念"[3]，文学艺术的创作应当以服从科学为前提，故事情节与人物设定不应当跨越科学发展的边界；1956年周恩来总理提出"向科学进军"的口号，更是将中国科幻文学的创作目的影响为以科学普及为主，加之新中国第一代科幻作家几乎都有科学工作者的出身背景，他们的文学创作都源于各自的科研工作经验，因此很容易将科学常识的普及带入科幻文学的创作过程。而"文革"之后的科幻文学创作实践已经远远超出为少年儿童简单介绍科学常识的范畴，而更为深度地进入对社会运行状态的刻画，以及探讨人类群体、民族群体和国家命运的宏大叙事。在关于科幻文学的争论中，以钱学森为代表的一些科学家对科幻文学天马行空的想象持反对观点，这种观点认为没

---

[1]　黄伊：《作家论科学文艺》(第二辑)，江苏科学技术出版社1980年版，第12页。
[2]　同上书，第26页。
[3]　叶永烈：《论科学文艺》，科学普及出版社1980年版，第1页。

"视说新语"：
影视改编理论与实践

有科学规范的单纯幻想与严谨的科学研究是背道而驰的。

第五节　新世纪前后：现实主义回归

20世纪90年代后至新世纪的中国科幻文学无论在形式和内容上都属于社会主义市场经济的产物，这一时期，中国加入WTO，市场经济活跃，中国经济总量巨额激增，贸易与金融市场的繁荣刺激了文化市场的发展。在市场经济浪潮的浸淫中，中国科幻文学的创作目的变得更为多元化和务实。1991年位于成都的《科学文艺》杂志正式更名为《科幻世界》，并以自身为平台有目的、分批次地开始扶植新生代科幻作家，培养科幻阅读市场。《科幻世界》在1991年、1997年、2007年、2017年先后举办了四次国际科幻大会，从最开始只有17名境外科幻文学界人士参加的小规模研讨会，逐渐成长为具有巨大行业影响力和产业聚集效应的全球性的国际会议，王晋康、刘慈欣、韩松、何夕、柳文扬、凌晨、飞氘、罗隆翔、迟卉、钱莉芳、郝景芳、夏笳、赵海虹等一众作家走进读者的视野，这些新生代科幻作家创作出了品种繁多的科幻小说，其中不乏刘慈欣《球状闪电》《三体》、钱莉芳《天意》、郝景芳《北京折叠》、韩松《地铁》系列等在国内外都广受好评的佳作。看似正在走向繁荣的中国科幻文学，此时正迎来以回归现实主义与价值变现的第四次创作目的转向。

新一代中国科幻作家的文学创作是具备共性的，他们大多数人曾在青少年时期接触过改革开放初期的科幻文学作品并受到触动，后来随着社会环境的进一步开放，他们由精英读者逐步转变为一线科幻作家，这些作家普遍受过良好的高等教育并具备深厚的科学理论功底，例如刘慈欣曾是山西娘子关发电厂的一名工程师；供职于新华社对外新闻编辑部的韩松拥有武汉大学文学学士与法学硕士学位；夏笳拥有北京大学中文系比较文学专业博士学位；郝景芳则毕业于清华大学物理系天体物理专业，后取得清华大学经济管理专业博士学位；被誉为"中国科幻界公主"的赵海虹则是浙江工商大学外国语学院教师。这代科幻作家善于将诗性的文学语言与大量技术细节相结合，来描述受经济发展影响而正在深刻转型的现实社会。他们的作品已经不能用单纯的科普文学、幻想文学、儿童文学的概念进行简单界定，在他们的笔下，科幻文学的创作目的在于关注现实生活并以此推导未来社会的演进方式，事实上作品带有鲜明的现实主义叙事风格。

刘慈欣最受读者欢迎的作品无疑是在 2006 年至 2010 年期间创作的长篇三部曲科幻小说《三体》，这部被认为凭一己之力将中国科幻文学提升至国际水平的作品，在当代中国科幻文学的发展中具有里程碑式的意义。《三体》中刘慈欣通过大量篇幅去描写一位在"文革"期间遭遇家庭变故和情感背叛的天文学家叶文洁，看到当年毁灭自己家庭的红卫兵却不见其有一丝忏悔，从而对整个人类深感失望。在一次巧合中叶文洁与外星文明取得联系由此引发了地球与三体世界持续四个世纪的纠葛，刘慈欣在小说中通过描述人类历史走向，假想了未来社会的发展形态与生产关系，对文明间建立沟通的方式和兴衰历程进行了总结。《三体》在国内出版后经美籍华裔科幻作家刘宇昆翻译后在美国出版，2015 年获得世界科幻协会所颁发的"科幻成就奖"，即"雨果奖"，这是自 1953 年该奖设立以来亚洲地区首次有作家获奖。

刘慈欣特别善于将现实经验投射在文学作品当中。[①] 在长篇小说

---

① 段崇轩：《现实距离科幻有多远——刘慈欣科幻小说漫论》，《南方文坛》2019 年第 2 期。

《球状闪电》中，他塑造了自80年代以来受不同时期社会主题影响的两代职业军人形象，女主人公林云的母亲在70年代末至80年代的边境自卫战争中受到敌方生物武器的攻击而牺牲，从此以后，她长期陷入对新式武器研究的执念，在研究"球状闪电"这一自然现象的过程中前往俄罗斯，发现了苏联时期由于僵化思维而使得几代人浪费数十年研究热情却最终一无所获的时代悲剧，回国后，林云等人对苏式浪漫主义科学研究风潮进行了反思，最终解放科研思想，在科学研究道路上找到自己的最终归宿。在短篇小说《赡养上帝》中，刘慈欣创造了"终产者"这一社会财富集中到极致的产物；而在《赡养上帝》的姊妹篇《赡养人类》中则提出了"社会财富液化"的均富或均贫概念，两篇小说均聚焦于市场经济体制下社会贫富矛盾加剧的现状，属于文学创作中对社会财富分配方式的想象。短篇小说《乡村教师》讲述了一名为农村教育事业奉献一生的物理老师，在临终前还不忘让自己的学生们背诵物理定律，学生在老师遗体前集体背诵的物理定律被以为地球尚处于蒙昧文明阶段可以直接毁灭的高等级文明外星人无意监听到，因而拯救了地球。小说《圆圆的肥皂泡》以一家三口两代人坚持治理土地荒漠化为背景，颂扬了坚守故乡并以科学手段治理沙漠的传统中式价值观。《朝闻道》则塑造了一批为求得科学真理而主动献身的科学家形象。可以认为，刘慈欣的文学创作事实上是一种现实主义写作的科幻变体。

韩松的《地铁》系列具有典型的先锋特征，他以一种极其晦涩的方式隐喻中国社会在现代化进程中所遭遇的问题：一群乘客有生以来一直生活在永不停止的列车里，没人知道列车的起点和外面的世界，最后列车在高速行驶下终于脱轨。韩松以此来表达人们在面对飞速发展的现代社会时需要保持警惕，否则在现代化进程中埋头狂奔的人类文明随时都会迷失发展方向。① 在《医院》中，韩松将整个宇宙都容纳在一座医院之中，宇宙中所有生命个体都需要药物维持生存，社会管理与社会矛盾冲突被具象化为医患关系，在人工智能和"大数据"的影响下，社会形态发生了颠覆性变化，而这种变化所带来的究竟是灾难还是福音，无人可知。

郝景芳的《北京折叠》获得了2016年的世界科幻文学"雨果奖"，这是继刘慈欣《三体》之后，中国科幻文学又一次站在世界舞台之上。小说营造了三个在时间与空间尺度上互相交错折叠的世界，生活在底层空间的工人老刀为了让自己的孩子接受良好教育实现阶层跨越，冒着生命危险来回穿梭于三个折叠空间为人送信，在送信过程中眼见不同阶层的人物的生存状态，最终历经磨难回到底层空间。郝景芳的科幻文学创作意在描写经济社会下的阶层分裂，这种分裂则折射出当前人们对于社会财富分配不均的深刻焦虑。②

在严肃的艺术创作中，新一代中国科幻文学作者们始终善于在文学创作中将自己的生活经验代入社会现实，褪去技术的外衣，会发现诸如《三体》《北京折叠》之类的故事可能蕴含着中国式生活经验的朴素情感，而改编为电影的《流浪地球》则更是如此。《流浪地球》在叙事方式上基本属于现代性叙事和西方式的焦虑，认为地球终将不适于人居，人类得寻找新的星球，但是《流浪地球》显示出两种迷茫与焦虑，一是地球表面已经完全荒漠化，大自然已然不在，伊甸园或是绿色家园已经成为人类遥远的记忆，小说中的人物生活在冰冷的地

---

① 丁杨：《韩松：在今天，科幻小说其实是"现实主义"文学》，《中华读书报》2019年1月30日。
② 沈杏培：《新世纪长篇小说空间叙事的旧制与新途》，《中国现代文学研究丛刊》2018年第10期。

下，像是宇宙的囚徒，这是科学的恐惧，是西方现代性发展中不可克服的焦虑，当然也是当下人类共同的焦虑；二是人类在走向另一个星球时的迷茫，使小说流露出人类对未来的恐惧。这些基本上都是基于西方文化的殖民特性而产生的焦虑。如果说小说有中国精神的话，则限于家庭伦理的坚持和最后中国航天员杀身成仁的牺牲精神，但是，中国传统文化中的生态精神则荡然无存。这是这部科幻小说甚至很多中国科幻小说的不足之处。它说明我们仍然在西方科幻文学所设定的现代性价值中滑行，中国科幻文学还没有能力处理现代性问题，更无法续接传统，创造出真正根植于中国又属于世界的科幻文学。

结语

当代科幻文学理论学者、北京师范大学教授吴岩总结中国科幻文学发展至今，可以概括为四种职能，即表现当下科技现实、批判科技失控而引发的种种社会问题、谋划未来，以及抚慰现实焦虑。[①] 北京大学中文系教授邵燕君则认为中国科幻文学的繁荣在于坚持本土化与中国化的创作路径，"它将西方式的民主制衡制度替换为中国式的权力关系"[②]。马克思认为，文学、戏剧等艺术形式对社会现实的描写，应当在避免席勒式呆板、机械传递时代主题的基础上，适当将文艺作品的创作形式"莎士比亚化"[③]。这为中国科幻文学的创作模式提供了理论依据。当下，经过百年洗礼的中国科幻文学，应当对现代性和科学主义的精神向度进行必要的反思，要接续中国传统文化精神，使中

---

① 吴岩：《科幻已衰落，但在中国还能繁荣》，《法治周末》2016 年 9 月 21 日。
② 林品等：《中国科幻文艺的现状和前景》，《文艺理论与批评》2016 年第 2 期。
③ 《马克思恩格斯选集》第四卷，人民出版社 1995 年版，第 553 页。

国科幻文学能够根植于中国传统，为人类提供新的精神向度和乌托邦世界，把那荒芜的太空重新变成绿色的家园，使人类在天人合一的伊甸园里安妥生命，停止流浪，驱散焦虑。

（徐兆寿、张哲玮）

第十一章 茅盾文学奖作品电影改编的叙事策略研究

　　茅盾文学奖（以下简称茅奖）作为国内最具影响力和权威性的文学奖项，在当代文学史上具有重要的地位，这些获奖文本作为独特的剧本资源经常被改编为影视作品。自 1982 年评奖以来，在茅奖 11 届51 部获奖作品中，改编为影视作品的有 23 部，其中电影 12 部，电视剧 18 部，同时改编为电影、电视剧的有 7 部。茅奖的影视改编之所以备受关注，一方面是获奖作品本身具有极高的文学价值和艺术魅力，能在评选中脱颖而出的作品，基本能代表当时的现实取向和审美趣味，具有改编的价值和意义；另一方面，改编的作品通过视听语言的独特呈现，在吸取原著精华、切入独特视角、结合市场规律的基础上，为读者和观众带来不一样的审美体验和视听享受。叙事性是小说和电影共有的基础，叙事的成功与否决定着作品的好坏。如何叙事，成为两种文本共同面临的问题。茅奖作品作为长篇小说的代表，其宏大的结构、长篇的体量、丰富的情节成为电影改编的难题。对此，电影叙事策略的采用尤为重要。

第一节　时间的畸变：从本事时间到本文时间

　　时间是叙事的基础，叙事时间是电影叙事学中的重要概念。根据叙事内容对时间进行合理地裁剪、拼接、选取、调整等，才能完成对电影文本的叙事。热奈特在论著《叙事话语》里面曾经引用了麦茨最经典的一段话，专门对叙事时间的重要作用进行印证："叙事是一组有两个时间的序列：被讲述的事情的时间和叙事的时间（'所指'时间和'能指'时间）。这种双重性不仅使一切时间畸变成为可能，挑出叙事中的这些畸变是不足为奇的（主人公三年的生活用小说中的两句话或电影'反复'蒙太奇的几个镜头来概括等等）；更为根本的是，它要求我们确认叙事的功能之一是把一种时间兑现为另一种时间。"① 面对茅奖作品纵横交错的时间布局和大跨度的时间长度，在改编为电影时对时间的畸变是非常重要的。"时间畸变是一切虚构叙事，尤其是电影叙事的中心环节。"② 从小说到电影的改编中，"时间的畸变"是指由于小说和电影这两种不同媒介对时间的处理和表达方式上的差异，导致的叙事时间上的变化和重新构造。小说中，时间的展现主要依赖于文字描述，可能包含长时间跨度和复杂的内容，如人物的成长、家族的兴衰等，这些往往伴随着历史的演变和社会背景的更迭。电影则通过画面、音效和剪辑来直接展示时间，这使得电影能够利用独特的视听手法，如快速剪辑、倒叙、时间跳跃等，来重塑故事的时间线，以一种更加直观和非线性的方式来讲述故事。"时间的畸变"在电影改编中体现为对原著中时间线的重新排列、压缩或扩展，以及通过电影的叙事技巧来呈现和强化故事的关键要素和情感表达。这种改编既保留了原小说的核心故事和情感内核，又通过电影语言的特点来创造独特的视听体验，使得电影成为一种独立的艺术作品，而不仅仅是原著的影像化再现。通过这种时间的畸变，电影能够跨越时空的

---

① [法] 热拉尔·热奈特：《叙事话语　新叙事话语》，王文融译，中国社会科学出版社1990年版，第12页。

② 李显杰：《电影叙事学：理论和实例》，中国电影出版社1999年版，第65页。

界限，将小说的复杂叙事转化为电影荧幕上引人入胜的视觉盛宴。

李显杰在《电影叙事学：理论和实例》中专门概括了叙事时间，主要包括三种类型，分别为放映时间、本文时间以及本事时间。其中本事时间归属在故事的范畴之内，放映时间一般为观众可以接受的范畴，本文时间则为本文叙述的范畴。这样就把叙事时间划分成了三种层层递进、彼此联系、各有所指的时间形态，对文学改编电影，展开时间畸变以及结构畸变的过程意义重大。本事时间描述的对象为故事在自然顺序上具备的时间持续性特征。这一时间概念在小说文本转换为电影作品时，可以理解为小说的叙事时间即原著时间。本文时间指的是影片放映过程中呈现的时间。"'本文'时间是影片编导实施'时间畸变'功能的主要承担者。"① 因此，在改编过程中本文时间可以理解为那些体量巨大、跨度较长、历史交错的小说时间，在经过镜头语言的畸变之后得到的影片的叙事时间，即电影时间。"电影叙事的'本事'时间可以说是影片叙事的前提和基础，是'本文'叙述时间建构的出发点和时间背景。'本文'时间则是对'本事'时间的逆转、扩展、省略或超越。影片叙述本文正是通过对故事'本事'时间作出多种多样的时间畸变，而结构出丰富多彩的影片本文，从而铺叙了五彩斑斓、风格各异的叙事主题，构筑起情趣盎然、意蕴丰厚的电影本文世界。"② 正如改编中小说文本是电影作品呈现的基础一样，本事时间是本文时间展开的基础，时间的畸变也是在这一过程中发生的。有了对叙事时间的分层，我们就可以在两种文本的转换之中观察不同时间的框架和脉络，分析时间畸变的发生过程，由此了解时间叙事在电影叙事中的重要价值及具体呈现。

---

①② 李显杰：《电影叙事学：理论和实例》，中国电影出版社 1999 年版，第 70 页。

"电影要讲好一个故事，其中一个至关重要的环节就是如何控制时间流程，如何重构乃至'雕塑'时间。对时间畸变的富于匠心的营构，直接奠定了影片的文本对故事重心的选择，对情节与结构的编织和对情感意图的取向。"[①] 在茅奖作品《许茂和他的女儿们》(以下简称《许茂》)两版改编电影中，影片将叙事空间集中于葫芦坝这个四川农村的普通小镇，通过时间畸变的叙事策略，将小说中"十年动乱"、工作组进村等本事时间，聚焦于以许茂和四姑娘为代表的个人命运及思想的转变过程中，进而形成影片的本文时间完成叙事。导演通过对主线脉络的细化，如北影版以四姑娘为主线，八一版以许茂为主线，将时代变革的进程放置于个人命运的变迁之中，围绕主线设置情节，在本文时间内进行人物形象的塑造和故事内容的讲述。《芙蓉镇》在叙事时间的处理上也是如此。电影讲述了"文革"期间，芙蓉镇上的风云变幻和政治运动对人们生活和精神造成的伤害，以米豆腐店的老板娘胡玉音和右派分子秦书田的个人遭遇来反映整个时代的悲剧与反思。影片通过1963年、1966年、1979年三次时间的提示，使本文时间得到具象化的体现，然后通过每一个时间段具有代表意义的典型情节的开展以及象征画面的暗示来完成不同时期的故事叙事和人物塑造。影片中醒目的标语、舞动的红旗、欢呼的人群以及重叠镜头下的大字报等，都在提示着不同时间中政治运动的趋势，而时间的畸变就在这种影像画面的呈现中完成叙事，其中切换时空和视点的时间畸变，能充分地表达人物内心世界的复杂情感，这也在一定程度上弥补了小说转换为电影时，人物心理描写无法具体呈现的不足。

茅奖作品《白鹿原》的叙事时间从清朝末年一直到20世纪七八十

---

① 李显杰：《电影叙事学：理论和实例》，中国电影出版社1999年版，第67页。

年代，横跨大半个世纪的时代变迁。电影《白鹿原》截取了原著中第六章到第二十五章的内容，即从辛亥革命到抗日战争这一段时期。影片中划分了 1912 年、1921 年、1926 年、1927 年、1938 年五个时间段，以电影字幕形式出现，这些时间段分别对应辛亥革命、中国共产党成立、国共合作、合作破裂、抗日战争等中国近现代史上的重大事件，但在每一个时间段下影片并没有对相应的情节展开叙事。比如在影片结束前五分钟才在一片金黄的麦田中出现了"一九三八年"的字幕，然后是在一阵日机的轰炸中影片结束。这样的字幕呈现虽然可以起到对影片本文时间的提示，以此来勾勒出整个故事的时间脉络，塑造主要人物在不同时代背景下的命运变迁和遭遇，但仓促的时间处理使得影片叙事节奏凌乱且苍白，时间在畸变下没有足够的空间展开对情节的叙事，进而使主题的表达不够完整，缺乏深意。

正如有学者所说："时间的重新安排，使之成为影片中的叙事时间，是叙事存在的基础。"[①]叙事结构层面上的时间畸变，可以在影片本文时间中展示多维度的叙事空间，使得叙事在时空交错中呈现更为清晰的脉络，使人物历史的交代和历史事件的展开更为具体。小说《穆斯林的葬礼》本来就是以"玉"和"月"为两条叙事主线进行的平行叙事，因此在改编时，电影直接采用了双线平行的时间畸变，以梁冰玉回国寻亲的进程为视角，通过不断的闪回，将韩子奇初入梁门、拜师学艺、制作宝船、海外经商的传奇经历一一展现出来。而另外一条时间线路则是从梁冰玉在候机厅的闪回中开始叙述的，从她离开韩新月开始，一直到韩新月与楚雁潮相恋的过程，以及在姑妈突然

---

① 黄琳：《西方电影理论及流派概论》，重庆大学出版社 2008 年版，第 266 页。

离世后，韩新月从韩子奇口中得知了自己的身世，画面又回到了影片开始梁冰玉写好信件离开的闪回镜头。在新老两代人时间线的平行叙事中，故事的时间得以在同一画面中展开，在闪回的切换中叙事的内容得到了扩充，塑造了不同时间状态下的人物形象，展现了主人公的成长史，使得形象更加丰满。

《长恨歌》中作者用主人公王琦瑶的几段感情经历将上海这座城市在不同历史进程中的城市风貌和气韵展现了出来，将宏大的历史书写放置于一个女人琐碎的日常生活和悲剧的感情波折之中。小说用散文化的笔法将重大的历史节点描述了出来，而在电影中这种时间的表述则更为具象，导演通过字幕的提示、背景音乐的暗示、服化道的展示等形式将叙事时间根据人物情节的发展进行梳理。字幕提示如"新中国的歌曲欢唱，人们都勇敢地做出新的决定"；"过了一年又一年，一个接一个的人陆续都回到自己的城市"；"新中国大门完全打开，许多人回来，看看三十年来思念的月色"。这与小说中时间的描述有异曲同工之处，电影省略了具体的时间点，表现得更为模糊，但是通过背景歌曲，如20世纪40年代的《相见不恨晚》、六七十年代的《天大地大不如党的恩情大》、80年代的《怎么开始》、90年代的《千言万语》等，将每一个年代的韵律和情感表达了出来。歌曲之外，影片中还有宣传政策的高音喇叭来强化时间的在场。此外，电影还通过服化道的变化来深化时间的畸变，女主王琦瑶从旗袍卷发到制服短发的变化，程先生与老克腊在下乡时服饰也有很明显的时代印迹，还有从开始的交际舞会到后来的舞厅等场景的变化，这些都是时间畸变的记录和印证。

无论是小说还是电影，时间都有其独特的叙事功能，在时间的背后往往隐藏着故事发生的时代与文化背景，时间不仅是人物命运发生变故的转折点，也是推动情节发展的催化剂，在时间背后更是蕴含着作者或导演对于文本主题的阐释与揭露。茅奖作品在改编为电影时，通过时间的畸变从本事时间转换到本文时间，将时间从长篇的体量和宏大的结构中提炼出来，在具体镜头的呈现中完成时间的叙事，这是茅奖改编中一种非常重要的叙事策略。

第二节 空间的聚焦：从历史空间到现实空间

作为"时空统一"的视听艺术，电影的空间不仅是故事发生的场景，更是画面呈现的载体。空间理论的先导者列斐伏尔在其著作《空间的生产》里面专门划分了心理、社会以及物理空间。电影中的空间，不仅包含故事发生的现实空间，如葫芦坝、芙蓉镇、白鹿原等；也包含现实空间所象征的符码空间，如《白鹿原》中的祠堂、戏台，《长恨歌》中的弄堂、公寓等；除此之外，还包括人物的心理空间。茅奖作品结构宏大、情节众多、线条交错，故事展开的空间也是复杂多变的，且茅奖的空间多为历史空间，往往是横跨几代人、处于众多时代变革中的空间，往往在历史的进程中展现人物的命运变迁。因此，在小说改编为电影的过程中，对空间进行聚焦和折叠是一种常见的叙事策略，将茅奖长篇体量中的宏大架构和历史空间用镜头进行聚焦，转变为电影中的现实空间，可以使情节更加紧凑、人物更加集中、主题更为鲜明。

在小说和电影的转换中，通过空间的聚焦确立影片的空间主体，将茅奖的历史空间转换为影片的现实空间，无论是对于情节的开展，人物的塑造，还是主题的阐释都非常重要。《许茂》中导演将叙事空间聚焦于葫芦坝这个四川的偏僻小镇，在这一空间上进行人物行动的开展和情节矛盾的激化，并以此处人们的生活状态和思想面貌来反映这一时期整个农村的发展现状和历史空间。空间的聚焦使叙事更为具体和深入，《芙蓉镇》也是如此。影片中除去故事发生地芙蓉镇这一主体空间之外，导演还将镜头聚焦于主要情节发生的公共空间和人物的私人空间，通过对这两个空间的聚焦使主题寓意更加深化，人物形象更加鲜明。第一个公共空间是影片经典情节胡玉音与秦书田双双起舞的发生地——芙蓉镇的青石板街。这条街道是小镇每个人的必经之路，是运动发生后胡玉音和秦书田进行劳动改造的地方，也是他们产生感情的地方。这样一个现实空间，随着政治运动的变化展示着各类标语；既有白天红旗摇动、口号响亮的人群，也有凌晨和夜晚胡玉音和秦书田低头扫街的身影。因此，青石板街这个公共空间对于芙蓉镇来说意义重大。第二处公共空间就是权力与话语的中心——镇政府。作为小镇行政机关的所在地，镇政府是小镇上政治运动的策源地，每一次运动精神的传达都在这一空间里完成，由此再散布到小镇的每个角落。作为权威的象征，掌权者如李国香、王秋赦等在这里发号施令；作为惩戒的中心，劳改者胡玉音、秦书田在这里接受批斗。对这一空间的聚焦，突出了人物的形象，深化了影片的主题。在私人空间的聚焦中，主人公胡玉音的米豆腐小店极具象征意义，它的开张、关闭、重新开张，代表了女主人公胡玉音从勤劳持家的豆腐西施，到被批斗劳改的新富农婆再到平反之后的普通妇女命运轨迹的变化，这期间小镇上的各色人物见证了米豆腐摊从热闹到冷清再到热闹的过程，胡玉音在此期间也历经磨难，最终迎来了新的曙光。米豆腐摊是她个人命运的见证地，也是小镇政治风云变幻的聚焦处，热闹和冷清都在这里发生，时代和命运都在这里转变。

电影空间一方面是故事的发生地，情节展开的场所；另一方面也是影片符码的象征，隐喻着导演所要表达的某种主题。在茅奖作品改编电影的空间叙事中，《白鹿原》所呈现的空间极具代表性。"影片中，麦地、牌楼、戏台、祠堂、宅院、窑洞等场所和建筑共同建构起了白鹿原的空间形象。这些场所与建筑作为人物活动的空间兼具写实、叙事、表意多种功能。"① 导演通过对这些空间的聚焦，将原著中深厚的儒家文化和宏大的历史空间解构为一个个具有代表性的现实空间，让这些具象的空间附有多种寓意，在承载人物、开展情节的同时，用其独有的符码隐喻完成空间的叙事。

《白鹿原》中最具代表性的首先是祠堂。祠堂是儒家文化的代表，在影片中它是维持封建伦理纲常、执行族规家法的地方，是族长白嘉轩权威的象征。影片的主体叙事也是从祠堂开始的，白嘉轩带领族人在祠堂共同诵读《乡约》，昏暗的光线、严肃的氛围、整齐的队列、祠堂的威严在镜头的缓缓摇动中展现了出来。此后，祠堂这一公共空间反复出现。从白孝文小时候在祠堂受罚，到后来他与田小娥通奸受罚；从黑娃与田小娥请求进祠堂成亲被拒，到后来黑娃带领众人砸毁祠堂，祠堂是推动重要情节发展的转折地。一方面，以白嘉轩、鹿三为首的老一代在竭力维护祠堂的权威；另一方面，以黑娃、鹿兆鹏为首的新一代试图冲破这种封建权威的压迫，这也是两种文化、两个时代的冲突。对于祠堂的空间聚焦是《白鹿原》主题审视的重要刻画之一。与祠堂守旧不变的空间相对应的是另一处重要的公共空间——戏台。戏台本来是平日里举办重要节庆活动、人们看戏娱乐的地方，如影片中鹿兆鹏的婚礼合影就是在戏台前拍摄的。但戏台进一步成了权力更换的中心，从开篇的时候鹿子霖剪了辫子一身中山装站在戏台前

① 张阿利、张黎：《漂移在文学、艺术与商业之间——评电影〈白鹿原〉》，《艺术评论》2013 年第 1 期。

宣布白鹿原革命了，到流寇逃兵闯入白鹿原时在戏台前征粮，再到鹿兆鹏、黑娃成立农会批斗田福贤、鹿子霖，农会失败后田福贤重新掌权在戏台前惩治黑娃等人，来来回回的权力更迭，使戏台成为你方唱罢我方唱的权力交替的中心，仿佛每一个人物的上台都只是历史这个大舞台上的一出戏，充满了讽刺意味。如果说祠堂是白鹿原家族盛衰的见证地，那么戏台就是白鹿原历史发展进程中的聚焦点。除此之外，麦地这一空间在影片中也频繁出现，影片从金黄的麦田开始，又在这里结束，它是白鹿原上人们赖以生存的根脉，也是中国千百年来农耕文化源远流长的象征。影片中这些公共空间之外，田小娥居住的私人空间窑洞，也具有重要的叙事功能。田小娥在窑洞中开始了白鹿原上的生活，在这里她经历了与黑娃短暂的幸福生活，也遭受了鹿子霖的欺辱以及和白孝文的苟且生活，最后她又在黑暗的窑洞中结束了悲剧的一生。狭小、黑暗、破旧，充满危险和不稳定，窑洞是她命运的承载空间，与祠堂、戏台等公共空间产生了鲜明的对比。最后窑洞在大雨中轰然倒塌，戏台也在日机的轰炸中摧毁，两种现实空间的消失，也预示着旧时代的结束和新曙光的来临。

　　另一部反腐题材的电影《生死抉择》，将改革开放国企重组的历史空间聚焦于省会城市海洲市和中阳纺织厂的现实空间，以主人公李高成的反腐经历为主线，完成影片的叙事。电影《推拿》也是将空间聚焦于"沙宗琪推拿中心"进行叙事。影片通过几组拥有不同生活遭遇和感情经历的盲人推拿师在"沙宗琪推拿中心"的日常生活来反映这一特殊群体的整体面貌。影片开始所有人物都在这一空间中汇聚，影片结束他们又从这里四散而去。在推拿中心这一聚集的空间内，镜头对准着每一个人物，他们在这里工作生活也在这里嬉笑怒骂，空间的聚焦使每一个人物都能发生交际，进而推动着情节的发展，又在行

166

动的开展中塑造着人物形象。《一句顶一万句》中主人公牛爱国的职业从小说中的货车司机变成了修鞋匠，因此他的活动空间也从流动的公路变成了固定的鞋匠小铺，这也造成了他压抑、不爱说话的性格。影片通过对主人公生活和工作环境的聚焦，揭露了他的心路历程，这也为后面情节的发展埋下了伏笔。

电影的空间叙事是电影叙事中非常重要的部分。正如布鲁斯东所说："电影和小说都创造出在心理上变了形的时间和空间幻觉，但两者都不消灭时间或空间。小说通过时间上的逐点前进来造成空间幻觉；电影通过空间上的逐点前进来造成时间幻觉。"[1] 茅奖作品的改编电影通过对叙事空间的聚焦，将小说中宏大的历史空间聚焦于影片中更为具体的现实空间，进而使两种文本的空间得到转换，建立起影片的空间形象，将小说中背景复杂、庞杂松散的历史空间具象化、影视化，在呈现人物活动场景、情节发展载体的同时，完成电影空间的叙事。

第三节　视角的重置：从全知视角到多维视角

文学和电影作为叙事艺术，必然会涉及视角问题。参照热奈特的划分方法，视角可以分为"非聚焦型、内聚焦型和外聚焦型"。[2] 非聚焦型视角也被称为上帝视角或零度视角，这属于比较传统的一类视角类型，人物或者叙事者通过更多的角度对叙述的故事进行观察，当然也可以从某个位置直接转移到其他位置，对繁杂的群体生活进行俯

---

① ［美］乔治·布鲁斯东：《从小说到电影》，高俊千译，中国电影出版社1982年版，第66—67页。
② ［法］热拉尔·热奈特：《叙事话语　新叙事话语》，王文融译，中国社会科学出版社1990年版，第129页。

瞰，对不同人物的意识活动进行窥视。在这一种视角之下，叙述者所知道的内容比任何一个人物都多，因此对于那些结构宏大、人物众多、情节庞杂的长篇巨著，非常适合从这种全知的视角展开叙事，茅奖作品大多是此类作品。外聚焦型视角中叙述者所知道的要少于人物所知，是一种客观的、中立的、不带有情感偏向的视角。外聚焦型视角还可以给叙事者提供一定的观察视角，针对发生的事件叙事者保持冷眼相观的态度，在此基础上形成零叙述风格。内聚焦型视角中叙述者和人物所知道的一样多，这是一种通过人物的视角来叙述内容、展开情节的视角。电影多是采用非聚焦型视角与内聚焦型视角相结合的方式展开叙事，这样观众既可以了解全貌，也可以展开对人物内心世界的观察。

视角作为电影中一种必不可少的叙事技巧和策略，对于情节内容的展开和人物形象的塑造非常重要。叙事者从何种视角展开叙述决定着故事主线的走向和镜头画面的设置，对影片主题的展现和价值的传达具有重要的导向作用。因此，从小说到电影的改编，叙事视角的重置意义重大。茅奖作品在改编为电影时，一般是将小说中的全知视角重置为电影中的全知与限制视角相结合的多维视角，既能在有限的影片时间中完成主线内容和重要情节的叙事，也能通过视角的转换透视人物的内心世界，多角度塑造人物形象。

茅奖作品多为第三人称的全知视角，这种视角也就是热奈特说的非聚焦型视角或零度视角。在影片中这种视角拥有非常灵活的视野，它可以在镜头的切换之中自由地出入时空，带领观众了解影片的每一个场景，无须借助其他语言，在画面的直接呈现中，观众可以感知剧中每一个人物的生命历程和喜怒哀乐，在与自身经历相印证的过程中获得共鸣、展开想象。除此之外，与全知视角对应的还有限制视角。

限制视角将目光转向了人物，从人物内心出发展现其精神世界，这种视角一方面将人物的行动和思想相结合，塑造了立体丰满的人物形象；另一方面通过限制的视角引导观众对主题情感的判断，形成独特的观影体验。

在小说《许茂》中，作者开篇便是以一种第三人称的全知视角描述葫芦坝周围的环境，引出故事：

> 在冬季里，偏僻的葫芦坝上的庄稼人，当黎明还没有到来的时候，一天的日子就开始了。
>
> 先是坝子上这儿那儿黑黝黝的竹林里，响起一阵吱吱嘎嘎的开门的声音，一个一个小青年跑出门来。他们肩上挂着书包，手里提着饭袋；有的女孩子一边走还一边梳头，男娃子大声打着饱嗝。他们轻快地走着，很快就在柳溪河上小桥那儿聚齐了。①

在电影中导演先是用这种全知的视角展开了故事的叙述，在情节开展过程中又分别切入了许茂和四姑娘许秀云的视角，将观众带入人物内心的思索和纠结。北影版《许茂》中许秀云跳水前的心理煎熬和痛苦的展现就是通过她的视角，用特写镜头对面部表情的刻画以及她做好自杀准备前与周围人物的眼神交流体现出来，她的那种无奈和矛盾心理被展现得淋漓尽致。八一版中许茂在准备上吊时，视角切换到他的身上，镜头跟着他摇摇晃晃的身体，对准被摔碎的全家福，光线在昏暗的房间中落到了许茂湿润的眼眶上，将人物内心的酸楚和悲痛展现出来，情节也逐渐进入高潮。

---

① 周克芹：《许茂和他的女儿们》，人民文学出版社 2014 年版，第 1 页。

《芙蓉镇》中作者开篇也是先介绍了芙蓉镇的环境和位置：

> 芙蓉镇坐落在湘、粤、桂三省交界的峡谷平坝里，古来为商旅歇宿、豪杰聚义、兵家必争的关隘要地。有一溪一河两条水路绕着镇子流过，流出镇口里半路远就汇合了，因而三面环水，是个狭长半岛似的地形。①

介绍完后通过第三人称将女主人公引出来：

> 胡玉音是个二十五六岁的青年女子。来她摊子前站着坐着蹲着吃碗米豆腐打点心的客人，习惯于喊她"芙蓉姐子"。也有那等好调笑的角色称她为"芙蓉仙子"。②

电影中导演通过全知视角与限制视角的结合进行了多维视角的叙事，既有全知视角的全面观察，也有限制视角的深入剖析。影片通过黎满庚、胡玉音、谷燕山三个人物的闪回画面，将视角切换到了他们各自的视线，展现了人物内心的矛盾和痛苦。首先，黎满庚通过闪回想起了她和胡玉音当初的海誓山盟，但在政治前途和个人感情的抉择中他选择了前者，现在胡玉音遇难，他又迫于形势和自己老婆的压力不能相助，内心充满了悔恨和自责。其次，胡玉音的闪回使他想起了与桂桂的幸福时光，与现在孤身一人、倍受折磨的处境形成了鲜明的对比。最后，谷燕山通过闪回画面切换到了他在战场上冲锋陷阵的英

---

① 古华：《芙蓉镇》，人民文学出版社 2014 年版，第 1 页。
② 同上书，第 3 页。

勇场景，与现在无能为力，黑白颠倒的现实也形成了一种对比。三处限制视角的切换使观众对三个人物有了更为深入的了解，为情节的推动、主题的凸显起到了促进作用。

《长恨歌》原著中作者运用第三人称全知视角进行叙事，用独特的鸽子视角来俯瞰这座城市，在作者在用散文化的笔法叙述完弄堂、流言、闺阁之后，从鸽子的视角展开叙事：

> 鸽子是这城市的精灵。每天早晨，有多少鸽子从波涛连绵的屋顶飞上天空！它们是唯一的俯瞰这城市的活物，有谁看这城市有它们看得清晰和真切呢？许多无头案，它们都是证人。它们眼里，收进了多少秘密呢？[1]

鸽子的视角见证着这座城市里发生的一切，"'鸽子'作为一个全知的视角参与到作品中，将上海的历史和王琦瑶的人生呈现在读者的面前。当鸽子早出晚归飞翔于弄堂上方时，弄堂里发生的所有故事都被它看在眼里"。[2] 在电影中除去第三人称全知视角之外，导演还加入了程先生的第一人称限制视角作为故事的讲述者，贯穿影片始终。影片以他的视角审视着王琦瑶的一生，从他在片场与王琦瑶第一次遇见开始，王琦瑶每一次感情受伤时他都在场，他以他的视角为观众剖析着王琦瑶这个悲剧女人在不同时期的心理变化，将观众从快速转换的画面叙事中拉回到对人物内心的关照。

茅奖作品改编中的视角重置中，除去第三人称全知视角转换为全

---

[1] 王安忆：《长恨歌》，人民文学出版社 2018 年版，第 16 页。

[2] 杨心羽：《王安忆〈长恨歌〉叙事模式研究》，华中科技大学硕士学位论文 2016 年。

第十一章 茅盾文学奖作品电影改编的叙事策略研究　　171

知视角和限知视角相结合的双重视角之外，也有将小说中的第一人称叙事视角转换成电影中的第三人称叙事视角或多重叙事视角的。小说中的第一人称限制视角，通过"我"的经历和所见所闻，将"我"所知道的故事进行讲述。这一视角带有叙述者的主观情感，使读者在他的引导下进入故事内部。这类小说在改编为电影时，为了能尽可能多地展现故事内容、梳理人物关系、凸显叙事主题，一般会将视角重置为第三人称全知视角或者全知与限制相结合的多维视角进行叙事。

改编自麦家长篇小说《暗算》上部的《听风者》正是采用了这种类型的视角重置。小说中作者通过"我"的回忆来展开叙述：

> 瞎子阿炳的故事就是我的两位乡党之一安院长讲给我听的，这也是我听到的第一个关于 701 的故事。[①]

电影中则以全知视角展开了叙事，镜头跟随张学宁的出现，展开了一场紧张的护送任务。随后，张学宁为 701 破解敌方电台意外带回阿炳，并和他一起开启了一段监听风云。观众在全知视角的呈现中感受着情节的不断推进和人物的依次出场。在这一全知视角之中，也加入了主人公阿炳限制视角的叙事。如在阿炳的新婚之夜，他用独白说出："今天我和沈静结婚，我跟局长说好，要他让张学宁回来喝喜酒，可是直到结束，她都没有出现。"这种视角呈现了阿炳内心的情感世界，为此后情节的开展做好了铺垫。

迟子建的《额尔古纳河右岸》用一位 90 岁老人的视角讲述了鄂温克族百年的兴衰史。小说在老人的回忆中展开叙事：

---

① 麦家：《暗算》，人民文学出版社 2014 年版，第 13 页。

我是雨和雪的老熟人了，我有九十岁了。雨雪看老了我，我也把它们给看老了。这是一个我满意的苍凉自述的开头。[①]

电影中也是从"我"的叙述中开始："我叫玛丽娅，我就诞生在额尔古纳河右岸美丽的森林中里，在这里我经历了九十多个春夏秋冬的轮回交替。"在后续情节的开展中随着人物的出场也加入其他人物的视角，如鄂温克族的两任萨满额格都阿玛和妮浩。

"叙事角度是一个综合的指数，一个叙事谋略的枢纽，它错综复杂地联结着谁在看，看到何人何事何物，看者和被看者的态度如何，要给读者何种'召唤视野'。"[②] 视角的重置，是一种非常有效的叙事策略。对于茅奖作品结构宏大和谱系众多的小说文本，将其改编为以镜头语言和画面叙事为主的电影文本，无论对情节的开展、人物的塑造，还是主题的凸显、画面的呈现，叙事视角的重置都具有重要的意义。

结语

叙事策略的选取和运用，对于电影的改编至关重要。茅奖作品改编电影中无论是时间的畸变、空间的聚焦还是视角的重置，都对情节的有序开展、人物形象的深化、主题的凸显，起到了重要作用。正如布鲁斯东所说："在叙事策略方面存在着严重的依赖心理。这是长篇小说改编的一个通病，大量名著改编难以令人满意，相当重要的原因

---

① 迟子建：《额尔古纳河右岸》，人民文学出版社 2019 年版，第 1 页。
② 杨义：《中国叙事学（图文版）》，人民出版社 2009 年版，第 197 页。

在于改编的立场往往局限在普及、图解小说内容，而忽视了怎样传达的叙事策略。"[①] 茅奖作品改编电影的叙事策略对改编质量的提升和影片风格的形成做出了有益的尝试，此后的改编特别是长篇小说的电影改编，在叙事策略层面可以沿着这条路径作出更多的探索。

（王顺天）

---

① ［美］乔治·布鲁斯东：《从小说到电影》，高俊千译，中国电影出版社1982年版，第256页。

第十二章 左翼文学改编电影的特征与美学路径

左翼文学自诞生以来就具有极强的现实意义，它的发展经历了革命文学、革命文学论争、"左联"三个阶段，产生了丰富的具有代表性的作品。从这些作品中可以看出左翼文学作品具有以马克思主义为理论指导并注重现实实践、艺术性与批判性相统一、关注现实强调人民群众等特征，正是这些特征使左翼文学在中国文学界产生了重要影响，但其也存在模式化问题。在左翼文学发展的高峰时期，也有一些作品改编成了电影，在此过程中，创作者们强调对左翼文学作品自身特点的吸收，也尝试从整体与细部两个层面上克服文学与电影之间的"间距"实现左翼文学到电影的最佳呈现。左翼文学的电影改编经历了 30 年代最初的尝试到"十七年"红色经典的改编、新时期改编热潮的涌现，再到新主流电影的历程，在这一历程中，左翼文学改编电影得到了新的发展，亦遇到了相应的困境。

第一节 中国左翼文学源起及特征

中国左翼文学的精神内涵最早可以追溯至 20 世纪初的新文化运动时期。新文化运动是中国现代文学的起点，左翼文学在这个时期主要以反封建思想为主，推崇自由、平等和民主。到 20 年代中期，国民革命风潮席卷全国，革命文学诞生，成为中国左翼文学的最初形态。俄国十月革命后，无产阶级文学运动得到了很大的发展，先进思想不断涌入我国，受其影响，一大批知识分子从政治武装战线转移到文艺战线，革命文学的队伍不断壮大。

后续出现了革命文学论争，政治与艺术的统一问题成为论争的重点。这场论争引起了文艺界的广泛注意从而传播了马克思主义文艺思想，提升了论争双方的马克思主义理论水平，也促进了左翼文学主潮的形成。1930年，左翼作家联盟成立正式宣告了革命文学论争结束。左联前期积极创办机关刊物和外围刊物，开展了对一些重大文学理论问题的研究。后期坚持以文学活动为中心，在发展和巩固刊物、建设马克思主义文艺理论等方面取得了卓越成就。随后，抗战形势日趋严重，左联内部就如何建立更广泛的文艺统一战线问题发生争论，即"两个口号的论争"。1936年左联解散，左翼文学主潮结束，现代文学进入抗战文学阶段。左翼文学以革命文学为开端，以全面抗战的爆发为终点，是中国文艺长河中的一枚辉煌的印记。

纵观整个左翼文学流程，其中涌现了诸多作家、产生了不少经典作品。这些文学作品常常结合马克思主义理论来分析社会问题和历史现象，以此为基础来揭示社会的弊端和问题，具有理论思考与现实实践相结合的特征。此外，中国左翼文学作品的一个突出特点是具有鲜明的阶级意识，将阶级斗争作为核心主题之一。左翼文论的最大特点在其政治品格，文学性非其终极追求，因此唯有从政治功利的角度才能体会这一文论的历史合理性和理论合理性。①

茅盾的《子夜》是一部以中国现代史为背景的小说，描绘了上海工人阶级的生活和斗争。小说通过主人公子夜的成长经历，反映了中国工人阶级的困境和抗争，以及他们在历史变迁中的角色。作品通过

---

① 刘海波：《二十世纪中国左翼文论研究》，复旦大学博士学位论文2003年。

具体的描写和细腻的人物刻画，展现了工人们的艰辛生活和无私奉献，以及他们对祖国和社会的热爱。茅盾以马克思主义的视角，揭示了工人阶级的力量和斗争的必要性，强调了通过工人阶级的觉醒和团结，社会将取得进步和改变。类似《子夜》这样的作品通常具有对历史的思考和对未来社会模式的展望，旨在通过文学艺术的手段来为社会主义革命和建设贡献力量。

中国左翼文学作品关注阶级矛盾等社会问题，通过作品表达对社会现象的批判和反思，关注现实强调人民群众。以描写现实生活为主要特点，力图通过真实的情节和人物形象，展现社会中各阶层人民的生活状态和命运。强调表现普通人的命运，注重描绘劳动者、农民、工人等底层群众的形象和命运，使他们成为作品的主要主体。《家》这部小说以 20 世纪中国的家族历史为主线，详细描绘了一个富裕地主家庭的盛衰和衰亡。小说通过深入而细腻的描写，展示了封建社会的演变过程以及人民群众在其中所承受的苦难。小说中，作者通过刻画家族成员的命运和他们对生活的奋斗，展示了中国社会变革对人民生活的影响，特别是农民阶层的处境。小说通过具体的人物和事件，揭示了封建家庭社会的不平等和不公正性，引起了人们对社会变革和人民福祉的思考。

总的来说，左翼文学的政治功利性有利有弊，利在于它在一定程度上促进了马克思主义的传播，促进了人民大众的思想解放，并使人们更多地去关注现实、思考现实，使人们能够发觉现实世界的问题与弊病；弊在于，文学作品的主体性受到了一定程度的伤害，其审美价值让位于宣传价值，艺术价值也就难以完全实现，从当下的视角出发去审视就能发现，这是整个左翼文学创作过程中的一个缺憾，而这一缺憾影响深远，后面要提及的左翼文学电影改编便也受到这一缺憾的影响。

第二节　中国左翼文学作品改编电影艺术特征

相比文学，电影是一种新兴的意义书写方式，区别在于文学在进行自己的书写时运用的是字、词、句的搭配组合，而电影则是以影像与声音进行自己的书写。这样，将文学与电影做比较就会发现，这两种不同的书写间本身就存在着一种"间距"，文学的影视改编实际就是对这种"间距"的消除与克服。一部文学作品通过改编转换为一部电影，是二者间"间距"的消除与克服，对于一部成功的改编作品而言，它的文学属性在这一过程中被淡化，电影属性则得到强化。但"间距""消除""克服"本身就意味着文学改编电影是一个需要不断尝试、不断前行的过程，左翼文学改编电影同样是如此。

《春蚕》是由夏衍改编自茅盾"农村三部曲"之一《春蚕》的黑白电影，由程步高导演。影片主要讲述了江南地区的蚕农老通宝辛勤养蚕最后却丰收成灾的故事，影片同茅盾的原著一样，从劳苦大众的视角切入，以老通宝一家的悲惨命运反映了当时中国农民艰难的生计状态与中国农村的真实风貌，也反映出当时中国在内忧外患的状态下农村经济日益凋零的现实。《春蚕》的改编保留了原著浓重的现实主义意味，刻画出的农民生存艰难、农村经济破产的现实引人深思。这种血淋淋现实的呈现，是对原著主题精准的把握。夏衍注释式的改编在尊重原著的基础上改进并强调了小说原著的主题，以求贴近"运动"的反帝、反封建、反资的诉求。[1] 电影中学生们在上课，老师讲到"我国江浙等省，产丝最丰，为我国输出品之大宗"，而后面却是外国的人造丝在他们军舰的保护下来到我国，并且大肆倾销，这便是

----

① 沈鲁、朱超亚：《重写电影史视阈下〈春蚕〉电影改编论》，《当代电影》2017 年第 8 期。

对帝国主义经济侵略的控诉，相比之下影片中以老通宝为代表的蚕农们本分养蚕、勤勤恳恳，等待他们的却是丰收成灾，如果说老通宝在养蚕时求神拜佛禁忌颇多，让这些看起来像是一场闹剧，那么再回想帝国主义肆无忌惮的经济侵略，观众意识到的便是一股浓重的悲哀。而电影中的新闻纪实画面和数据统计等画面则属于编剧夏衍和导演程步高自己对于这段现实的思考，这样的改编让原著与电影之间既有主题上一脉相承的共性，也有其差异性，文学的特质得以用影像的方式呈现出来。

但我们也不难看出《春蚕》中商业利益与意识形态的妥协，其中浓郁的政治意识形态内容对电影的观赏性造成了较大的损伤，这也导致其并没有获得较好的商业效益。电影之所以作为一门艺术就是因为它具有其独立的表达方式，能给观众带来更多的思考，使我们感知到生活更多的可能性，而模式化的意识形态传达恰恰会使这种多元的可能性变得单一化。

文学改编电影的过程是一个将文字材料转化为影像的过程，这一个过程需要从细节上对二者不同书写方式之间的"间距"进行克服，具体表现在电影中便是通过叙事、视听语言、人物塑造等对小说中的文字语言进行影像化。这一转换过程应当是以文学为基础、电影为本位。中国左翼文学改编电影的实践中不乏勇敢的尝试，但也出现了许多缺憾。电影《春蚕》便希冀以独特的叙事方式克服文学与电影之间的距离，它采用散文式甚至是纪录片式的叙事手法，从整体上淡化对叙事情节的强调，戏剧性被降到很低，这种叙事方式的考量也与电影的主题息息相关。戏剧化往往带来的是一种奇观式的享受，本身就有较强的娱乐性，而显然，娱乐性放在这里就会大大损伤对帝国主义、封建主义、资本家的控诉与对中国农民艰难的生存境况的展现。电影开篇，一群民众聚集在当铺前等待，大门打开之后他们蜂拥而入，当时人们生活的窘境和贫富的对比一览无余，镜头在老通宝身上停留，他手握着烟锅伫立于人流之中，这何尝不是对他和人们麻木状态的揭示。但影片对于主题的揭示、人物形象的呈现却有些机械和呆板，比如影片刚开始时高台之上的当铺伙计和高台之下的群众是一种鲜明的对比，这种呈现方式一目了然地表现出了两个不同群体乃至不同阶级的身份与地位差距，但手法却有些笨拙和刻板。此外，片中经常出现的字幕卡也是同样的利弊。"钱都给洋鬼子骗完了"等其实与本片散文化的叙事方式不符。但《春蚕》能跳出鸳鸯蝴蝶派才子佳人的窠臼，将镜头对准劳苦大众，无疑也是我国电影的一大幸事。

对文学、戏剧与电影的理解并不明晰也是左翼文学改编电影中一个显著的问题，改编二字首先就决定了文学对电影的影响，以《春蚕》为例，这种理解的不明晰首先表现在将文学文本转换为电影文本时文学语言残留过重，字幕卡上"一个春风荡漾的下午""担浸湿了，像死狗一样重"等显然都是文学式的描述方式，可以说导演实际上并没有对此进行影像化的转换。在全片的呈现上，导演选择去戏剧化的方式，这是一种大胆的尝试，而从最终的成片效果来看这不失为一种成功的选择，但需要意识到的一点是，这种去戏剧化不能单一地寄托在叙事层面。故事架构对电影戏剧性的影响是至关重要的，但表演和场面调度同样也会对其产生不小的影响。本片中话剧式表演的痕迹依旧鲜明，这也就带来了一种矛盾感，影片整体上想呈现出一种散文化的状态，而表演却又时时透露着戏剧的影子，而这种表演又与场面调度息息相关，也导致场景转换像是局限在一方舞台之上，电影作为时空艺术，它的特质就在于对时空的重构，重构与多元又是相伴而生的，显然与"局限于一方舞台"是相矛盾的。

"视说新语"：
影视改编理论与实践

在人物塑造方面,《春蚕》在改编中试图通过塑造对位的角色,使文学到电影的呈现更为成功。影片塑造了可爱可憎的老通宝,他可以看作当时贫困农民的典型代表,他的生存模式即当时中国封建社会与传统观念塑造下的典型农民生存之道,他沉默在封建势力之下,个体意识早已不复存在,安于现状,试图在老旧的秩序下通过自身的努力获得回报,但现实的不断冲击、美梦的接连覆灭让他难以自处。他的懦弱、愚昧和勤劳编织出了一个较为复杂的角色,但是从始至终老通宝的性格并未发生太大的变化,也因此这个角色又有扁平化之嫌。相较之下,电影中对荷花这一角色的塑造是更为妥帖到位的,这种比较丰满的角色设定甚至延续到了后来的改编中。荷花这个"二流子"角色的设定使她具有了更多的温度,并且凸显出其与老通宝截然不同的属性:革命性。在影片中老通宝为求养蚕顺利痴迷于求神拜佛,荷花作为一个对立元素站在了老通宝的对面,这种对立从表面看起来是老通宝与荷花之间的对立,其实也可从更深的层面去考虑。老通宝代表的是一个传统的家长形象,而荷花则代表的是青年一代。这种对立可以看作两代人之间的一种对立,荷花并不相信所谓的求神拜佛,她身上也具备着一种新生的反抗精神,这种具有革命性的反抗精神遇上老通宝的封建意识时对立便会产生。影片中的阿多亦是如此,不同于老通宝,他不会将自己的所有希望都寄托在一次蚕花的丰收上,他们的个体意识其实是在不断地觉醒,因为他们能够意识到在封建势力、地主阶级、资产阶级、帝国主义等的胁迫之下仅仅依靠勤勉劳作是很难翻身的,这些日益觉醒的青年形象丰富了整部电影的人物图谱。

需要注意的是,这种文学到电影的"间距"只能是克服,不能完全消除,因为文学与电影毕竟是两种各具特色的独立艺术。"间距"

的克服会无可避免地消解掉原作的某些意义表达，同时也会为作品带来新的可能，而改编中这种尺度的把控对电影创作者提出了较高的要求。

第三节　从左翼文学改编电影到新主流电影

从《春蚕》的电影改编实现了"新文学与电影的第一次握手"到"十七年"时期对红色经典的改编、新时期文学改编电影热潮再起，再到当下的新主流电影中商业艺术与主流意识形态合谋的成功突围，纵览整个中国电影发展史，左翼文学改编带来的影响从未缺席，左翼文学从人物设置、主题呈现、题材选择等不同方面深刻地影响了中国电影改编乃至中国电影。

曲波小说《林海雪原》的改编便是贯穿了这一整个流程，我们从中可以看到左翼文学改编电影的一些新发展。1956 年曲波完成《林海雪原》的写作，小说热销全国，其间也经历了多种改编：1960 年改编为同名电影，成为那个年代的集体记忆；2003 年改编为同名电视剧又引发热议，尽管这次热议很大程度上是源自对杨子荣形象的"丑化"。这里需要说明的是，红色经典可以看作左翼文学的一大支系，在旷新年看来，红色经典在对五四文化批判继承的同时，又对左翼文学进行了历史延伸。[①]2014 年由徐克导演、改编自《林海雪原》的电影《智取威虎山》上映，"座山雕"再次引爆全国。不可否认，接连的改编便是对《林海雪原》经典性的一种肯定，但除此之外，是否还有别的原因？首先，《林海雪原》中的经典台词和人物形象在这种持续性的传播与改编中早已成为一种集体记忆，它容易引发观众的怀旧

---

① 旷新年：《断岩深处的历史》，《中国现代文学研究丛刊》2002 年第 1 期。

情绪。其次，在市场化的背景下，这种改编在实现巨大经济效益的基础上还能实现对主流意识形态的传播，这是国家层面与受众层面都喜闻乐见的。

"十七年"期间，电影改编与创作具有强烈的"现实感和时代性"，力求通过电影观照现实，反映时代，讲普通人的故事。《林海雪原》便是一个例证，而这种强烈的现实感和时代性我们从最初的左翼文学作品创作、左翼文学改编电影中发现。这种策略在1960年版的电影《林海雪原》中是通过主人公的设定来实现的，原著中首长少剑波是毫无疑问的主角，在小说中占据了绝大的篇幅，而在1960年的电影版中杨子荣替代少剑波成为主人公，这体现的是改编中的平民叙事策略，而这无疑是对左翼文学及其改编电影特征的继承。可以说，创作者主动的选择与被动的妥协导致了电影《春蚕》改编中戏剧性的薄弱，而在"十七年"影视改编中创作者则对这一点进行了补足与完善。他们以好莱坞风靡全球的类型片为参考，注重电影的戏剧化呈现，为类型片的本土化做出了尝试与贡献。此外，创作者也秉持了将作品改编与现实生活相结合的原则以凸显"现实感与时代性"。不可否认，"十七年"期间红色经典改编电影也存在着一些问题，比如在对《林海雪原》改编时还是比较依赖戏剧舞台的处理方式，对电影化手法的开掘并不理想等问题。

21世纪以来，在市场化浪潮的冲击下，主流话语受到消费主义话语的冲击。在此种背景下，为了捍卫和维护主流价值体系，便需要再造红色经典，因此便涌现了改编热潮，此时的电影创作与改编中主旋律便成了一个主导性的要求，左翼文学改编电影便进化为了主旋律电影。我们可以发现，其实倡导主流价值观，宣传主流意识形态的追求并未发生变化，只是这一趋势更为迫切和明显。从2003年《林海雪原》改编电视剧中对于杨子荣这一形象的"重构"，便可窥见市场化对文学改编影视的冲击，也是自此之后主流意识形态正式介入了红色经典的改编。而当下由主旋律电影过渡到了新主流电影阶段，改编自《林海雪原》的《智取威虎山》便可看作新主流电影的尝试。这部作品在改编的过程中更加注重吸引不同年龄层面的受众。后续的《湄公河行动》《战狼》等新主流电影迅猛发展，这些新主流大片并不算严格意义上的文学改编电影，但它们无一例外地保留了左翼文学改编电影的内核。首先，同左翼文学与左翼文学改编电影的创作一样，它们以现实生活为基础进行创作。比如《湄公河行动》便是依据真实事件改编而成，《战狼》则是改编自也门撤侨。其次，题材上是一脉相承的军事、战争等主旋律形式电影。《智取威虎山》讲的是中国人民解放军在东北一带的剿匪战争，《湄公河行动》等同样是主流意识形态导向下的军事战争题材电影。此外，他们以传播主流价值观、维护主流价值体系为己任。在创作过程中，除了以现实生活为基础之外，做到了将主旋律与商业、艺术的高度融合。

结语

文学改编电影是自电影诞生以来就摆在我们面前的课题，英国电影便将此做到了极致，甚至使文学改编成为英国电影的一种特色。从左翼文学改编电影的发展历程来看，不断推陈出新、紧跟时代潮流才是一种正确的方式。左翼文学改编电影的方式与特点的不断发展其实也是中国电影事业持续前进的一个缩影，它不仅与文学作品和影视化改编相关，更与意识形态受众需求紧密相关，因此在改编的过程中应当综合考量，模式化和工具化意图都并非正道。左翼文学改编电影的成功作品都是将其文学意义浓缩于电影，以电影的形式呈现，其中包裹着的是一个个具体的人和由这些人所组成的属于他们的、我们的时代。我相信这样创作出来的才是有温度的，真正具有中国特色的，终能迈向世界的好作品。

（白红亮）

第十三章 "十七年"红色经典文学改编电影研究

"红色经典"的形式、样态与旨趣定位所形成的基点最早可追溯至 1928 年逐渐开始的"左翼文学思潮"。该文学思潮与当时的"人文主义文学思潮"并驾齐驱，共同推动着中国文学现代化的独立性思考与先锋性探索。"左翼文学思潮"主张文学要以马克思主义为方法，并且牢牢扎根于唯物史观的基础之中，提倡要敢于揭露社会的阴暗、肮脏与腐朽。

第一节 "红色经典文学"改编概述

保罗·劳特认为："历史和语境、昨天和今天都不能排除于经典形成的考虑之外。诗歌和荣誉，并不是孤立存在的，只能被当光荣的'圣象'和'永不衰老的智慧丰碑'来进行思考。相反，他们总是被镶嵌在具体的历史语境之中。"[1] 对"红色文学经典"的电影改编要与具体的历史语境相契合。"红色文学经典"初期的电影改编大多数遵循社会主义意识形态导向，以宣传政治思想为主，因而也被赋予了"工具"的功能，成为"政治传声筒"。在艺术手法不断成熟或艺术观念不断改变的创作历时中，文学与影像的互文保障了同一部文学改编

---

[1] 转引自童庆炳、陶东风主编：《文学经典的建构、解构和重构》，北京大学出版社 2007 年版，第 25 页。

的视听作品在不同阶段进行改编时，能够有效避免后者是前者索然无味的单一重复，或是期望的满足，抑或失望的打击，都能够为观众带来不一样的视听审美感受。

《小兵张嘎》《闪闪的红星》《暴风骤雨》等作品的改编均着重突出革命道路充满希望，集体利益的维护与个人的成长均获得保障，人民生活面貌焕然一新的时代主题，并调动一切可能的艺术因素全面满足意识形态传播的需要。改编自胡石言小说《柳堡的故事》的同名电影，讲述了新四军副班长李进与少女二妹子之间爱情的表现，"使爱情描写落实在社会主题的轨迹中，从而使原本狭小的情感具有了宏大的意义，而又不至于空洞地描写解放斗争"。① 这种对爱情的刻画在"十七年"与"文革"时期的文艺创作中是较为罕见的。该部电影中所表现的爱情是人类艺术的永恒话题，电影在保持了原著枯燥、板直的"政治宣教"的同时，也体现了导演王苹大胆对"实用性"进行"纠偏"的重要尝试。

《红旗谱》的电影改编描绘了在风云动荡的旧中国社会，冀中大地上以"朱老忠"为代表的英雄儿女，齐心协力反抗剥削压迫与反动统治的英勇斗争。导演凌子风曾说："该舍弃什么，该保留什么，的确是一件难下手的事。电影要两个小时把事情讲完，这对我是一次考验。我选小说中的朱老忠作为主线，在这条主线上来作取舍。和他有关系的就保留，没关系的就删掉。"② 电影也增加了一些原作中不曾出现的情节，如在经过恶霸地主冯兰池的家门口时，按照规定任何人都需要下马步行，朱老忠却制止了严志和对这一无理规矩的遵守，当

---

① 周星：《中国电影艺术史》，北京大学出版社 2005 年版，第 193 页。
② 转引自滕朝军、母华敏：《"红色经典"〈红旗谱〉的影视改编》，《电影文学》2018 年第 5 期。

冯家爪牙刘二卯上前阻拦时，却被朱老忠抽了一鞭子。这一增设的情节，生动刻画出朱老忠作为"农民英雄"的高大形象。

《林海雪原》原著讲述了在解放战争时期，团参谋长少剑波带领东北民主联军的一支小分队成功剿灭匪寇的故事。1960 年由刘沛然执导的电影《林海雪原》故事线则主要围绕"智取威虎山"来展开，改编了原文学文本中的感情线索，包括将少剑波与白茹的爱情进行淡化，着重重构了二人的革命友谊关系。该种改编设计深刻表达了纯粹的革命意志与无私的革命斗争精神。1970 年版的京剧电影《智取威虎山》，是"样板戏"的代表作之一，在唱念做打、有板有眼的程式化演绎里亦传达出了"火红年代"中铿锵有力的革命激情与在当下捍卫社会主义政权的饱满热情。

2014 年由徐克执导的电影《智取威虎山》，则大胆利用现代数字媒体技术创设出了极具视听感染力和冲击力的视听艺术内容，尤其是在电影结尾，杨子荣冒死爬飞机抓捕"座山雕"，不仅利用现代视听艺术手段充分烘托出紧张、惊险、刺激的效果，同时也将革命志士们大无畏的英雄气概加以宣扬。

第二节　"红色小说"作品的视听重构

新中国成立之初是"红色文学"的"喷涌"式出现的时期。《保卫延安》(1954)、《红旗谱》(1957)、《红日》(1957)、《林海雪原》(1957)、《青春之歌》(1958)、《山乡巨变》(1958)、《创业史》(1959)、《红岩》(1961) 八部"红色文学"被精准概括为"三红一创，青山保林"，代表了中国"红色文学经典"的突出成就。"十七年"时期，"红色经典"改编的电影作品涉及的范围广阔，内容题材也是丰富多样。

1956 年，由赵明执导，改编自知侠作品的《铁道游击队》描写了在抗日战争期间鲁南地下党所领导的一支游击队，百折不挠与日伪军展开坚决斗争，并通过"游击战"方式破坏敌人交通线，侧面响应民族抗战事业的传奇故事。影片直接舍弃了小说中革命英雄人物由"小我"到"大我"的成长阶段，直接把民间色彩浓厚的"兄弟情义"过渡到集体主义框架之下的"革命战友情谊"，影片中的人物都为同样伟大的理想目标而紧密团结在一起，取得了对敌斗争的胜利。

根据杨沫的原著《青春之歌》改编而成的同名电影由崔嵬、陈怀皑联合执导，于 1959 年上映。改编后的影片添加了女主人公林道静作为一名小资产阶级知识分子逐渐走入工农大众，并与之结合的情节。相对于原著中林道静被限制于知识分子情情爱爱的框架中的成长，在"革命情谊"替代"男女爱情"的创作趋势愈发强烈、渐成主流的电影创作年代，影片《青春之歌》也受此影响对该框架进行了有意的淡化，并强化党在林道静完成个人心路、成长历程时的指引价值，突出党在改造知识分子过程中所发挥的重要作用。作品整体成为一部呼应时代所宣传的主题之作。"作为一部描写小资产阶级知识分子的长篇小说，《青春之歌》在当时可以说是'异类'。杨沫将林道静的个人成长和知识分子改造的问题巧妙地融合、调整，在主流意识形态下完成了个人叙事与宏大叙事的融合。"①

根据罗广斌、杨益言合著小说《红岩》改编的电影《烈火中永生》在艺术表达效果上实现了重大的超越。譬如在电影中，国民党监狱里被羁押的众人寄希望于通过"疯老头"来达到传递消息的目

---

① 韩静宇：《宏大中的自我——杨沫在〈青春之歌〉中的个人叙事》，《新纪实》2021 年第 30 期。

的时，"疯老头"不负众望地将重要的纸片给扫走。在疯老头拿到纸条即将打开之际，一道柔和的光线透过窗口照射了进来，隐喻在险象环生的监狱里，革命群众在残酷斗争中遇到光明暂时显现的艺术话语指向。可以感受出电影《烈火中永生》在艺术传达效果和价值方面对原著小说《红岩》的超越，《烈火中永生》在光影生造的魅力里，跃升了《红岩》对革命精神弘扬时的文字性枯燥。在艺术化的趣味气氛中，观众对"革命战争年代"中我党优秀斗争精神的体悟也由此拥有了直观的认知视角。

除"革命斗争"之外，还有"社会建设"的部分，这些文学作品经视听化重构的处理后，亦能够激发中国人民在进行社会主义建设初期的高尚斗志。1962年由鲁韧导演的电影作品《李双双》改编自李准在《人民文学》发表的短篇小说，这不仅是一部反映新时期社会主义建设面貌的电影，更是一部"十七年"时期的优秀喜剧片，电影《李双双》中，唯唯诺诺、得过且过、爱好偷懒、性格中拥有自私缺陷的喜旺其实就是"人民公社化运动"在推进过程中所出现的相关问题的高度艺术化概括，是一个凝合"社会现实症结"的典型化人物形象。在双双和喜旺围绕集体生产而引发的一系列令人忍俊不禁的戏剧冲突里，观众也于欢声笑语中对"社会主义生产建设"的相关政策有了更为深刻的认识。

第三节　从舞台剧改编到革命样板戏

"十七年"时期的改编作品和"文革"十年时期的改编作品在文学母本的选择方面有很大的不同，前者更多源于小说的文学类型，而后者的改编底本则是多种多样的。所以就形成了中国现当代文学影视改编史中的一条极为奇特的现象："十七年"时期，文学作品的电影改编来源大多数是单一的小说，但是它的具体创作是多样化表现的；而在"文革"时期，改编的电影作品来源渠道非常宽泛、灵活，但是在内容表现上却是僵化、保守的。

"白毛女"，是从最初的报告文学和小说，到后来的歌剧、电影、芭蕾舞剧，经历了长达 20 余年的不断塑造才最终完成的典型形象。其形象塑造主要经过了"鬼—人—社会主义新人—革命者"四个阶段：在民间故事中，她是一个受苦的、无法得到拯救的农村女性，在这样的环境中，她从人变成"鬼"，过着暗无天日的生活；在李满天的小说《白毛女人》中，由于八路军的出现，她从"鬼"变回了人；在歌剧和电影中，她不仅觉醒，而且勇于反抗，最终成为自由的人、平等的人，还拥有了爱情，成为一个"社会主义新人"；在芭蕾舞剧中，她是一个始终如一的反抗者和革命者。最终，她成为一个独特的典型形象。这一文学形象体现了"只有社会主义才能救中国"的革命理念。[1]

1960 年，由谢晋执导、梁信编剧的电影《红色娘子军》改编自 1951 年刘文韶发表的报告文学，讲述了在我党领导之下的海南琼崖纵队里，贫家女吴琼花受尽了当地豪强南霸天的欺凌与压迫，宁死不屈的吴琼花和红莲一起投奔到了当地的革命队伍之中。起初进入革命队伍的她是一个个人主义倾向十分严重的战士，甚至在一次重要的侦察任务中私自向仇人南霸天开枪，破坏了革命任务的进行。但是在党组织的悉心教导和培育之下，她也逐渐成长为一名我党的优秀指战员。电影的原著是新中国成立之后，我国女权主义精神在文学领域里

---

① 徐兆寿：《文艺创作和改编中的经典化问题——以〈白毛女〉为中心》，《中国文学批评》2023 年第 1 期。

闪光的典范力作，继而通过电影的视听化重构逐渐扩张着无产阶级特色的"女权"思想影响力。在文学与电影的双效互动之间，中国千百年来"女人是男性附庸"、处于被"支配、奴役"地位的社会主流认知开始加速瓦解。

《沙家浜》最初的版本来自军旅作家崔左夫的纪实文学作品《血染着的姓名——三十六个伤病员斗争纪实》，后来在 1958 年被改编成沪剧《芦荡火种》。在《芦荡火种》的基础上，样板戏《沙家浜》的改编、重构也由此拥有了牢靠的依托。长春电影制片厂在 1971 年摄制的《沙家浜》讲述了在抗日战争期间，新四军指导员郭建光带领队伍伤员在沙家浜养伤，这里的敌我势力纵横交错，极其复杂。在险象环生中，地下党员阿庆嫂为掩护革命战士的生命安全，遂与敌军势力展开坚决斗争的故事，通过对代表人民群众的沙奶奶的形象刻画，表现"军民鱼水一家亲"的生活环境。

这部作品依旧存在着当时阶级斗争大背景之下的"政治理念"和"特定意志"的传达，例如胡传魁这一反派角色，他所管辖的"忠义救国军"表面上支持抗战，但实际上已经投靠了日本侵略势力。胡传魁在戏里还有唱词："乱世英雄起四方，有枪便是草头王，钩挂三方来闯荡，老蒋鬼子青洪帮"，集中展现了他本人"有奶便是娘"的"墙头草"形象。

在《沙家浜·智斗》段落中，阿庆嫂唱词："垒起七星灶，铜壶煮三江，摆开八仙桌，招待十六方，来的都是客，全凭嘴一张，相逢开口笑，过后不思量，人一走茶就凉，有什么周详不周详。"该唱词充满了民间、江湖意味的醇厚与逸趣，唱词的营造紧密贴合了民众们生活化的机趣，这更是使八面玲珑、面面俱到的阿庆嫂形象深入人心。在郭建光养伤期间，他面对祖国江南的大好风光唱道："朝霞映在阳澄湖上，芦花放稻谷香岸柳成行。全凭着劳动人民一双手，画出了锦绣江南鱼米乡，祖国的大好山河寸土不让，岂容日寇逞猖狂。"唱词生动地用最原始、朴素的语言展现人民群众的生活场景，将观众带到一个可以形成现实想象的艺术化世界中，而不同于传统戏曲中华丽、艰涩辞藻的一味堆砌。先有"软"化的情景设定，后再有"硬"化的爱国情感注入，一"软"一"硬"，尽显《沙家浜》的构词绝妙。

"革命样板戏"的创作还有的来自地方性的戏剧，《海港》就是其中的代表，《海港》改编自李晓民创作的淮剧《海港的早晨》。该部"革命样板戏"也是较早的一部反映社会主义建设时期的"样板戏"作品。《海港》内容叙述了由于工人韩小强在码头工作中的马虎大意，遂给敌对势力造就了可乘之机，敌人意图通过将玻璃纤维掺杂在运往国外的粮食中，来达到破坏我们国家世界声誉的目的。后来在大家上下一心，团结克难的努力之下，最终将敌人的阴谋粉碎。这也是一部典型的区别于传统京剧的现当代京剧艺术形式，虽然两者都有"脸谱化"的创作倾向，但传统京剧注重的是对剧中人物角色进行"生旦净丑"式的标签化塑造，而"革命样板戏"中的京剧则更加突出的是对"敌我"双方势力的规划整理与斗争表现。

1971 年，八一电影制片场摄制的样板戏《红灯记》叙述了李玉和、李奶奶、李铁梅一家三代人为转送八路军密电码，机智勇敢地与日本侵略者展开斗争的故事。李玉和是一名优秀的地下党员，由于被叛徒王连举出卖，不幸被捕，在敌人的利诱拉拢、严刑拷打之下，他依旧不改顽强的革命意志。敌人最后将他和李奶奶残忍杀害，同时欲擒故纵地放走李铁梅，妄想通过李铁梅在传送密电码的过程中，将密电码一举截获。后来在人民群众的帮助和柏山游击队的接应之下，密电码被成功转送到游击队的手里，追击的敌人亦被全部歼灭。李玉和、李奶奶、李铁梅三人在作品中展现了革命精神薪火相传、代代不绝的主题。该作品虽是一部铿锵有力、刚劲有道的时代性文艺产物，但和其他的样板戏一样，也都在"戴着镣铐跳舞"。

"革命样板戏"通过对"革命斗争"的内容进行传达，再对传统京剧的身段、身法技艺进行"扬弃"并配合以独特的表现形式，是将传统戏曲进行了有所批判、有所否定的继承。这也在一定时期满足着观众的独特审美需求。但由于始终无法突破"程式化""类型化""概念化""非现实性"的桎梏，"革命样板戏"无法在当代社会中找到稳固的价值、意义站位，其文艺影响力也未能进一步得到发展。

结语

"十七年"与"文革"时期的文艺创作总体的意图即是在重复的意识形态传输和不断叠加、累积的政治要求中达到教育人民的目的。然而，在文艺作品中过分强调意识形态，就容易导致文艺作品像"是什么""为什么""怎么做"的流程、规则一样去告诉观众在日常生活中的言行依据。艺术价值的出现，更多在于受众主体自动地去填充、定义、构建作品本身的审美界域。满足不同受众基于艺术本身的多样化想象和作品内容在个人世界之中的个性化装饰才是各类艺术作品在创作之前需要具备的先决条件。

（牛鹤轩）

第十四章　中国古代神话改编影视研究

中国古代神话是我国传统文化的重要组成部分。很多古代神话被改编成影视作品，这些作品具有独特的文化价值和商业价值，在文化传承和商业开发中具有重要的影响。

第一节　中国古代神话的传承和演变

中国古代神话故事是中华文化的瑰宝之一，其异彩纷呈的艺术形式一直以来都受到人们的青睐。故事的流传方式主要有口耳相传和文学流传。在古代，由于文化交流受限，神话故事主要通过口头传说的方式流传。这种传承方式虽然会因时间和空间的限制而存在一些变形和失真，但也使得神话故事得以在民间广泛传播。[①] 同时，口传也使得许多神话故事中非凡的英雄和神祇，逐渐被人民赋予了丰富的传奇性，并形成了深深的文化共识。另一种神话故事的流传方式是文学流传。中国的古典文学中关于神话故事的集锦甚多。这些集锦不仅让神话故事得以正式保存下来，也让英雄形象、神话故事的内涵更加深入人心。例如，《山海经》《史记》中记载了许多神话故事，可以说成为后世神话故事的重要来源，也成为影响后世文化的重要遗产。古代神话故事的流传是一种跨越时空的文化传承，不同地域和不同文化的交融也让神话故事产生了各种变化和演变。例如佛教流传到中国后，与

---

① 陈孟莹：《中国古代神话与希腊神话比较》，《文化学刊》2019 年第 8 期。

道教、儒家等诸多思想融合，便衍生出了大量的佛教神话故事和传说。而在长期的发展过程中，古代神话进行了不断的演变和改编，一方面，通过不断地口头传承和书写记载，神话故事的情节和人物经历了不同程度的修改和调整。例如《山海经》中的神话故事，就经历了多次修改和整理，不断地融合其他地区和民族的神话元素，逐渐形成了独具特色的中华神话系统。另一方面，在现代社会，随着影视文化的兴起，人们对古代神话的改编与演绎更加广泛和深入。电影、电视剧、动画等不同类型的影视作品，通过不同的表达方式和手段，将古代神话故事呈现给观众，并在其中添加新的元素和角度，使古代神话重焕生机。例如，电影《封神英雄榜》中的哪吒形象就重新被塑造，成为一个风靡影视圈的 IP 形象。

随着新世纪的到来，神话改编影视作品开始在中国电影市场出现，这些影视作品既包括改编自古代神话的历史题材，也包括以古代神话为基础改编的现代题材。这些作品深受观众喜爱，成为当代中国电影的重要代表之一。首先，这些神话改编影视作品既有宏大的历史史诗题材，又有现代情感题材，真正实现了各类影片对神话题材更好的融合。[①] 其次，这些神话改编电影也对传统神话故事做了创新性的处理，塑造了更具有现代性的角色形象。比如，电影《捉妖记》中的妖精和《妖猫传》中的猫妖，改变了观众对于神话角色的认知。其三，这些神话改编影视作品不但展示了中国文化的独特魅力，同时也以通俗易懂的方式向全球观众传达了中国文化的精神内涵。比如，电影《大闹天宫》将儒、释、道三家哲学的思想贯穿于整个故事，诠释了中华传统古典文化的丰富多彩。

---

① 李亚琼：《浅谈中国古代神话的美学意义》，《文存阅刊》2021 年第 1 期。

第二节　中国古代神话改编影视作品的分类和特点

依据神话元素的引入程度以及改编手法的不同，中国古代神话改编影视作品可以分为不同的类型。

第一种是非常传统的改编方式，其中神话元素的引入程度达到了最大化。在这种类型的作品中，经典的古代神话故事会被完整地呈现出来，几乎没有太多的变化，观众可以更好地领略到古代神话故事的魅力和神秘感。这种类型的改编最大的特点在于保留了原著（神话）中的底色，完整呈现了神话故事的本质，让观众更好地理解古代神话的文化内涵。

第二种是相对于第一种而言更为自主的改编类型。这种类型的改编手法相对比较灵活，神话元素的引入程度则略有减少，但仍保留了一定程度的神话元素。[①] 这种类型的作品充满了现代文化元素，改编手法非常独特，目的在于将古代神话融入现代社会，使古代神话更加具有现代感，不但更加容易吸引当代观众，同时也能够更好地传承与发扬古代神话的文化内涵。

第三种则是将古代神话故事改编成具有完全不同走向的作品。这种类型的作品几乎不保留原著中的任何神话元素，通常都是以古代神话故事为原型，创造出新的故事情节。改编手法相对较自由，较少提及原著。这种类型的作品不仅有着独特的创意，同时也在创新的同时为观众提供了全新的视角。

在中国古代神话改编影视作品中，特别是在现代影视中，古代神话经常被现代化演绎，创作者通过新的视角和手法对神话故事进行重新

---

① 史小竹：《中国古代神话女神形象研究——基于与希腊神话的对比》，《汉字文化》2020 年第 S1 期。

诠释和再现。这种改编并不是简单的模仿，而是在保留原来神话故事情节的基础上，针对当今社会和现代观众的审美需求和文化背景等，进行巧妙的融合和创新。导演和编剧们通过讲述新的故事、增加新的人物角色、设置新的情节冲突等，将古代神话的主题和意义赋予新的生命。

中国古代神话改编影视作品的出现，让更多的人了解和认识了中华民族的传统文化，加深人民对于中华文化的认同和自豪感。同时，这些影视作品中所传承的各种思想观念，如尊师重道、孝道家庭观等，借助电影电视的形式，使受众更加容易接受和理解，从而推动了对于中华传统文化的传承和弘扬。

第三节　中国古代神话改编影视作品的创新与反思

古代神话的现代演绎和影视表述技巧的创新是中国古代神话改编影视作品的一个重要特点。这种创新主要体现在故事情节、人物形象、视听效果、艺术手法等方面。

故事情节的创新是古代神话改编影视作品的核心之一。影视作品既要忠于原著，又要重塑故事情节，赋予其现代意义。例如《西游记》《封神演义》等都是经典的神话题材，而众多影视作品也在这些经典题材的基础上进行创新性改编，使其更加符合当代观众的审美需求。[①]

影视表述技巧的创新也是古代神话改编影视作品的创新之一。现代科技的不断发展，为影视作品的表现手法提供了更加广阔的空间。例如，利用电脑技术制作的特效，在古代神话中塑造了不少神话造型，让观众感觉神话触手可及。同时，在人物刻画和情感体现上也有了很大的突破。电影、电视剧、网络短视频等不同形式的影视作品，

---

① 刘晓希：《中国神话题材电影的原型批评》，《艺术百家》2020年第5期。

也为古代神话的表述方式提供了多样化的选择和呈现。

艺术手法与艺术手段的创新是古代神话改编影视作品的重要表现形式。通过音乐、摄影、美术等多种艺术手段对古代神话进行创新，不论是可爱的神仙、威武的神明还是神话中天地奇观的表现手法，影视作品都展示出了丰富多彩的艺术魅力。[1]

古代神话改编影视作品的创新对于传承中国神话文化、激发人们对文化的热爱、促进文化交流等方面均有积极的作用。通过不断的创新，古代神话改编影视作品能够更好地满足现代观众的需求，同时也有助于传承和弘扬中国的神话文化。

在保证创新性的同时，神话类影视改编作品也要思考质量和真实性的问题。在神话传承方面，影视作品的创作应该尊重历史和文化的真实性，切忌草率妄为。在《西游记》的改编过程中，很多作品都对原著进行了大幅度篡改，改动造成了西游故事剧情的混乱。而获得市场成功的《大话西游》等作品，虽然改动的幅度更大，但仍旧保持了故事情节的连贯性，该类作品的成功更多归功于导演对影视表达技巧的充分利用和对文化的深刻理解。[2]

结语

中国古代神话改编影视作品的历史源远流长，从早期的话剧、戏曲到现代的电影、电视剧，都有丰富多彩的改编作品。通过对这些作品进行研究，我们不难发现，这些古代神话改编作品推动了影视产业

---

[1] 李曼茜：《基于中国古代神话传说的动画创作研究》，郑州轻工业大学硕士学位论文 2021 年。

[2] 李艳梅、白雪晖：《中国古代神话与古希腊神话比较研究》，《内蒙古民族大学学报》（社会科学版）2001 年第 4 期。

的发展，同时也反映出了当时社会人们的审美需求和文化氛围。①

　　未来的古代神话改编影视作品须更加注重文化价值的传承，通过展现精彩的文化内涵，更好地宣传中国特色文化。这不仅可以增强观众的文化自信，也可以促进中国文化在国际上的传播。同时要更加注重人性和情感的表现，通过剖析人物内心世界和情感矛盾，更好地引发观众的情感共鸣。这不仅可以提高作品的艺术价值，也可以让观众更深入地了解古代神话文化。更加注重创新和差异化，通过新颖的情节、特效和表现手法等方面的创新来提高作品的可看性和观赏性。这不仅可以增强作品的市场竞争力，也可以为古代神话文化注入新的活力。

（王宇坤）

---

① 吴秉勋：《中国古代神话改编儿童广播剧的必要性》，《今传媒》（学术版）2019 年第 10 期。

第十五章 中国古代历史题材改编电影类型研究

中国是一个具有五千年历史的文明古国，国人的历史观念极深。国家与国人的双重因素使得中国古代历史题材改编电影一直方兴未艾，中国古代历史题材改编电影总体有三大改编类型。第一类为忠实历史的"移植式"改编，是忠实于古代历史文艺作品、历史史书、历史史实的电影改编。第二类为改动历史的"注释式"改编，是一种改动古代历史情节、历史人物关系以及历史人物行为的电影改编。第三类为重构历史的"近似式"改编，是一种借用历史人物、历史故事、历史背景的电影改编。厘清中国古代历史题材改编电影的改编类型，有利于从错综复杂的中国古代历史题材改编电影中管窥其发展样态，为中国古代历史题材电影的改编提供理论上的指引和方法上的参照。

第一节 中国历史题材改编电影概述

中国古代历史题材改编电影是指由古代的历史史实、史书、文学艺术作品或历史人物等具有真实历史记载的事件改编而来的电影。从历史时间范围来说，主要包括以夏王朝建立为标志的奴隶社会阶段和春秋战国时期形成的封建社会阶段，也就是夏朝至清朝灭亡的历史。从历史艺术表现来说，所表现的历史事件或历史人物，一定是历史上真实存在过的，是在具体的历史背景下所演绎的，不能是完全架空的历史背景与历史人物，更不是上古的神话故事。概括言之，中国古代历史题材改编电影必须是由历史当中具有真实记载或真实原型的人物、事件等改编而来，一些神话鬼怪的故事，如由《聊斋志异》《西游记》《水浒传》《红楼梦》等改编而来的电影不包含在内。尽管这些古代小说当中还是有一些历史原型人物的，但演绎和虚构的成分太过浓厚与历史追求真实的本性不符。

从 1913 年由黎民伟执导，改编自传统戏剧曲目《蝴蝶梦》中扇坟片段的电影《庄子试妻》开始，中国古代历史题材改编电影便源源不断地涌现出来，代表影片有《美人计》《林则徐》《杨贵妃》《秦颂》《荆轲刺秦王》《满江红》等。中国古代历史题材改编电影塑造了一个又一个典型的历史人物形象，讲述着一件又一件生动的历史事迹，从不同的文化视野、历史语境、创作技术等角度描绘着历史的每个侧面，构筑着多维的历史观念。

就电影改编理论而言，国内外的改编理论主要围绕"改编的合法性""能否改编""是否忠实于原著""改编的具体方法"等问题展开，而"是否忠实于原著"是改编的核心问题，讨论最为广泛。针对该问题，贝拉·巴拉兹与乔治·布鲁斯东给出了"自由式的改编"答案，安德烈·巴赞和我国学者夏衍则给出了"忠实于原著"的方法以求解开改编的疑窦。杰·瓦格纳按照忠实原著的程度，将改编分为三种，即移植式、注释式和近似式。中国古代历史题材改编电影可按照对作为源文本的历史史实的忠实程度来划分其改编类型，以厘清历史题材改编电影的改编类型。

第二节　忠实历史的"移植式"改编

杰·瓦格纳的"移植式"改编实际上是一种"忠于原著的改编"，

即"直接在银幕上再现一部小说，其中极少明显的改动"。[①] 但其视"移植式"改编为令人不能满意的方法，因为移植式改编是将一种艺术形式的内容直接转换到另一种艺术形式上进行改编，艺术形式之间的媒介差异是改编者必须考虑的因素之一。当然，瓦格纳对"移植式改编"的看法来自文学作品改编影视作品的实践，但对于历史题材的改编电影来讲，由于其改编的源文本不仅包含了历史中的文学作品，还有史书上所记载的历史史实，这些历史史实在诡谲多变的历史时空中本身就具有很强的曲折性和偶然性，以"移植式"的改编方法，对历史史实进行忠实地还原性改编，亦涌现出了一些优秀的改编电影。忠实历史的"移植式"改编，根据源文本的类型可以分三类。

第一类为忠实于古代艺术作品的改编。一部分中国古代历史题材改编电影并非直接改编自史书或历史史实，而是由文学小说、戏剧作品、人物自传等改编而来，可以被视为一种"二次改编"。改编自历史小说《三国演义》的《刘关张人破黄巾》(1927)，改编自白居易叙事诗《长恨歌》的《杨贵妃》(1962)，改编自同名传奇的电影《桃花扇》(1963)，改编自溥仪自传《我的前半生》的《末代皇帝》(1987)等都是此类改编。而改编的这些艺术作品大多为古人根据自己所处历史时期或者更早历史时期的历史记载或人物进行写作编排，大多数艺术作品能够流传千古，足以证明其经典性与艺术生命力。改编经典的艺术作品是电影改编的不二之选，但是改编难度也会相应增大，因为观众总会将改编而成的电影与这些经典的艺术作品相比较，这是改编本不可逃避的"宿命"，只有能极大满足观众对于经典艺术作品改编

---

① ［美］杰·瓦格纳：《改编的三种方式》，陈梅译，《世界电影》1982 年第 I 期。

"期待视野"的电影才不算失败。总体来说，这些改编电影基本忠实于原作，并很好地保留了原作的艺术风格和精神价值。其中《末代皇帝》是唯一一部在紫禁城这一真实的历史事件发生地拍摄的，对历史场景的还原度极高，并且人物造型也非常考究，拍摄技巧高超，人物表演出色，只是对其原本的叙事结构进行了更改。这部电影高度还原了溥仪大起大落、曲折离奇的人生变故，"将他从一个政治傀儡到被改造后的普通公民的传奇一生进行了一次充满同情式的回顾"，① 最终取得了奖项与口碑的双丰收。

第二类为忠实于古代历史史书的改编。这一类电影根据史料记载进行改编，一般选择史书当中具有较强故事性与情节性的历史事件进行改编，这样的选择比较符合改编规律。由《三国志》改编的《美人计》(1927)、《史记》中对孔子的记载改编的《孔夫子》(1940)、《史记·赵世家》和《史记·韩世家》改编的《赵氏孤儿》(2010)、《大唐西域记》改编的《大唐玄奘记》(2016) 等都属于此类。这些改编电影以史书的记载为蓝本，力求将史书记载还原成影像，电影当中的人物和故事均是历史真实存在过的，对部分人物关系和事件细节进行微小的改动则是为满足电影的情节需要。一般来说，此类改编电影的历史场景、历史人物、历史事件的还原度都比较高，但容易出现只追求历史真实而忽略深层的主题表达的弊病。如《赵氏孤儿》的改编，"历史上'文本化'(textualization)的'赵氏孤儿'从来就不是关于'孤儿'的传奇，而是关于'义士'如何救孤的传奇"。②《史记·赵

---

① 庞海音、曹炳喆：《从〈我的前半生〉到〈末代皇帝〉：跨媒介叙事得失之辨》，《电影评介》2021 年第 11 期。

② 于忠民：《当改编沦为解构——对电影〈赵氏孤儿〉改写程婴的质疑》，《当代电影》2014 年第 9 期。

世家》中记载程婴是赵盾的好友，为救好友赵朔遗孤而承担起扶持孤儿的重任，主要彰显侠义传奇的主题。但电影《赵氏孤儿》因对程婴角色的改动变成了一个隐忍复仇的故事。其主题的豹变消解了历史史实所传达的精神，注定是一次失败的改编。

第三类为忠实于古代历史史实的改编。此类电影一般选择大众熟知的历史人物与历史事迹。由林则徐虎门销烟历史事迹改编的《林则徐》(1959)、历史人物武则天事迹改编的《武则天》(1963)、郑成功收复台湾历史事迹改编的《英雄郑成功》(1963)、清末民初朝代更迭改编的《大明劫》(2013)、戚继光抗倭历史事迹改编的《荡寇风云》(2017) 等都是根据真实的历史人物与真实的历史事迹改编而来。《林则徐》《武则天》《英雄郑成功》等表现古代历史的影片从各方面来说都达到了忠实于历史史实的程度。"《林则徐》(1959) 根据林则徐'虎门销烟'的重大历史事件改编而成，该片通过刻画林则徐的个人形象，看似演绎林则徐的果断杀伐和一身正气，实则是把他个人置于民族化的叙事语境之中，向电影观众展现一种强烈的爱国主义精神和民族大义"。①

从改编结果来看，中国古代历史题材改编电影的忠实历史的"移植式"改编类型是非常成功的。实际上，忠实于历史是对历史严肃性的一种尊重，尤其中国人的历史观念极其深厚，对待古代历史题材改编电影对历史的态度更是极其关注的。同时，中国的古代历史往往都具有经典性，忠实于历史的"移植式"改编可以保证原文本经典性的延续，从而达到还原历史的目的。况且中国的古代历史所具有的传奇

---

① 杜忠锋、王文武：《"十七年"古装历史题材电影的美学建构》，《民族艺术研究》2020 年第 6 期。

性、偶然性以及曲折性造就了源文本自身的情节性与故事化，在改编过程中太大的改动反而会消弭历史的种种特性，产生对原历史文本意义的游离。

第三节　改动历史的"注释式"改编

"注释式"改编可以看作对原著进行一定的改动，或是对原著增加新的注释以改变其意义。"'注释式'即对原作某些方面有所改动，也可以称为改编重点或者重新结构。"① 杰·瓦格纳认为"注释式"的改编方式有成功改编的案例也有亵渎原作的失败案例，对于中国古代历史类改编电影来说，影片所做的改动须是在理解历史精神和历史意义的基础上的改编，而不能出于其他的目的随意改动。而此类改编电影的一个主要特征是基本符合历史史实，保留了主要历史人物和事件走向，有一个历史的基本框架存在。但在遵照大的历史背景、历史人物与历史事件的基础之上，很多改编者对历史之中的某些重点进行了改动和重新结构，可以看作对历史史实的一个注解，改编者根据当下的社会环境和观众需求进行改动使原本的历史史实出现新的表现与新的含义，这是中国古代历史题材改编电影一个常见的做法，但是这些改动有些是合理的和优秀的，有些却成为败笔。

采取"注释式"改编策略的古代历史类电影在改编过程中，改动历史的方式基本可以从情节、人物和台词等三个重点方面来进行，改编类型具体可划分为三类。

第一类为改动历史情节。此种改编是指在保证历史背景、历史人

---

① 周仲谋：《消费文化语境下的中国电影改编》，中国社会科学出版社 2015年版，第 14 页。

物与历史事件等大方向真实的前提下，加入一部分虚构性的情节。改编自南北朝民歌《木兰诗》的1927年版《木兰从军》和1939年版《木兰从军》，以及改编自历史史实的《西楚霸王》(1994)均在历史情节上做出了较大的改动。南北朝的《木兰诗》讲述的是木兰女扮男装，代父从军，征战沙场，凯旋受封，辞官还家的故事。所要表达的是巾帼不让须眉，保家卫国的主题。但1927年版的电影《木兰从军》以及1939年版的《木兰从军》在原历史细节中构筑了木兰的爱情故事。其中1927年版的《木兰从军》以花木兰和韩士祺的婚约受战争影响而被搁置为开端，之后两人共赴沙场，身在同一军营却不得相识，等战争胜利后，韩士祺才认出了木兰，将重点落在了《木兰诗》中"安能辨我是雌雄"的叙述上。而1939年版《木兰从军》是"孤岛"时期的产物，其增添了花木兰与刘元度并肩作战，两人互生情愫，战争胜利返乡后花木兰的父母将其许配给了刘元度的情节，以有情人终得眷属而结局。"由于'孤岛'电影所处的特殊历史语境，它又显出与早期商业电影不同的品格。'孤岛'时期的电影创作人员不仅要面临严峻的市场压力，还掺杂着险恶的政治环境、严格的电影检查制度以及昌盛的商人投机心理等诸多因素"[1]电影《西楚霸王》重点并未表现刘邦与项羽之间的战争，而是集中体现吕雉与虞姬的"宫斗"，俨然已经成为一部"楚汉宫斗"的电影。三部改编电影与改编源文本的历史人物和历史事件的整体走向基本一致，但在其中编织了源文本不存在或者不是重点叙事的情节，几部改编电影达成了一种合谋，不约而同地增加了历史女性角色的戏份，重点表现男女爱情、男

---

① 段运冬:《〈木兰从军〉：隐喻与想象交融的影像坐标》,《当代电影》2005年第3期。

女恩怨纠葛，抑或重点表现女性历史人物之间的争斗，实现了历史情节的改动。这样的改编并不难理解，所改动的情节均是为了增加电影的娱乐性，最终实现商业利益上的回报。但是将历史的重点进行情节上的改动，容易使历史的叙事重心发生偏移，造成历史故事与改编电影故事主题之间的间隔和疏离。

第二类为改动历史人物关系的改编。这种改编基本是在真实的历史事件的基础上虚构了一些历史人物形成新的历史人物关系，或者说重新结构了历史事件中的主要人物关系，在人物方面作了较大的改编。由《史记》《战国策》中高渐离刺杀秦王事件改编的电影《秦颂》（1996），由蒙古历史史实改编的《一代天骄成吉思汗》（1998），改编自《三国演义》的《赤壁》（2008）与《关云长》（2011），1998 年迪士尼卡通经典作品《花木兰》改编的电影《花木兰》（2020）等都对其中的主要历史人物作了部分虚构性的改动。《史记》《战国策》中记载的高渐离刺杀秦王的历史故事，其主要人物关系是秦始皇和高渐离，但在改编的电影《秦颂》中却加入了虚构人物秦始皇的女儿栎阳公主，而主要的人物关系改变为秦始皇、栎阳和高渐离，最终高渐离刺杀秦始皇的很大一部分原因变成了其与栎阳公主的感情纠葛。虽然故事的结局与历史史实基本一致，但造成历史结局的原因已相去甚远。"新历史主义认为，对于当代人来说，他们根本无法接触到真实的、具有连贯性的历史，即使是正史中的文字记载，依然有大量虚构话语以及人为对真相的遴选和抹杀。"① 因此，这类改编电影保留了主要的历史事件，有真实历史的轮廓。但构成真实历史事件的主要人物却发生了变化，人物关系重新结构，最终致使历史事件结果的成因与

---

① 谷小溪：《〈秦颂〉与新历史主义》，《电影文学》2017 年第 20 期。

真实的历史原因有了较大出入。而电影《花木兰》在人物关系上的改编却值得被肯定。迪士尼1998年同名动画片中的男主角李翔是木兰的上级，而真人版则将李翔的人物形象分散到甄子丹饰演的董将军与安柚鑫饰演的陈洪辉身上，董将军承担着木兰师傅的角色，而陈洪辉则变成木兰的恋爱对象。这样的处理是因为片方认为，当时的历史背景与中国的文化语境之下，设置木兰与师傅谈恋爱是非常不妥的。该电影将动画片中木兰与李翔的主要人物关系重新结构至木兰与董将军、陈洪辉之间。只针对人物关系的改编来说，此次片方的改编是一次符合文化语境的改编。

第三类为改动历史人物行为的改编。一般是指改动历史人物的神态、语言、动作等。电影《武则天》和《荆轲刺秦王》(1998) 在历史人物的行为上做了非常大胆的改动。1939年版的电影《武则天》虽然真实地表现了武则天一生的几个重要事件，基本符合历史史实和历史的整体走向，但人物的表演所呈现的行为完全不符合真实历史人物的身份，缺乏历史逻辑。最为人诟病的是其人物对话，台词过于通俗化和口语化，加之演员的浮夸表演以及布景的虚假，导致演员饰演的历史人物行为与真实历史人物应有的行为大相径庭。电影《荆轲刺秦王》与《武则天》相比，虽然在历史场景的打造、服饰妆容的设计等方面符合历史史实和历史逻辑，但导演在历史人物行为的改编上却犯了同样的错误。尤其在荆轲献上燕国地图刺杀秦王的部分，张丰毅饰演的荆轲从动作、言语、表情均极其浮夸、戏谑，有制造"历史奇观"的嫌疑，也导致这一段表演俨然成为一个喜剧段落，极大地削弱了刺杀秦王时的紧张、惊险。其次，导演周晓文选择由演员李雪健饰演秦王政，这与观众认知和一般历史经验中的秦始皇形象完全不符，虽然导演这样选角是为了塑造一个"另类"的秦始皇，但李雪健所饰演的秦王政足够阴险狠毒和好大喜功，要兼顾霸气却非常困难，这也导致了观众对于该电影中秦王形象的不满。总体来说，该电影未能很好地体现荆轲刺秦王的历史核心文化精神，"历史的核心文化精神其实就是历史'生活的原型'的本质表现，也是历史题材电影的活的灵魂"。[①] 尽管完全还原历史人物的行为几乎是不可能的，但历史人物的行为要符合历史逻辑，使观众信服这些行为是真实历史人物应有的行为。过于夸张地对历史人物的改动会使得演员的整体表演不符合真实的历史逻辑和一般观众的历史观念。进一步来说，也就是这类经改动的历史人物行为缺乏历史依据和历史考究，这会极大地影响历史题材电影的艺术质量。

改动历史的"注释式"改编作为中国古代历史题材改编电影的一个重要改编类型，这种改编对历史的某些重点重新结构将源文本的历史故事重新用电影媒介呈现。为了符合电影媒介的视听特征，改动原历史文本中的历史情节、人物关系、人物行为是不可避免的，需要改编者根据社会语境、文化语境与艺术创作等因素来进行考虑，可以视为电影呈现历史的一次升华或者再创新。但历史人物行为的改动要慎之又慎，一旦历史人物的行为超出历史背景，历史题材电影所表现的历史真实将大打折扣，容易使观众出戏和造成"不知所云"之感。

第四节　重构历史的"近似式"改编

杰·瓦格纳的近似式改编可以被看作自由式改编。"'近似式'改编与原作有相当大的距离，以至于构成了另外一部作品。"[②] 这种改编

---

① 魏红星：《历史题材电影应准确体现历史的核心文化精神——以战国历史题材电影〈荆轲刺秦王〉为例》，《电影评介》2017 年第 8 期。
② 周仲谋：《消费文化语境下的中国电影改编》，中国社会科学出版社 2015 年版，第 14 页。

是指把文学作品仅仅当作素材来用，从而构筑一个全新的电影故事。历史类改编电影是将历史史实、历史人物等作为素材来进行改编，改编者为了实现改编本所要表达的主题或出于艺术创作的考虑，很可能跳出真实的历史事件，而是将历史史实当作创作的一个素材进行重构，形成与历史史实完全不同的全新故事以适应电影的表现方式。此类古代历史题材改编电影往往只有一个大的历史背景，所表现的历史故事和历史人物甚至是历史上根本不存在的，这种改编方式的改编空间更大，比起遵照史实的改编拥有极大的艺术创作空间，可以为历史注入很多的想象。一般可以借用一些历史当中存在的人物或者事件虚构一些故事来完成改编。进一步来看这种改编只是借用了历史上为大众熟知的人物或典故以保证改编电影的观众基础，实现商业上的获益。因此，这种重构历史的"近似式"改编类型的中国古代历史题材改编电影大多有娱乐化甚至过度娱乐化的倾向。

重构历史的"近似式"改编类型的主要特征是借用。借用历史当中的人物、事件、艺术作品充当素材，进而重构一个全新的故事。从借用的特质出发可以分为以下三种类型。

第一类为借用历史人物的改编。借用历史人物的改编是指电影中的主要历史人物是真实存在的，但历史人物发生的故事、历史背景等完全来自虚构。由《蝴蝶梦》扇坟片段改编的《庄子试妻》(1913)，由冯梦龙《警世通言》改编的《唐伯虎点秋香》，由《三国演义》改编的《见龙卸甲》(2008)，由历史史实改编的电影《忠烈杨家将》(2014)，由日本魔幻系列小说《沙门空海之大唐鬼宴》改编的《妖猫传》(2017)等都是借用历史人物的一种改编。其中最值得玩味的是电影《庄子试妻》，该电影只是借用了庄子这一历史人物，其他都是一种全新的构造。《庄子试妻》是一种尝试性的改编，影片改编自传统戏曲剧目《蝴蝶梦》中的扇坟片段，实际上是一种二次改编。越剧《蝴蝶梦》本身已经具有一定的传奇性，所表现的故事并非筑基于史实。经由其改编的电影《庄子试妻》不仅延续了戏曲的传奇性还延续了戏曲的风格，这与当时电影创作的影戏观是密不可分的。但该电影夸张的是，电影人物的服化道都是民国初年的特征，将古代的传奇故事嫁接到现代的故事发生世界，这严重背离了历史的基本规律，因此《庄子试妻》的改编不算成功。但该电影作为第一部古代历史题材改编电影，在特技的使用上具有一定的开创意义。此种改编类型的历史题材电影不约而同地借用了如庄子、唐伯虎、赵云、白居易、杨业等被广大观众熟知的历史人物，再结合历史人物的事迹重构一个新的历史故事，以表现导演想要表现的主题。如电影《忠烈杨家将》所构想的杨家七郎战死疆场的故事是为了表现杨家将的忠烈和誓死保家卫国的精神。而改编电影《唐伯虎点秋香》则完全是一种解构历史的做法，一种后现代的改编方式，以戏仿、搞笑、无厘头等方式完成电影的改编。

第二类为借用历史故事的改编。是指改编电影中的故事是以真实的历史背景和历史故事为蓝本的，但故事中的主要历史人物则是虚构而来的。由杨业抗辽的故事改编的《杨家将》(1984)，由清朝刺马案改编的《投名状》(2007)等都是以历史上真实存在的故事和真实的历史背景改编为基础，再进行人物上的虚构改编而来。从电影《杨家将》的改编来看，历史上并没有真正的杨家七子，只有杨业抗辽的历史故事，但电影《杨家将》主要想表现保家卫国与忠烈抗敌的主题，因此虚构了杨业的七个儿子，以及他们相继战死的故事。电影为了深化这一主题，还设置了杨家将的对立方，即潘仁美陷害杨家将的

212

"视说新语"：
影视改编理论与实践

情节，但真实的历史中潘仁美是杨业的上级，其撤军是迫不得已或者说历史的偶然，并非其故意陷害杨家将。电影《投名状》改编自清朝的刺马案，讲述的是张汶祥刺杀两江总督马新贻的案件，此案疑点重重，立马被改编成文戏上演。而《投名状》并没有把叙事重点放在案件的揭秘或案发的过程上，只是以刺马案为蓝本虚构了庞青云、赵二虎、姜午阳三兄弟的爱恨情仇。该电影虽然巨星云集，评价却与其巨星阵容是不相匹配的。"历史题材电影与国家的文明文化紧密相关，对于中华民族的价值理念，意识形态有着无可替代的昭示及传承作用。"[1] 借用历史故事的改编虽然以真实的历史故事为蓝本，但其虚构的人物还是脱离了真实历史人物的本性，所表现的故事容易发生偏移，导致改编本整体的叙事发生巨大转变，所昭示的民族价值理念与意识形态可能走向另一个纬度。

第三类为借用历史背景的改编。是指改编电影只表现真实的历史时期，也就是历史背景，其中所表现的历史人物或历史事件大都来自虚构。由森秀树漫画《墨攻》改编的电影《墨攻》(2006)，《三国志》《后汉书》及曹植诗作改编的《铜雀台赋》(2012)，《满江红·怒发冲冠》改编的《满江红》(2023) 等电影都只有一个具体的历史背景，但历史背景下的历史人物与历史故事则部分或全部来自虚构。这些改编电影当中的历史人物，如革离、灵雎、霍安、张大等在历史当中并没有原型，而由他们所生发出的历史故事也是没有具体原型的，只有一些能够映射的历史事件而已。借用历史背景的改编，改编空间更为广阔，改编者只需要考虑表现的主题和如何吸引观众即可，此类改编

---

① 张蕾：《中国历史题材电影的人文意识》，《电影文学》2018 年第 19 期。

完全可以抛开历史逻辑。2023年春节档上映的电影《满江红》改编自岳飞的词作《满江红》，主要人物只有秦桧是历史上真实存在的，而电影所要表达的主题是保家卫国，并且定位为一个悬疑推理类型的电影。因此，电影围绕岳飞所遗留的《满江红》设计了诸多反转情节，以表现悬疑感、刺激感，并且电影最后的万人传诵《满江红》的恢宏场面更是赚足了观众的眼泪。但如果细究起来，这种保家卫国的母体缺乏史实的支撑，以一个悬疑的故事为载体去表现仍然缺乏说服力，这也是这部电影被观众诟病的一个原因。

重构历史的"近似式"改编是一种完全创新的电影改编，是将历史作为素材而进行的二次创作。这类改编通常解构真实的历史并重新结构出新的历史，来完成创作者的主题表达，不乏一些优秀改编电影，但也充斥着"烂片"。而对历史采取借用其某一部分的方式是重构历史的一种方式，但在虚构时还是要忠实历史文本精神的显现，不能以制造新奇的历史或者戏仿历史来取胜，还是要符合历史的内在逻辑。这样的历史改编才显得恰切。

结语

中国古代历史题材改编电影纷繁驳杂，从结果和过程来看，每一个改编类型之下的中国古代历史题材改编电影均有优秀之作和失败之作，但尊重历史和符合历史逻辑却是改编成功的恒久基础。因此，中国古代历史题材改编电影想要改编出经典作品，需要以忠实历史为基础，历史人物的行为和历史场景的设置都要尽量还原历史，改编文本须符合历史逻辑，"应在理清史实的基础上，由点及面，逐步贯通，使用多种艺术表达手法，结合时代特征，以人民群众的需求为本，立足国家与社会的根基，将历史故事、英雄事迹、人性意识与价值展现出来，在继承与发展的过程中，趋于平衡，大放异彩"。[①] 只有在理解历史文本的精神之后作出历史故事、历史人物以及其他方面的合理改动，才能改编出优秀的历史题材电影作品。

（金新辉）

---

① 段志燕：《中国历史题材电影的发展历程与价值体现》，《电影文学》2022 年第 6 期。

第十六章　新世纪中国古典文学影视改编研究

　　中国古典文学深厚的人文精神能够串联起过去、现在与未来，是中国最为宝贵的文化遗产之一。进入新世纪，中国影视创作进入了新的变局，从生产技术、生产环境、产业观念、制作模式、消费环境等方面都发生了翻天覆地的变化。[①] 中国电影工业濒临年票房不足 5 亿元，且好莱坞电影的进口数量进一步扩大其困局，由此引发了中国电影产业的进一步变革，2001 年 12 月 25 日，广播电影电视总局颁布了修改后的《电影管理条例》并于 2002 年 2 月 1 日正式施行，该条例降低了行业的准入门槛，允许国有电影制片单位以外的人员与机构从事电影摄影业务，中国电影在短时间内突破性地开拓了新的市场，但也在创作中表现出了对于"改编"的依赖。但不同于原创性不足，这个时期的创作更多地转向从经典文学与民间传说、话本当中取材，对于文学文本的传播也有积极的推动意义，这样一种双向共赢也再次证实了古典文学改编之于影视创作的重要性。

第一节　中国古典文学影视改编观念的递进

　　2002 年《英雄》与 2005 年《情癫大圣》在票房上初露峥嵘。《英雄》采用的是主题先行的叙事视角，将"荆轲刺秦"的故事通过三个说书者的故事重新建构，呈现出一个多视角下具有侠义精神而舍生取

---

　　① 　万传法：《改编与中国电影》，中国电影出版社 2020 年版，第 116 页。

义的英雄刺客。而《情癫大圣》则是好莱坞文化工业推动古典文学融合现代主义古今杂糅的后现代主义解构之作，导演刘镇伟将《西游记》的骨架抛于脑后，跳脱出原著故事表达了爱与生活的主题。两部作品没有产生现象级讨论，但一定程度上提升了中国古典题材在影视创作中的关注度。

2008 年伊始，国产影片的市场占有率大幅提高，多部国产电影票房井喷，发行网络不断完善，体现了电影产业的市场潜力，也彰显了产业化发展带来的巨大生机活力。中国古典文学改编电影进入了新的纪元，每年均有高票房与口碑的相关电影出现，预示着中国古典文学电影改编的新时代来临。

首先，观念从"忠于原著"转变为"创新改编"。过去，古典文学影视改编往往要求忠于原著，尽可能地还原原著的情节和人物形象。但是，随着观众的需求和审美的变化，现在的改编更加注重创新和个性化，不再拘泥于原著，而是更加注重创造性的发挥。有作者认为，21 世纪以来，文学改编电影的方式有如下三种：①翻译式改编，即基本忠实于原著的改编，部分影片在改编时可以做到几乎不改变原著的叙事顺序，编导者几乎完全忠实于原著中的人物、情感、故事的发展顺序。②框架式改编，保证整体框架与原著基本吻合，细节上稍作改动。③自由式改编，电影创作者可以在原著文本的基础上大胆改动，甚至仅保留原型人物角色。[①] 激进式改编允许创作者以个人视角对题材进行完全主观化的修改，它更像是"自由式"改编的"升华"表现，更加强调对于原有主题的颠覆与重述，对于古典名著作影视化

---

① 郑敬婉：《新世纪以来中国文学改编电影现象研究》，南京师范大学硕士学位论文 2013 年。

处理时，过于忠实于原著则会与当代眼光相左，颠覆性的变革可以在顺应故事框架的基础上，契合当代观众的审美意趣与时代精神。自由式改编是21世纪以来的主要改编趋势，也一定程度上象征着精英文化与大众文化的融合。《大话西游之大圣娶亲》打破了文学改编影视恪守传统观念的桎梏，将原作《西游记》的框架完全重构，补充了孙悟空的爱情故事，将电影的基调由单纯的奇幻电影转向了爱情喜剧类型。两极分化的评论将这部作品置于风口浪尖，大众质疑颠覆性的改编脱离原著，破坏文本经典性，是对于文学的解构与亵渎。但影片也获得了青年群体的心理认同：以一种独立、反主流的态度调侃经典，挑战权威。

其次，从"文化传承"转变为"商业化运作"。过去，古典文学影视改编往往是为了传承和弘扬中华文化，是一种文化使命。当下的改编更加注重商业化运作，追求更高的收益和更广的市场，在制作更为精美的同时也导致了改编作品的质量参差不齐。进入21世纪后，最有影响力的大众文化在国家主流文化与精英文化的冲突与对峙中寻求共融共生，这个时期电视剧市场化、产业化的程度越来越高，大众文化、主流文化、精英文化三者试图找到一条共谋之路，以期在获得广泛社会接受的同时也实现经济效益的最大化。《西游记》作为中国四大名著之一，其承载的文化内核与民族记忆对观众有着历久弥新的吸引力。自20世纪20年代以来，中国电视剧和电影一直在不断地改编《西游记》。其中最著名的版本是1986年由央视制作的电视剧《西游记》。此后，许多电视剧和电影都在不遗余力地改编这部小说，但在形式上逐渐呈现出奇观影像的狂欢色彩。2013年《西游降魔篇》颠覆了传统的故事结构，将玄奘作为降魔主角，而孙悟空则成为与佛法对抗的妖王形象。2017年的电影《西游伏妖篇》聚焦孙悟空践行佛法化解妖性的过程，2018年的电影《西游记之女儿国》则是大胆地对唐僧未定的凡心进行创新演绎，等等。"西游"系列的影片产量过多使得观众产生审美疲劳，魔幻改编固然丰富了视听享受，却丧失了文化表征。民族文化会随着不同的时代被赋予不同的文化内涵和价值意义。但在新世纪商业文化的话语空间中，对社会现实相关的现象进行理性思考才更有利于受众进行深层的精神思索。

最后，观念从"精英化"转变为"大众化"。大众文化是在工业、技术进步所形成的大众传播媒介的作用下产生的。同质化、普泛化、标准化是其本质特征，消费主体多为普通民众，以消遣、娱乐为主要功能，体现出强烈的世俗性和商业性。经典作品往往具有极高的代表性和权威性，体现出一个时代的原则和标准。古典文学存在广泛的受众基础，因此古典文学的影视化更能激发观众的期待，这是中国古典文学题材影视化的先天优势。过去，古典文学影视改编往往是文艺复兴的一种表现形式，是为了满足一部分文艺爱好者的需求。而当前的改编更加注重大众化，追求更广泛的受众和更高的收视率，这也导致了一些改编作品的文艺性不足。如：《画皮》的东方魔幻电影这一定位的表达。原著讲述王生邂逅佳丽，藏于密室，却发现佳人乃描画人皮的厉鬼，后发妻救夫的故事，警示贪淫好色之人，也忠告世间男子当珍惜贤妻。2008年陈嘉上所改编的版本除周迅饰演的狐妖有"画皮"情节外，其余故事已与原著无关。狐妖爱人而不得，谋害将军发妻，最终被爱感化牺牲自己千年道行的"爱情至上论"成为这部电影的核心要素。据统计，2018年中国电视剧改编自古典文学的数量达到了125部，而2000年仅有9部。这表明古典文学改编正逐渐向更广泛的受众群体推广。除此之外，新世纪以来，改编方式也发生了重大变化。传统的忠于原著改编方式逐渐被创意改编所取代。例如，随着移动互联网的发展，更多的人开始使用手机观看电影电视剧，自媒体平台和短视频也带来了新的内容制作和传播方式，这些都是推广中国古典文学改编的有力途径。这一转变主要体现在以下几个方面：①受众群体的扩大：过去，古典文学改编作品主要面向文学精英和文化知识分子，但现在随着社会文化水平的提高和文化消费的普及，古典文学改编作品已经逐渐被更广泛的群体所接受。②故事情节的简化：过去，古典文学改编作品往往保留原著的大量细节和情节，但现在改编作品往往更注重情节的精简和删减，以更符合现代观众的口味。③宣传手段的变化：过去，古典文学改编作品主要依靠书籍或戏剧的形式传播，但现在随着新媒体的兴起，改编作品的宣传手段也更加多样化，例如电影、电视剧、动画片、网剧等，这些更加直观的形式更容易吸引年轻人和普通观众。因此，可以说，当前中国古典文学改编作品已经加快了向大众化方向转变的步伐。

第二节　中国古典文学改编创作的困境

　　追求视听泛娱乐化而忽视叙事结构使得影视改编颠覆了作者原本的创作精神。近年来，随着特效拍摄技术的纯熟，多种类型影片为了向观众呈现一场精美绝伦的视听盛宴，也为了影片表现能够更加现代化，古典文学题材与视效相结合，产出了神话与奇幻等类型，对我国电影类型的完善及进军国际市场有着举足轻重的作用。例如改编自《封神传》的电影《封神传奇》（2016）借用商周的历史外壳，不再表达姜子牙与妲己的斗法以及截教阐教之间的博弈，而是将重点放在翼族人雷震子身上，他在姜子牙的指示下寻找对抗黑龙的光明之剑，展现正义战胜黑暗的主题。这类冒险养成的好莱坞英雄主义贴合大众审美，更为重要的是影片中对于审美艺术的高度追求。影片《封神传奇》中，有奢华的上古皇宫与帝国的庞大建筑群落，也有异域色彩浓郁的西岐都城；有凶悍善战的巨型黑豹，也有矫健威猛的绝地百足；有精灵一般飞舞的蝴蝶，也有遇水即成舟的十方舟……从建筑物的呈现到猛兽的出场，每一处神话类型影片的必备场景都精心设计，与鲜明的人物形象交相辉映，在视觉上营造富有层次的明亮氛围。[①] 妲己的造型设计更是突出早期神话史诗片的奢华复古气质，"东方美杜莎"的形象深入人心。狐尾的设计如同食人蛇一般可怕的金属感怪物，糅合了金属感和机械感之余，打造出强烈的混搭意味。而雷震子的设定如同好莱坞大片《X战警》里拥有强大异能的变种人，姜子牙的施法场面则充满了西方魔幻片《哈利·波特》的玄幻感，这样的设计能够使东西方人民都产生共鸣，对于进军国际市场大有裨益。但在叙事结构上，影片以《封神传》为外壳，除角色外，与原著毫无关系，甚至将雷震子更名为姬雷；太乙真人则变更为女性，更与姜子牙在过去有一段感情；两个小时时长却依旧未将故事表述完整，电影在出发屠龙处戛然而止，对于神仙的塑造也是矮化与戏说并存。在表现哪吒三人在龙宫斗法时，"屎尿"横流的场景令观众啼笑皆非。但放眼受到观众好评的电影，无论是《哪吒之魔童降世》（2019）中我命由我不由天的"魔丸"，抑或是《新神榜：哪吒重生》（2021）富有社会责任感的机车少年李云祥，都塑造了迎合了现代人的情感价值与同理心，能够使观众产生共鸣意义的人物形象。

影视改编的泛娱乐化致使叙事结构混乱以及人物形象的崩塌。注重娱乐效果导致文学性和艺术性的缺失，对于原著的传播也带来了负

---

① 赵娜：《神话类型影片的探索之路——兼谈〈西游记之孙悟空三打白骨精〉与〈封神传奇〉》，《电影评介》2016年第15期。

面影响。文学原著往往具有更加丰富的情感内核和深刻的思想表达，而影视改编则更加注重戏剧性和视觉效果。

激进型创新对于原著的解构以及精神内涵的隐没也是值得我们关注的。自新世纪以来，古典文学改编电影题材明显地集中于四大名著及《封神演义》《警世通言》《聊斋志异》《三侠五义》《济公全传》等。这种现象源于创作者对历史的重新解读和再现。中国古典文学作品往往具有浓厚的历史背景和文化内涵，它们的改编需要考虑历史真实性问题。但是在实际改编过程中，往往会出现历史事实错误、人物形象扭曲等问题，导致观众对历史的理解产生偏差。例如，以暴力美学著称的导演吴宇森的作品《赤壁》（2009）在配乐、场景塑造以及铠甲还原、战争场面等方面堪称划时代，极其考究。电影对原著文本进行颠覆性改编，关注区别于主流视角的东吴群像，再现这场历史性的战役。将天下分合的规律归结为曹操个人的欲望与野心，孙刘则立于和平正义的追逐中，影片基调从权谋转变为反战，淡化了战争历史的厚重感，也传达了导演对于战争的独特见解。该片推动了国内电影走向世界表达的尝试的同时，也不可否认，主题的转向致使广大三国爱好者将其批判为历史戏说。

影片以宏大的视觉场面再现了这场轰轰烈烈的赤壁大战，改写了赤壁大战前后的故事情节，但对历史人物的性格与动机进行娱乐化处理，有戏说历史之嫌。例如：电影多次渲染曹操对小乔美色的垂涎及残暴，戏说其南征的目的，歪曲了赤壁之战的意义；设计小乔"杯茶释乱世"代替黄盖单刀赴会拖延曹操大军，影片结尾曹操说道："我没想到输给了一场风，也没想到会败给了一杯茶"，矮化曹操出色政治家、军事家的形象；影片放弃原著中张飞长坂坡喝退曹兵的英勇表现，而代之以盾牌反光的情节来增强看点，等等。历史学家吴清源在其著作《三国志演义》中指出，三国时期的战争主要是为了争夺天下而展开的，每个势力都在为自己的利益而战，强调各势力之间的重要角力，以展示三国时期的复杂局面。此外，作者罗贯中在《三国演义》中也强调了势力之间的斗争，强调了兵戈的残酷性，以一种历史循环论或是宿命论的思想总结历史的兴衰规律。小说也相应地体现了中国传统文化的基本精神，即仁、义、礼、智、信、勇等中国传统文化价值体系中的核心因素，电影突出的反战主题在三国题材的改编作品中并不应当也不适合凸显。

　　而《山海经》《聊斋》等极具东方特色的故事也能制作出可以与好莱坞怪兽题材大片媲美的东方"妖"巨制。《捉妖记》取材自《聊斋》中的"宅妖篇"，讲述了一个人与妖如何共同生存的故事。电影中的妖都十分富有中国特色。2019 年《哪吒之魔童降世》成功问世，以 50.01 亿元票房成为当年票房榜排名第一名，成为中国首部破 50亿元票房的电影。这些影视改编同样源于集中改编的母题当中，却在一众电影中出类拔萃。以此可以看出，主题的同质化并非古典文学改编电影滥觞的根本原因。激进性创新探索的变化源于当今社会的不断发展和人们精神需求的多样化，这也使得古典文学需要不断变革以适应现代人的审美和情感需求。追求更加直观的表达方式以及借鉴现代文学的一些技巧，从而使古典文学更加贴近当代人的生活。在创新性吸收西方文化的同时，开始涉及当代社会和文化现象，以达到更好的叙事效果。这一变化不仅丰富了中国文学的内涵和形式，也使得中国古典文学的影视改编更能够适应当今社会的发展和人们的精神需求。

第三节　中国古典文学改编影视作品的创新途径

　　中国古典文学的影视改编需要在改编策略以及传播途径两个方面

进行创新，理由如下：首先，加强民族自信可以提高中国古典文学影视改编的自主创作力，使其更好地传达中国文化的独特价值观和审美观。其次，增进国际传播可以拓宽中国古典文学影视改编的市场空间，使其在国际舞台上发挥更大的影响力。

尊重经典及文化意蕴，侧重文化效益。中国传统文化承载着中华民族长久以来的精神追求，也代表了中国人民的行为与思维方式。影像时代，人们受到视觉文化的影响，古典文学在当代很难发挥出其自身的艺术光辉，而改编电影的出现促进了当代受众对于原著文本的鉴赏，有助于民族文化的弘扬与传承。在进行改编时，顺应时代对传统文化进行审视并结合新时代的新内涵进行延伸，从而提出新思想，才是真正践行对于传统文化的辩证吸收。如陈凯歌导演作品《赵氏孤儿》改编自元杂剧，在叙事结构上进行了"去英雄化"的处理，不同于纪君祥在元杂剧中借"复仇"表达"忠义"的主题，程凯歌在改编中更加注重人性的表达，程婴不再是无畏生死的"大义英雄"，也成了设法保全自我、有血有肉的普通人，而屠岸贾成为有温情的"反派"，与赵孤深厚的父子情让他想要结束这段仇恨，主旨的变更更加符合当代的价值观塑造，完成人性的张扬。但同时，影片也陷入了观众戏说历史的口诛笔伐，认为改编淡化了舍生取义的良好美德，但超越时空局限的改编所要达到的最终目标，即为现世受众带来与原作截然不同的情感思考，就这一点来说，《赵氏孤儿》的改编是极为成功的。

中国古典文学改编应当注重文化内涵和文化效益的输出。在改编古典文学作品时，注重文化内涵可以有效保留原著的文化精髓，而侧重文化效益的输出则可以使改版作品更好地服务于当代文化需求。改编中国古典文学作品应该符合文化环境的可持续性，才能更好地服务于现代社会的诉求。

加强民族文化自信，增进国际传播也是必要的。中国古典文学作为传统文化遗产，具有深厚的历史底蕴和文化内涵。如何将古典文学与当代影视艺术相结合，扩大其国际传播的影响力，已成为中国文化产业发展的重要议题之一。郑振铎在《文学的统一观》中提出，人类文学虽然存在地域性、民族性、时代性等差异，但基于普遍的人性，文学具有世界的统一性，这就是所谓的世界文学。这样的世界文学观反映了中国新文学渴望与域外文学建立广泛联结，实现内化于心、外化于行的思想融合，着力增强世界文化的东方维度。[①] 自中华人民共和国成立到 20 世纪 90 年代，在国际上获奖较多、影响较大的动画电影，有不少都是源自对古典文学作品的改编。因此，可以看出在当时，鲜明的民族特色与风格是在国际传播中获得广泛认同的原因。

《西游记之大圣归来》不仅在第 16 届中国电影华表奖大放异彩，在海外也有所斩获，2016 东京动画大奖竞赛单元中，该片获得了海外长篇动画优秀奖。在中国电影国际化发展进程中，不断搭建销售市场，并参与电影节展映。为了更顺利地进入国际市场，精心打造本片的英文版本，为影片请来与宫崎骏合作多年的奈德·洛特作为配音导演配制英文版对白，邀请在欧美市场认同度很高的功夫明星成龙为孙悟空配音，整个英文版后期都在美国完成。[②]

相较于原著小说《沙门空海之大唐鬼宴》，电影《妖猫传》对剧

---

① 　骆平：《古典题材小说影视改编中的传统文化叙事策略》，《现代传播（中国传媒大学学报）》2022 年第 5 期。
② 　田星：《"中国故事"的跨文化之旅：动画电影、"民族性"和古典文学改编》，《艺术百家》2018 年第 2 期。

情多有改动。影片搭建了属于中国人的大唐盛景，表象华美却又隐含盛唐的遗恨。以《长恨歌》背后的故事为主线，将唐玄宗与杨贵妃的爱情故事架空重构，揭露帝王的爱情与欺骗。作为一部具有奇幻色彩和诗词浪漫基调的类型电影，其融合了日本的妖怪文化，遵循着寻找真相、进行破案的线索和思路，一边揭示真相一边进行抒情①。电影于 2017 年 12 月 22 日圣诞元旦的黄金档期上映后，最终累计票房为5.3 亿元。但自 2018 年 2 月 24 日正式于日本上映后，累计超过 16 亿日元票房，观影人次超过 134 万，是近十年华语片在日本电影市场的票房新高。② 《妖猫传》作为奇观电影登上国际银幕，在精神表达上表现出一种突围之势，在努力脱离西方想象和构建的"他者"书写的同时，以中国文人的审美标杆来约束影片在文化表达与国际传播中的矛盾点，展现东方气质与跨文化认同。

当下，中国电影走向世界的进程正逐步加速。在日渐频繁的跨文化交流中，根据传统文学改编的影视作品表现出了强劲的海外传播效能。但因为文化圈层的不同，这种效能也展露出明显的差异性。譬如在日本、韩国、泰国、越南、马来西亚、菲律宾、新加坡等亚洲国家，因为儒学文化、佛教传统的同一性，我国那些根据古典文学改编的电影作品广受欢迎。③ 譬如中国古典"四大名著"，在这些地区很早就有文本流传，当相关的影视作品被引入的时候，其观众接受度就比异质文化的欧美地区要更高。如《西游记》融合了佛、道、儒等哲

---

① 姚倩倩：《史中觅诗：〈妖猫传〉跨文化传播与跨媒介审美》，《电影评介》2020 年第 20 期。
② 杨柳：《中日文化双向交流中的审美"失位"——以电影〈妖猫传〉中杨贵妃形象为例》，《传媒观察》2018 年第 10 期。
③ 田星：《"中国故事"的跨文化之旅：动画电影、"民族性"和古典文学改编》，《艺术百家》2018 年第 2 期。

学思想，内容庞杂，且故事中也涉及一些现实地域中的文化特色，既具备了中国本土色彩也充满了异域情调，价值观开放度和文化的包容性非常大。① 而古典文学作品的故事情节、人物形象、意境等方面具有丰富的创作资源，有着很高的适应性和可塑性。随着中国电影市场的快速发展，中国古典文学影视改编得到了越来越多的关注与投资，使得创作技术和制作水平不断提升。借助国家的政策扶持和外部市场的需求，中国古典文学影视改编逐渐走向国际市场，成为推动中国文化产业对外输出的重要方式。

结语

　　文学创作是文化传承的核心，而影视改编对文学创作具有推动作用。影视改编可以激发文学创作者的灵感，拓宽创作思路。同时，新世纪的影视改编在文学创作中也出现了一些问题，例如：在改编中忽略了原著的风格特点、文化内涵等，对原著的创作精神和意义产生了误解。在新世纪，影视改编成为文化传承的一种重要方式，电影、电视等媒介将中国古典文学传递给了更广泛的观众群体。但是，影视改编可能因受制于商业化和娱乐化而偏离原著的意义和价值，影响文化传承的效果。因此，中国古典文学影视改编更当注重以文化价值为导向，让古典文学与当代文化交融贯通，在新的媒介语境下让中华文化"活"起来。

（梁昕玥）

---

　　①　曾麟：《〈西游记〉海外影视改编与传播研究》，《当代电视》2019 年第 6 期。

第十七章　新武侠小说改编电影的审美风格研究

武侠小说作为中国通俗文学的一个重要分支，自诞生伊始就承担着启迪民智、颠覆封建压迫的时代使命。侠义精神所展现的舍生忘死的勇敢，快意江湖的潇洒也逐渐成为中国人心中熊熊燃烧的精神圣火，引领国人不断打破思想窠臼，肩负家国使命。新世纪伊始，武侠小说依托影像赋能，展现了绵延不绝的生命活力，在后世的影视文学改编过程中它充分发挥其戏剧与亲民属性，将其对于集权社会的反思与浓郁的人文关怀全情彰显。

20世纪中国武侠小说一般分为三个发展阶段：民国武侠时期、新武侠时期、"新武侠"崛起时期。[①]20世纪20—40年代爆发了近代以来中国武侠小说的第一次浪潮[②]，"南向北赵"（向恺南和赵焕亭）两位文学元老，二人一南一北分庭抗礼执掌当时的武林文坛，用极其老练的笔法，为读者营造了一个风云诡谲的奇幻江湖，满足市民阶层消遣需求的同时，也透露了作者个人极强的时代反思。中国影史上第一部武侠电影《火烧红莲寺》也是依据向恺南所著的《江湖奇侠传》为文字母本改编而成，它的问世也正式拉开了中国武侠电影改编的大

---

① 曲俐俐、张文东：《20世纪中国新武侠小说中的"乌托邦"叙事空间》，《当代作家评论》2022年第2期。
② 吴明秀、陈力军：《大众文学与武侠小说》，北京大学出版社2011年版，第121页。

幕。"南向北赵"的武侠小说，也对后世北派五大家和新武侠文学作家们产生了不可小觑的持续影响。20 世纪 50—70 年代新武侠小说问世中国香港、台湾地区，掀起了中国武侠小说的第二次浪潮，以金庸、古龙、梁羽生等为代表的文坛翘楚，将他们对于生命意识的呼唤、人性本质的探索、自由不羁的追求全然寄托于文本之中，泼墨挥毫引领中华武侠小说走向巅峰。而武侠小说所呈现的自由不羁、万丈豪情的江湖世界成为无数读者心向往之的乌托邦，其影视化改编也自然成为顺应审美转型、填补时代空白的必然趋势。1958 年香港的峨眉制片公司首先摄制了金庸的武侠小说《射雕英雄传》和《碧血剑》①，在整个香港社会吹起了一阵尚武之风，缔造了一批批匡扶正道、勇猛正义的江湖豪杰。新武侠时期无疑是对现当代中国武侠文学影响最大的阶段，它在深度继承民国武侠文学怀古之风的基础上，不断更新自身文本范式，强化文本服务功能，为后世内地"新武侠"文学的崛起奠定了基础。

进入 21 世纪，随着数字网络、信息高速公路的快速发展，各个媒介系统之间原本泾渭分明的边界开始逐渐消解，逐渐呈现出彼此互通融合之势，电影和文学作为反映意识形态的领衔媒介，彼此之间更是建立了密不可分的关系。而大量文学作品被改编成影视作品，与消费主义背景下受众被培养成快餐文化的接受者不无关系，银幕所带的综合视听体验有着单一文字媒介无法具备的冲击力，因此媒介融合也成为新生代背景下文学焕然新生的一种必要手段。武侠小说作为中国传统民间文化的重要组成部分，江湖的刀光剑影，侠客的仗剑天涯，无疑需要一种更加创新的呈现方式，给观众留下难忘的审美回忆，因

---

① 贾磊磊：《中国武侠电影史》，文化艺术出版社 2003 年版，第 34 页。

此武侠文学的影视化改编也成为中国电影人不可推卸的传承之责。武侠电影的问世，完美地将东方神韵的灵动与暴力美学的张扬巧妙结合，呈现出极富地域性的刚柔并济之美。它向观众传递的绝非简单的江湖豪情，更多的是可以引起高度情感共鸣的侠义精神。它告诉观众武侠的世界不仅有刀光剑影、快意恩仇的痛快，也有慈悲为怀、苍生至上的大义。它告诉观众武并非拳拳到肉的暴力冲突，也可以是以柔克刚的智取之策，反观侠也并非个人英雄主义，而是包含家国情怀的高尚情操。因此对于武侠文学的影视改编不仅是对于传统文学的创造性传承，更是一种向世界弘扬中国文化软实力的硬性策略。

第一节　新武侠文学改编内容建构

一、家国同构弘扬时代新风

司马迁在其巨著《史记》中曾如此定义侠义精神："然其言必信，其行必果，已诺必诚，不爱其躯，赴士之厄困，既已存亡死生矣，而不矜其能。羞伐其德。盖亦有足多者焉。"[①] 在司马迁看来，真正的侠士身上总带有一种苟利国家生死以的勇敢与豪迈，他们轻生死、重名节，在危机四伏的江湖庙宇之间匡扶大道，救济苍生。而新武侠文学作品极大程度上继承了中华侠义精神之内涵，《神雕侠侣》中郭靖曾言："人生在世，便是做个贩夫走卒，只要有为国为民之心，便是真好汉，真豪杰了。"这种豪情万丈的侠义精神无疑也为后世武侠文本影视化过程提供了坚定奉行的精神范式，无论剧情如何嬗变，侠客精

---

① 贾磊磊：《武舞神话——中国武侠电影纵横》，中国人民大学出版社 2014 年版，第 39 页。

神绵延长存。

　　首先是为国为民，大道至上。要想成为侠客，只顾一己私欲便是江湖大忌，家国分裂，百姓流离，盖世武功乃侠之外延，怀济世之心方能纵横四海。纵观近年来由新武侠文学改编的电影，导演对于家国情怀的彰显是极为重视的，不论是情节铺设还是人物塑造都彰显了浓郁的家国同构之思。1977年由张彻导演，香港邵氏公司投拍的影片《射雕英雄传》成功塑造了郭靖这一饱含家国气节的铁血男儿，南宋初年，宋金对峙，蒙古崛起，郭靖身负国仇家恨，幸得铁木真赏识在蒙古部落习武成人，面对大举进攻的金兵，他毫无怯意奋勇杀敌，充分彰显侠之大者为国为民的无私与伟大。1982年由萧笙导演，上映于港台的粤语电影《新天龙八部》同样成功塑造了乔峰这一纵横四方、武义高强的大侠形象。在电影的末尾，乔峰与段誉、虚竹陷入险境，中原方丈因其契丹身份将他误会成叛国罪人，恶语相向，并阻止他进关通报，而他的身后辽国军队又穷追不舍，为了防止百姓惨遭屠戮，乔峰不惜以下犯上坚定地向金人皇帝表明自己捍卫苍生之职："皇上，萧峰是辽国子民，不敢逆皇上圣旨，可是皇上要不顾民生，挥军侵宋，令两国子民生灵涂炭，萧峰万万不能同意。"这一掷地有声的发言是侠客兼济天下的慈悲，也是强者面对战乱的百般无奈，一边是忠义，一边是苍生，在这难两全的抉择中，乔峰选择了大义，自刎孝忠，也许是一个侠客唯一能与自己心中至高道德律令和解之策了。家国同构的大义，古往今来一以贯之，也是武侠文学植根中国大地所亘古不变的精神内涵，这份对于正道的坚守理应通过时下武侠电影发扬光大，将电影变成不仅给观众带来视觉刺激更能激起其心灵反思的大众艺术。

二、侠客精神铸就人物奇观

海外学者刘若愚先生曾在《中国之侠》一书中总结了侠的八大精神：助人为乐、公正、自由、忠于知己、勇敢、诚实、信赖、爱惜名誉、慷慨轻财[①]，认为只有身负这些高尚品质之人方可被鉴为真正的侠客，而新武侠文学中的主人公，往往都是侠义与武义兼具的忠烈之士，在影视化改编的过程中，导演也会着重凸显其身上的人物光环，为观众塑造一个有血有肉的侠客形象。

1990 年由胡金铨导演，香港新宝娱乐投资拍摄的电影《笑傲江湖》，成功塑造了华山弟子令狐冲这一饱含侠客精神的英雄人物，他遵守江湖道义，言出必行。镖师林镇南因身负武林秘籍《辟邪剑谱》，全家惨遭余沧海屠杀，临终前他将自己的遗愿托付给令狐冲，希望他转告自己的儿子林平之传家之宝的下落，并勒令其发誓势必要达成这最后的约定。而令狐冲此时也充分彰显了江湖侠义之士一诺千金的道义守则，即使前路是龙潭虎穴，他也无惧无畏迎难而上，只为兑现自己的承诺。这样的角色设定，充分彰显了令狐冲个人的侠义精神，和电影中只重蝇头小利、不顾江湖大义的左冷禅、古金福等人形成对比，迎合受众审美期待的同时，也为侠义精神的现世弘扬带来了优质的宣传模板。同样弘扬侠义精神的电影，还有 1976 年楚原导演，香港邵氏兄弟影视公司出品的古装电影《流星蝴蝶剑》，电影中的孟星魂，原本是叱咤江湖的绝世杀手，但在一次刺杀行动时，他无意邂逅了龙门帮帮主之女小蝶，两人一见倾心，但无奈组织任务傍身，孟星魂只得舍情断爱，做回冰冷的杀人机器，但在刺杀过程中，他逐渐发

[①] 转引自吴明秀，陈力军：《大众文学与武侠小说》，北京大学出版社 2011 年版，第 117 页。

现了自己所杀之人孙老伯，实则是一个惜才重义的忠义之士，只是他的身边有太多狼子野心之人，觊觎孙老伯江湖盟主之位甚久，利欲熏心不惜杀人夺权，其人心之险恶，唤醒了孟星魂内心深处的忠义，他终于醒悟杀戮无法捍卫正义，真正的侠义之士不应被权势裹挟，只有忠于苍生，无愧内心，方能捍卫正道，慰藉黎民。

千古侠客文人梦，文以载道作为武侠创作者坚定奉行的创作初衷，潜移默化地影响了新生代电影工作者，影以载道也成时下武侠电影需要坚定奉行的创作准则。侠义精神是现当代武侠电影在多元化进程演变中无法割舍的精神内涵，它彰显了对于中华传统尚武重义之情的尊重与弘扬，在如今受众审美日趋苛刻的当下，武侠电影的呈现策略理应顺应时代灵活变通，给受众带来更加精良视听体验的同时，也要给其带来正向的精神引导，以文学原著为魂，以视听技术为骨，为受众搭建一个身临其境的江湖世界。

第二节　视听语言塑造新武侠小说视觉奇观

电影是以声音和画面为叙事手段，以蒙太奇为叙事语法组合重构的视听艺术，其诞生伊始并非为了塑造可视化的文学文本，更多的是为了满足早期视觉艺术家们原始的艺术诉求，但随着科技的演进，有声电影与彩色电影相继问世，文学文本的视听转换条件逐渐成熟，电影便逐渐演化成新世纪文本传播的新媒介，其极强的大众接纳性，为文学建构了与时俱进的全新语境，延展其生命内涵的同时，也顺势解构了文本独立性。而武侠小说作为众多文学作品中，人物动作描写最为密集的文本类型之一，其可视化的改编无疑会高度迎合受众的文本期待，而中华武术独有的东方韵味与张力美学也唯有通过银幕才能真正呈现生机。

一、长镜头塑造东方武侠的纪实之美

安德烈·巴赞曾在《被禁用的蒙太奇》一文中写道，蒙太奇是典型的反电影性的文学手段，而电影的特性，暂就其纯粹状态而言，仅仅在于从摄影上严守时空的统一。[①]长镜头具有多重叙事功能，可深度彰显人物与环境关系，可高度浓缩人物命运，其在聚焦环境时也可以被视为营造诗意环境的氛围镜头，具有极高的美学与欣赏价值。在武侠电影中，长镜头往往拥有独特的视觉表意，彰显江湖侠客的交战环境的同时也营造紧张肃杀的氛围。

1993年根据梁羽生同名作品改编，年仁秦导演，林青霞、张国荣主演的电影《白发魔女传》在香港上映，电影开篇的第一个镜头，便是一段刻画千雪峰环境的长镜头，在旁白的陪衬下，镜头平缓运动，昏暗的色调将千雪峰石碑、陡峭山崖和远古战场雕刻得凛冽萧瑟，铺垫故事伏笔的同时，摇镜头缓慢推进影片节奏，与后世一处激发的江湖激战形成对比，丰富了观众的视听综合体验。

值得一提的还有2012年由徐皓峰导演、宋洋主演的影片《倭寇的踪迹》，这部改编自徐皓峰个人同名小说的影视作品，在视听语言铺设上彰显了极强的戏剧魅力，电影开篇男主角梁痕录头戴斗笠手持武棍于萧瑟的湖边洼地与前来追杀他的官兵展开对决，这场戏导演徐皓峰选择采用全景长镜头来展示，昏暗的色调，低沉的音乐，一场关于江湖的故事徐徐展开，大全景镜头交代环境的同时，也将交战双方的人员构成清晰地呈现给了观众，通过以少胜多的对比，衬托出了梁痕录非凡的武功造诣。在影片的结束阶段，梁痕录在无疑巷打播，与

---

① ［法］安德烈·巴赞：《电影是什么？》，崔君衍译，文化艺术出版社2008年版，第39页。

各大江湖高手一决雌雄，成功过三摞，最终迎来了与霜叶城的第一高手裘冬月的比武对决，高频对接的长镜头成功营造了肃杀氛围，两位绝世高手一人持枪，雷霆万钧；一人手把倭刀，方寸之间杀人无形。两人的对决的视觉化呈现，颠覆了传统武侠电影大杀四方的江湖比武，真正的高手对决一招一式皆是试探，观察与思考是远胜于武术本身的存在，电影的最后梁痕录虽一招败北，但仍得世人敬仰，使倭刀盛名流传江湖。

武侠电影使用长镜头多为肃穆烘托环境，展现真实武打过程，相较于传统蒙太奇交叉剪辑的视觉塑造，长镜头更能充分展现中华武术的美感，更能反映比武之人交手之时的肢体细节，也更容易为观众营造一气呵成的武打观影体验，生动彰显中华武侠之灵韵，凸显江湖高手极强的武学修养，在真实的物理空间内展开巅峰对决，迎合了受众的审美期待，也塑造了中华武侠独一无二的视听美学。

二、数字技术造就中式武侠的视觉奇观

电影与所有造型艺术一样是人类"用形式的永恒去克服岁月流逝的原始需要"，[①] 在武侠电影的拍摄过程中数字化技术的使用为其可持续的永恒美感提供技术支持。计算机技术的应用开发了武侠电影的影像潜力，原本以叙事为中心的美学理念，在工业化进程中逐渐转型为以视觉奇观为中心的美学呈现，电影技术的运用一定程度上缓解了武术表演的压力，美化了武打场景，加速了武侠电影的奇观化转型。武侠电影作为高度依赖动作表演的艺术，武打表演的成败直接决定了电

---

① ［法］安德烈·巴赞:《电影是什么?》，崔君衍译，文化艺术出版社2008年版，第36页。

影的命运走向，这就要求武侠电影的导演与文本改编者不断探索电影视觉元素的呈现方式，满足受众对于文学文本所撰写的光怪陆离的武打场景的审美想象。现如今数字技术凭借其高度的现实拟真性高度弥合了早期武侠电影视觉呈现单一，武打表演苍白的缺点，为新中式武侠电影的未来的改编重塑和视觉奇观搭建奠定了坚实的技术基础。

2016 年由徐克监制、尔冬升导演，林更新主演的武侠电影《三少爷的剑》在内地上映，该片改编自古龙的同名小说，在保留武侠电影原本的文化精神的基础上，使用了大量的数字技术，成为继《龙门飞甲》之后又一使用 3D 技术拍摄的中国武侠电影。在影片的开头，江湖顶尖刺客燕十三于风雪交加的夜晚与武林高手高通于石桥决一死战，高手过招，刀光剑影，须臾之间胜负已定，在这场武戏的比拼中，后期团队出色运用了 3D 技术塑造了比武的动魄惊心，燕十三与高通两人的对决虚实夹杂，高潮爆发于燕十三利刃出鞘的瞬间，在面目狰狞的嘶吼中，他的武器于剑鞘中腾空而出，一袭黑衣肃杀可怖，出剑攻击迅捷有力，行云流水间杀人于无形。这样的紧张刺激，无不彰显数字技术赋能下武侠电影让人过目不忘的审美冲击。影片的高潮于一片清幽静谧的树林中徐徐展开，燕十三向已化名为阿吉、隐匿江湖多年的三少爷谢晓峰倾囊相授自己的夺命十三剑，蓄千仞之势，动指之间，疾剑无痕，剑速如影，在传授过程中，剑气幻化人形，动静之间，呈现的不仅是剑客高超的武术本领，更彰显了科技塑造的影视美学，虚幻的人影来去无形，一招一式快慢交叠，在 3D 技术的加持下，夺命十三剑仿若破幕而出，撕裂物理空间的纵深之感，出现在观众的眼前。

徐克导演作为新生代武侠电影特效运用的鼻祖，早在邵氏公司还在使用胶片涂色技术来模拟神功光效时，他便创新地使用了电脑动画与激光特效让角色大展神威。① 他对于科技出神入化的使用，不仅催生了香港电影的现代化转型，同时也颠覆了传统武侠电影只用冷兵器交战的单一视觉模态，进一步了催生兼具视觉冲击与人文守望的新生代武侠电影的问世。2005 年徐克导演的《七剑》，改编自梁羽生的武侠小说《七剑下天山》，这部作品延续了徐克崇尚特效的美学，运用电脑 CG 技术制作了许多让观众过目难忘的画面。韩志邦与武元英护送傅青主上天山的旅途中，不幸遭遇了天火，滚滚烈焰从天而降，刹那间风云突变，这种对于超自然现象的还原极其依赖特效技术的运用，数字手段服务于电影精准营造了导演所需的艺术氛围。除此之外电影的最后阶段风火连城与"七剑"展开对决的场景，也运用了大量的特效镜头，刀光剑影火光四射，令人眼花缭乱的武打表演配合徐克特有的高帧率剪辑，让整部电影始终保持着令人心跳加速的呈现节奏，即使这部作品的综合评价不高，但其特效仍彰显出徐克成熟老练的导演思维。

数字技术进入武侠电影，其所营造的视觉特效和艺术奇观极大程度促进了武侠电影的奇观化演进，侠客过招的高燃打斗场景也充分迎合了新生代受众的猎奇心理与审美期待，但受众给予票房的良性反馈却并非全为技术买单，更多的是出于其内心深处对原著文本的敬重与电影艺术的憧憬，技术不过是锦上添花。为满足观众的猎奇需求，部分武侠电影过分堆叠科技，人物塑造和故事架构的不足使武侠电影逐渐演变成一场只有技术的杂耍表演。数字技术的渗透会慢慢解构中国武侠电影原本的视觉呈现方式、艺术制作方式与文本呈现方式，也会慢慢丰富中国武侠电影的理论内涵，促进其创作手段的多元演进，技

---

① 姜博:《徐克武侠电影创作风格研究》，西北大学硕士学位论文 2019 年。

术进入电影是时代发展所必须之势，但尊重故事本身和情节塑造才是未来武侠电影可持续发展的不二法门。

第三节　新武侠文学改编的问题分析

新世纪以来，武侠电影的受众开始逐渐转型，21 世纪之后中国的城镇化迁徙基本完成，大量的农村人口流入城市，教育环境的优化与科技水平的发展，使其更加注重自身精神世界的塑造与文化内涵的提升，影视艺术随即崛起发挥其影像的叙述功能，弥补受众精神内在空缺。而新武侠小说作为经典文学，其 IP 具有庞大的受众基础，有着不可估量的经济价值，对其影视化改编自然也成为时下顺应市场潮流的讨巧之策。在资金流的引导下，武侠小说的翻拍与改编热度开始发酵，"为市场服务"逐渐演变为新生代导演的创作共识，票房数据与受众热度成为电影改编过程中占比最大的影响因素，武侠小说的情节为顺应市场潮流被瓦解重塑。在经济浪潮的裹挟下，武侠电影的泛娱乐化逐渐呈现了扩张趋势，银幕经典成为类型傀儡，快意恩仇变为儿女情长，受众趣味与市场审美的双向包夹，导致影视导演们的创作激情与艺术追求呈现了集体性封闭，在娱乐至上的消费大背景下，忠于原著的影视作品呈现了稀缺之势，电影成为迎合受众感官刺激的冰冷机器。

2014 年由张之亮导演，徐克担任艺术顾问改编的影视作品《白发魔女传之明月天国》一经上映就引起了市场的轩然大波，原著的文学严肃性被全然拆解，小说中的练霓裳是一位快意江湖、不羁反叛的奇女子，她心系苍生，自由独立，她的身上寄托着梁羽生的现代反思精神，而她与卓一航的爱情悲剧也成为无数读者心中难以释怀的存在。而电影不仅将叙述中心对准男欢女爱的俗世主题，还使连霓裳丧失其睥睨四方、杀伐果断之气势，成为空有躯壳的美娇娘，被迫成为迎合受众审美的观赏工具，在电影的结尾阶段，白发魔女更是演变成了导演刻意塑造深情的工具，卓一航为救心爱之人不惜将连霓裳所有的毒和伤引到自己身上，用"自我牺牲"式的奉献迎合电影"为情入魔"的宣传标语，这样的戏剧呈现使得原著的主题被全然颠覆，也使得连霓裳成了承托男性角色"英雄救美"戏码的工具，小说所蕴含的时代反思也逐渐被世俗情爱遮蔽，文学文本逐渐演化成嵌套的躯壳，电影也沦为了受众消费与消遣的工具。

泛娱乐化的创作逻辑在现如今的市场大行其道，流量明星的参演成为现如今武侠电影为了重获受众青睐的谄媚之举，电影的匠心精神逐渐被市场利益所吞噬。

一击必中的题材，商业化的内容营销，自带光环的流量明星，使得电影逐渐演变为堆砌的艺术，影以载道的使命不再延续，商业利润成为创作惰性滋养的温床。在 2016 年公布的《中国电影产业报告》中，关于中国电影观众类型偏好，武侠片的喜爱度只有 2.2%，位于所有类型片排名的倒数第二位，[①] 萧条的数据动摇着武侠电影创作者们的生产热情也致使武侠电影市场乱象丛生，随意铺设的剧情致使武侠小说原本的文学意蕴被全然解构，流量明星花拳绣腿的表演也使得中式武术丧失了豪情万丈的江湖气韵，受众不在为艺术消费，转向为娱乐买单，电影与文学均因消费主义陷入两败俱伤。

武侠电影作为蕴含文脉的中华文化之瑰宝，其所具备的不仅是国人一种薪火相传的民族气节，更重要的是它为世界各国搭建了了解

---

① 雷钰菲：《中国武侠电影"明星为王"现状及发展趋势》，《今传媒》2017 年第 3 期。

华夏民族历史与文化的桥梁，当下它更有着助力优质中华文化绵延四方的时代责任，因此未来的武侠电影如若还是奉行换汤不换药的创作思路，以商业利益为艺术生产的起点，那注定只能淹没于同质化浪潮中。

结语

新武侠文学作为中国民间文化的代表类型之一，对其的影视化改编是重塑中华经典、引领文化传承的必然之举，也是顺应时代转型、迎合传播趋势的题中之义。新世纪以来，科学技术的发展极大程度上刺激了传播媒介的推陈出新，我们逐渐从印刷时代迈步进入读图时代，对于影视与文本的关系探讨也进入了更深的层面，电影与文学的良性互动是新时代背景下文艺的呈现重心，创作者们唯有端正创作态度，尊重文本价值才可在未来助力更多优质武侠文学作品行稳致远地发展与传播。

（孙玥洋）

第十八章　文学改编电影中的西部民俗文化呈现

中国西部资源丰富，地域特色性强。西部民间文化反映西部人民在长期历史发展中的精神面貌和生活状态，地域特色鲜明。伴随着媒介技术的发展、影视平台的不断迭代升级，不少影视从业者聚焦于西部民间文化，在迤逦的电影空间中呈现西部的民风民俗、风土人情，通过影视改编满足观众对西部民间文化的好奇与向往，通过对传统文化的继承与转化，促进西部区域电影文化事业与产业经济的发展。

第一节　民俗信仰构成西部民间的独有风情

20 世纪 80 年代，钟惦棐先生呼吁"立足大西北，开拓新型的'西部片'"①，在这样的号召下，西部影视逐步确立起民间文化的主题。民俗作为民间文化最重要的一部分，传达着原始欲望和文化传统。尤其面对快速发展的当下，民俗成为最有力的寻根"工具"，通过民俗传达人民原始欲望和传统的民族文化。何为民俗？梁学成指出，民俗是"由某一个国家、地区或民族中广大民众所创造、享用和传承的具有文化特质的关于生产生活各种事象的总和"。②钟敬文也给出了相类似的界定，所谓民俗，"即民间风俗，指一个国家或民

---

① 钟惦棐:《面向大西北，开拓新型的"西部片"》,《电影新时代》1984年第 5 期。
② 梁学成:《中外民俗》,西北大学出版社 2002 年版，第 5 页。

族中广大民众所创造、享用和传承的生活文化"。[①] 民俗表现为独特的行为习惯和文化特征，影视创作者在民俗中寻找西部民间文化的"根"，通过作品呈现出来，形成了独特的美学风格，更将独特的西部民俗带进了观众的视野。

"独中国为古代唯一的大型农国，因此其文化发展，独得绵延迄于四五千年之久，至今犹存，堪为举世农业文化、和平文化发展最有成绩之唯一标准。"[②] 发展农业就必须有土地，西部人民对土地有强烈的情愫。在城镇化的进程中，这些情愫更多地转换为了挣扎和无奈。电影《人生》《白鹿原》都展示出传统农耕文明的民间情态，世世代代生活在这片土地上的人们，靠天吃饭，每年的收成关乎整个族群的生存。也因此在西部影视作品中可以看到很多的特色饮食，这也是民俗的重要部分。各色面食是西部人们最钟爱的食品，如电影《老井》咥一碗家常面，就能缓减一天的劳累；《三枪拍案惊奇》中荒漠麻子面馆有油泼面制作流程展示，拍摄出制面手法，让人领略到油泼面的魅力；电视剧《装台》更是全方位展示出陕西的特色美食。

一方水土养育一方人，地道的饮食文化构成了西部的物质民俗，而婚丧嫁娶则反映着中国传统的礼教观念。中国传统儒教婚礼以周代"六礼"[③] 为基础，讲究"父母之命，媒妁之言"[④]，形成一套婚俗形式。于是我们在银幕上看到了电影《人生》中按照乡俗举办婚礼，两个完全没有感情基础的人就这样被迫在一起的片段；《红高粱》中的接新

---

① 钟敬文：《民俗学概论》，高等教育出版社 2010 年版，第 3 页。
② 钱穆：《中国文化史导论》，商务印书馆 1994 年版，第 5 页。
③ 《仪礼·士婚礼》规定：婚有六礼，纳采、问名、纳吉、纳征、请期、亲迎。
④ 《孟子·滕文公下》对《诗经·郑风·将仲子》注解："不待父母之命，媒之言，钻穴相窥，逾墙相从则父母国人贱之。"

娘颠轿，颠到新娘子头晕眼花，还有新婚三天的回门，又称归宁，最早可上溯到春秋战国时期，初为人妇的女儿，认门拜亲，寓意着团圆美满；《炮打双灯》用"比炮"来解决春枝的婚姻，而"炮"和"画门神"两种民俗文化相交织，产生出种种矛盾。

这些影视作品中，反映的民俗有良俗，也有陋习，当民俗仪式变成表征符号连接古今，审视这些民俗更成为现代人回看历史的重要方式。在这种回看中，民俗仪式上升到一种信仰的高度，就像电影《红高粱》里面的酒坊伙计们站在酒神杜康画像面前高唱酒神曲，喝酒摔碗，一气呵成，展现出当地人民生命中流淌的血性。这其中还有西部少数民族的信仰和图腾崇拜，比如电影《可可西里》中呈现了藏族人最高的一种丧葬仪式——天葬。在葬台上，法师为死者超度，点起火堆引来群鹰，挥刀，鹰鹫俯冲而下，将尸体吃得分毫不剩。影片用一种壮烈的方式，讲述"众生平等"，回归自然。

今天在西部的很多地区，依旧保留着这些独特的民俗，从电影《老井》《野山》《一代天骄成吉思汗》《图雅的婚事》《郎在对门唱山歌》《古路坝灯火》等影视作品中，或多或少能看到这些民俗的身影。

第二节　民歌方言构建了西部民间的言语表达

20世纪50年代，罗常培先生出版了《语言与文化》一书，从语词的含义切入，讨论语言和文化的关系，研究一些语言与文化现象。语言是文化的传播载体，方言作为一个地域或者群体的标志，流通于特定的区域当中，带有一个地方的鲜明印记。西部地区具有丰富的方言种类，仅陕西方言就能按照地域分出陕北方言、关中方言和陕南方言，关中又能分出"西府""东府"两个重要区域概念，体现在 v-、u-、n-、l-、a- 等发音上。像电视剧《白鹿原》（2017）演员们用方言演，韵味十足，台词"你大能让你去吗？"的"大"其实就说父亲、爸爸的意思；"踢卖先人产业，愧无脸面见人，愧无脸见人哪……"的"先人"也就是祖先、祖辈的意思。在陕西方言中，表达特别好、夸赞的意思就用"嫽扎咧"，还有一些语言词，如"咯""哩""嘛""哎""来""呀""噢""哇""喽"等，一下子让影视作品拥有地域独特美感。在电视剧《平凡的世界》中，"彪正""瓷脑""撑架""串门子""翠铮铮""灶火旮旯""圪崂"等反映陕北乡俗的方言都能看到；陕北人爱说"美气"，意思是夸人"好看，漂亮"，有时候根据不同的语境还能表示"舒服、舒坦"，如果表达换成了普通话，便顿时失去了韵味。

甘肃方言大体上可以分出河西方言、陇东方言、陇西方言（包括天水方言）、陇南方言和一些少数民族语言。电影《家在水草丰茂的地方》中就可以听到裕固语，没有儿化韵，与之相应的是子尾、儿尾。如丫头、砖头、吃头、玩头、房子、窗子、箱箱子、桶桶子、缸缸子等，夸人好看、可爱用的是"心疼"，把鸟叫成"巧娃子"等特色叫法。甘肃独特的地理位置决定了甘肃文化既是多元的，又是相对保守的，内外并蓄的气度形成了甘肃民间文化粗犷和严谨、开放和保守的矛盾统一。

与方言关系紧密的还有民歌，民歌也就是地域性的音乐方言。早在1942年《在延安文艺座谈会上的讲话》发表后，解放区的文艺工作者，就深入人民群众的生活，开始搜集民歌，借鉴本土民歌创作新的歌曲，取得了可喜的成就。"民歌，即民间歌谣，属于民间文学中的一种形式，能够歌唱或吟诵，多为韵文。民歌是中国音乐体裁的一种，是人民群众在生活实践中经过广泛的口头传唱而产生和发展起来的歌曲艺术。民歌是人类历史上产生最早的语言艺术之一，是劳动人民集体的口头诗歌创作。"① 西部地区地域辽阔，民歌形式多样，有流传于陕北多地的"信天游"，有甘宁共唱的"花儿"，还有少数民族的特色民歌等。民歌来自民间，带着强烈的民族特性，语言朴实、生动，影视作品也靠着这些民歌增强作品表现力，强化影片的情感氛围。在电影《黄土地》中，翠巧在送别顾青的时候，用民歌唱出自己的内心情感："只要八路要我来，我脱下个红鞋换草鞋。二两棉花就纺成根线，从此怕见不上你的面，见不上你的面。"《黄土地放歌》几句歌词就将翠巧勇敢无畏的女性形象展示出来。电影《黄河谣》中"精沟子落得个穷欢乐，一辈子走南来又闯北，天边边找下个安乐窝。就这么走，这么过"的唱词将驼队成员的苦中作乐表现出来，影片末尾对唱《黄河九十九道湾》更是表现出陕北儿女乐观向上的顽强生命力。还有在电视剧《走西口》中的"紧紧地拉着哥哥的袖，汪汪的泪水肚里流，只恨妹妹我不能跟你一起走，只盼哥哥你早回家门口。这一走要去多少时候，盼你也要白了头"，道不尽的柔情，通过《走西口》的歌词表达出来，时时刻刻提醒着在外打拼的人，常怀着归家的念想。

信天游的经典民歌还有很多，如《山丹丹开花红艳艳》《黄河船夫曲》《叫一声哥哥你快回来》等等，口语化的歌词，形象生动，具有极强的感染力。西部还有一种民歌叫花儿，电视剧《山海情》的插曲《花儿一唱天下春》唱到"干沙滩上花不开，想喊云彩落下来。喊了一年又一年，喊了一年又一年，喊得哟，日日落尘埃"，口语化的歌词流露着纯澈的深情、对土地的热爱，以及从不言败的初心。花儿

---

① 张爱民、陈艳：《中国民族民间音乐概论》，甘肃人民出版社 2010 年版，第 2 页。

作为西部民众的口头音乐文学形式表达，旋律一出，听者就会感受到西部土地上的悲欢离合。

西部民歌将地域特色与民俗风情融为一体，在西部影视剧当中，有一种以民歌为中心创作的音乐电影，极大地丰富了西部的地域文化，尤其是"西部歌王"王洛宾，他用自己半个世纪的人生，以游吟诗人的姿态行走，歌唱，收获。电影《在那遥远的地方》即以王洛宾为原型。《半个月亮爬上来》也是书写他的人生，在影片中观众可以听到《在那遥远的地方》《可爱的一朵玫瑰花》《青春舞曲》《半个月亮爬上来》《阿拉木汗》《掀起你的盖头来》等一首首经他改编的民歌，平实而亲切，旷远而迷人，把西部民间文化、西部音乐，鲜活地呈现在观众的面前。西部民歌通过方言唱出了自由、情爱、乐观、顽强、勇敢，这些也正是西部人民所特有的品质。

第三节　新呈现是当前西部民间文化的主要方式

新世纪以后，物质条件大大丰富，电影创作者也开始关注社会的变化，个体情感的表达，以及西部人民生活的独特生活场景。概括来讲，表达上具有更大的自由度和综合性，呈现出多样化的民俗环境、多类型的人物刻画、多民族的文化叙事。

早期的西部影视将黄河、黄土和沙漠和西部挂上深深的关联，比如电影《人生》《黄土地》《野山》，干涸的黄土地造就出西部的穷山恶水，《天地英雄》《大话西游》中一望无垠的黄沙、奇崛连绵的山脉。但是在西部，不光有黄土高原区，还有陕北高原、关中平原、秦巴山地、汉江盆地等多样的地形地貌；按照划分西部地区还包括内蒙古、新疆、青海等。当下西部影视改编首先将民俗活动发展环境扩展到陕西、甘肃、宁夏以及云南、广西的局部地区，去强调与城市空间完全不同的"异质化"环境，追寻边缘感，不去过度渲染恶劣环境和人民生活之间的矛盾。就像电影《告诉他们，我乘白鹤去了》更多关注自然与人物之间的关系，四季赋予这个地区的变化；《爷爷的牛背梁》同样也关注自然和生态，在蓝天白云下的牛背梁，讲述绿水青山的故事，审美价值也随之提高。这些影片在对民间文化的深入挖掘上，试图厘清民间文化和地域产生的联系，不再像《一代枭雄》这类电视剧，只是视觉化一些民间文化符号，抹杀原文学作品的意蕴。

其次，就是打破影视改编的界限，融入其他题材影视作品的元素，也呈现出向主流价值观念靠拢的趋势。电影《盲山》作为《盲井》的延续，批评的是麻木不仁、默认"恶行"的看客行为，是道义的沦丧和世态的冷漠。《惊蛰》聚焦于女性的成长，关注女性群体的生存状态。《树上有个好地方》和《美丽的大脚》既关注教育话题，又有人文气息和真诚的情感表达。

最后西部影视改编关注少数民族群体，从影像构建"陌生化"的空间中逐步跳脱出来，开始思考在现代化的语境下，少数民族民间文化的继承和创新的问题，通过人类共通的情感故事，实现与观众共情、共鸣，以情感人，以文化人。《黑骏马》表现出蒙古人深沉的浪漫：敬重生命、心怀天地。"谢飞说他自己在小说《黑骏马》中察觉到了一些人类共同理解的深层主题：热爱生命，寻找价值，忍受苦难。"[1]一些西部少数民族导演关注到在思想融合的当下，各民族民间文化之间存在的差异。藏族导演万玛才旦的作品就是典型的例子，《静静的嘛呢石》采用藏语对白，起用非职业演员，原生态呈现现代

---

① 郑茜:《理睬那一种心绪——〈黑骏马〉与导演谢飞》,《民族团结》1997 年第 1 期。

与传统的碰撞，留给观众长久的思考。类似的还有影片《气球》，涉及很多当下热门话题、女性困境等，虽然是一个藏地故事，但是主题对每个观众都不陌生。在万玛才旦的镜头下，人物内在精神的书写和个人意识苏醒与困惑得到淋漓尽致的展示。此外还有《嘎达梅林》《天上草原》《花腰新娘》等影片，对于少数民族的风土人情、民俗文化的多角度展示，在平淡的生活中刻画着不普通的故事。

结语

　　不论是电影还是电视剧，都需要处理好艺术、人文、商业之间的关系，要充分发掘西部的历史资源，兼顾文化与经济效益，如此才能创造出西部影视的新高度。西部广袤的土地、雄奇的环境造就了西部人博大的胸襟和西部深厚多元的民间文化。在全球化的背景下，影视作品作为文化形态之一，越来越受到人们的关注，在传播价值观念、传递现代文明、满足人们的精神需求方面起到举足轻重的作用。西部影视立足于悠扬的西部民族文化传统，在文化深度的挖掘和塑造上拥有先天的优势，既有西部影视的发展脉络，在人物塑造、叙事结构、主题挖掘、影像风格又都呈现出鲜明的西部特色。后来者更需用人文理念、正确价值观念进行创作，敬畏生命与自然，关怀世界，真正做到作品的创作可以为时代画像、为时代立传、为时代明德。

（王　浩）

后　记

　　影视改编是将文字作品转化为视听艺术的过程，既需要对原著作品的理解和尊重，又要通过电影语言和技术手段来表达故事和情感。这既是一个艺术创作的过程，也是一个思维碰撞和融合的过程。在实践中，我们常常面临着如何保持原著的核心精神的同时又适应电影的叙事方式和观众的欣赏需求的问题。这需要创作者具备深厚的文化素养和敏锐的观察力，这样才能有效地搭建起文字与影像之间的桥梁。本书中分享了一些经典文学作品的影视改编案例，对于二者之间的联系进行了分析探究。

　　文学始终为影视创作提供着深厚的土壤，影视创作扎根于这片土壤，并不断从中汲取精华，产生出优秀的影视作品。影视作品和文学作品都承载着审美和思想价值，能够引起观众的共鸣和思考。它们共同构成了人们文化认知和审美体验的重要组成部分。影视作品通过图像化的表达方式和多媒体的呈现手法，能够直接触动观众的感官和情感；而文学作品则通过文字和想象力，更深入地探索人性、社会和历史等主题，为人们提供了不同层面的美学享受和思想启示。两者相互影响、互为补充，使作品的意义和艺术价值得到更广泛的传播和理解，并为观众带来丰富的艺术享受和思想启示。这种关系不仅促进了文学和影视的创新与发展，也丰富了人们的文化生活和审美体验。

　　本书基于国家社会科学基金重大项目"百年中国影视的文学改编文献整理与研究"，从史论与专题两部分展开，涉及的时期也相对广泛。在史论部分，既有对于早期电影改编创作的分析，也有对于新时期创作的观照，如对于早期中国文学改编理论的研究及新世纪以来网络文学改编电影的研究等。而在专题部分，则以我国所独有的文学作品为研究基础，展开对文学作品影视改编创作的分析，如茅盾文学奖电影改编的叙事策略研究、两汉文学的当代影视转化特征研究等。鉴于写作团队中有青年教师及部分硕士、博士研究生的参与，分析问题的能力有限，难免存有诸多问题与缺憾，盼各位专家及读者批评指正。

最后，感谢上海人民出版社支持本书的出版。

国家社科基金重大项目
"百年中国影视的文学改编文献整理与研究"成果
（项目编号：18ZDA261）

甘肃哲学社会科学规划项目
"敦煌文化影视传播与美学建构"成果
（项目编号：2023QN026）

甘肃省教育厅青年博士项目
"'元宇宙'视野下文学与影视的互动范式研究"成果
（项目编号：2022QB-044）

西北师范大学研究生一流教材建设项目
《影视改编理论与实践》成果
（项目编号：2023YJC002）

图书在版编目(CIP)数据

"视说新语":影视改编理论与实践/徐兆寿,林
恒主编. —上海:上海人民出版社,2024
ISBN 978 - 7 - 208 - 18880 - 8

Ⅰ.①视… Ⅱ.①徐… ②林… Ⅲ.①电影改编-研
究 ②电视剧-改编-研究 Ⅳ.①I053.5

中国国家版本馆 CIP 数据核字(2024)第 086417 号

责任编辑 陈佳妮
封面设计 赵明鑫
封面插图 丁 霄

"视说新语"
——影视改编理论与实践

徐兆寿 林 恒 主编

出 版 上海人民出版社
      (201101 上海市闵行区号景路 159 弄 C 座)
发 行 上海人民出版社发行中心
印 刷 上海商务联西印刷有限公司
开 本 890×1240 1/32
印 张 9
插 页 2
字 数 212,000
版 次 2024 年 6 月第 1 版
印 次 2024 年 6 月第 1 次印刷
ISBN 978 - 7 - 208 - 18880 - 8/J • 712
定 价 48.00 元